선

청동거울 소설선

선

2006년 1월 2일 1판 1쇄 인쇄 / 2006년 1월 10일 1판 1쇄 발행

지은이 강정규 / 펴낸이 임은주
펴낸곳 도서출판 청동거울 / 출판등록 1998년 5월 14일 제13-532호
주소 (137-070) 서울 서초구 서초동 1359-4 동영빌딩 / 전화 02)584-9886~7
팩스 02)584-9882 / 전자우편 cheong21@freechal.com

값 10,000원

ISBN 89-5749-051-5

청동거울 소설선

강정규 소설집

선 線

청동거울

| 차례 |

강 정 규 소 설

선

은애 여인숙

　　은애 여인숙. 우리집에는 은애라는 이름을 가진 계집애만 다섯 명이 있다. 주은애, 조은애, 고은애, 박은애, 남은애, 이렇게 은애만 다섯 명이 방마다 있다. 일호실 큰 은애가 미스 주, 이호실 둘째 은애가 미스 조, 삼호실 셋째 은애가 미스 고, 사호실 넷째 은애가 미스 박, 오호실 막내 은애가 미스 남. 우리들은 성도 이름도 가짜다. 그러나 여기서는 모두 진짜 자기를 감추고 사는 것을 당연하게 여긴다. 날이 저물면 손님들이 방마다 찾아든다. 대낮에 찾아오는 손님도 있다. 술취한 손님이 골목길을 들어서면 우리들은 눈이 빛난다. 우리들 가운데 하나는 길다란 머리채를 손가락으로 빗어 넘기며 몸을 꼬아 보인다. 우리들 가운데 하나는 허리에 손을 짚고 선 자리에서 뱅그르르 한 바퀴 돌아 보인다. 우리들 가운데 하나는 나무의자에 앉은 채 무릎 위까지 올라온 치맛자락을 살짝 쳐들어 보인다. 우리들 가운데 하나는 궁둥이를 흔들어 꼬리를 쳐 보인다. 우리들 가운데 하나는 한쪽 눈을 찡긋해 보이며 손님의 눈치를 살핀다. 바로 너. 손님의 눈치를 살피던 미스 주가 막내를 지목했다. 옳거니, 바로 너다. 손님이 미스 남을 선택했다. 두 사람이 대문 안으로 들어간다. 늙은 게 주책이야. 밖에 남은 우리들은 다시 한번 까르르 웃는다. 연어라는 물고기를 알아? 미스 남이 우리와 한 식구가 된 후에 처음 건넨 말이었다. 우리들은 대문 밖에 놓여 있는 나무의자에 앉아 밤하늘을 올려다보았다. 별똥별이 하나 은하수를 가로질러 떨어지고 있었다. 이름이 예쁘구나. 연어라구? 그게 어떤 물고긴데? 미스 주가 되물었다. 우리 선생님이 얘기해 주셨어. 미스 남이 이야기를 시작했다. 미스 남은 손님에게 그 얘기를 들려주고 있을 것이다. 매번 그랬다. 아주 긴 이야기였다. 뭐 이런 게 있어. 지겨워서 도망친 손님도 있었다. ……바다에서 한 사년쯤 살다가 산란기가 되면 자기가 태어난 강물의 상류로 헤엄쳐 올라간다는 물고기야. 물길을 타고 삼천 육백 킬로미터에서 오천 킬로미터 떨어진 강의 상류까지 거슬러 올라간대. 이렇게 자신이 태어난 산란장을 찾아가는 습성을 뭐라는지 알아, 언니? 모천회귀성(母川回歸性), 혹은 귀가본능(歸家本能)이라고 한대. 선생님이 말씀해 주셨어. 그 날은 손님이 없었기 때문에 우리들은 미스 남의 이야기를 끝까지 들을 수 있었다. 그 날은 마침 주둔군(駐屯軍)이 시피엑스에 걸려 있어 외출이 허용되지 않았다. ……연어라는 물고기가 자신이 태어난 강으로 틀림없이 찾아갈 수 있는 까닭을 아는 사람은 없어. 다만 후각이 발달해 있어서 고향 냄새를 맡아 가며 찾아가는 것이 아닐까, 짐작해 볼 뿐이래. 연어가 알을 낳기 위해 자기가 태어난 강의 상류까지 가는 데는 수많은 난관을 극복해야 돼. 강의 어귀까지는 조류를 따라 수월하게 들어오지만 상류의 산란장까지는 자신의 힘으로 흐르는 물을 거슬러야 해. 도중에서 폭포 같은 장애물도 만나는 수가 있어. 그러나 연어는 물줄기만 있으면 끝내 타고 오른대. 때로는 폭포수를 뛰어넘어. 달 밝은 밤 연어떼가 폭포를 뛰어 오르는 모습을 상상해봐, 아름답기 그지없겠지? 그러나 연어는 이렇게 산란장까지 가는 동안 상처투성이가 돼. 그래서 결국 할퀴고 찢긴 몸뚱이로 입을 봉한 채 알을 낳는 거야. 알을 낳은 연어는 어느새 그 아름답던 은백색의 몸뚱이가 아니야. 적갈색으로 변한 상처투성이의 연어는 강물을 따라 둥둥 떠내려가지. 지느러미는 부서져 떨어지고, 아가미에는 기생충이 들러붙어 파먹어. 상처마다 세균이 들끓어 죽음을 재촉해. 추하게 일그러진 모습으로 물결을 따라 떠내려가는 주검을 물새들마저 거들떠보지 않는대. 알은? 미스 주가 물었다. 부화되어 다시 바다로 내려오지. 그래서 사년쯤 자라며 헤엄치며 놀다가 다시 산란기가 되면 자기가 태어난 강의 상류로 올라가. 상처투성이가 되면서 고향을 찾아가는 거야, 언니. 알을 낳으러…… 미스 남이 말했다. 그러나 난 돌아갈 수 없게 됐어, 언니. 미스 남이 다시 말했다. 그래, 맞다, 우리들은 돌아갈 수 없게 됐구나. 우리들은 맞장구를 쳤다. 그리고 또다시 밤하늘을 올려다보았다. 그때 또 하나의 별똥별이 하늘 복판을 가로질러 떨어졌다. 우리들은 모두 기분이 이상해졌다. 우리들은 모두 기억의 강이 거꾸로 흐르는 것을 동시에 느꼈다. ……거리에 핀 꽃이라 푸대접 마오. 미스 주가 갑자기 유행가를 시작했다. 흘러간 노래야. 누군가가 말했다. 그러나 우리들은 곧 그 노래를 따라 불렀다. 미스 남만 훌쩍거렸다. 국민학교를 졸업할 때였어……. 갑자기 우리들 가운데 하나가 말했다. 사은회가 열렸었나봐……. 그 애는 손가락을 깍지낀 채 꿈꾸듯 애기했다. 우리들은 모두 옛날로 돌아갔다. 거기엔 우리들의 본래 이름과 관계된 모든 것이 있었다. 그리고 그것들은 모두 아름답기 그지없는 이야기였다……. 둘이 함께 앉는 길다란 책상, 그 위엔 하얀 종이가 깔려 있었어. 종이 위에는 손가락 모양의 과자와 김 냄새와 참깨 냄새가 나는 부채꼴 모양의 과자와 또아리 모양의 과자가 각각 몇 개씩 무더기로 나뉘어져 띄엄띄엄 놓여 있었어. 그리고 모래알같이 굵은 설탕가루가 묻은 눈깔사탕과 우유가 섞인 사탕을 빨락종이로 비틀어 싼 것도 한 움큼씩 놓여 있었어. 그리고 또 사과가 두 알씩. 몇 마리의 파리가 교실 안을 윙윙거리며 날고 있었나봐. 태극기와 칠판이 있는 쪽에 놓인 책상 위에는 사이다와 술병도 놓여 있었어. 그것은 선생님들이 앉을 좌석이야……. 그리구 오학년 여학생들이 앞치마를 두르고 머리엔 하얀 삼각 수건을 쓰고 보리차를 나르고 있었어. 우리들은 정해진 자리에 앉아 있었지. 남향한 유리창으로 따스한 햇볕이 들어왔어. 우리들은 정든 교실을 둘러보았어. 뒤쪽엔 우리들의 솜씨가 붙어 있었어. 매미채를 들고 숲속을 달리는 그림과 삼천리 금수강산이라고 쓴 붓글씨도 있었어. 마룻바닥은 반들반들 윤이 났어. 아침 저녁으로 마른 걸레질을 친 마룻바닥을 양말 신은 발바닥으로 가만히 문질러 보았어. 고개를 돌려 운동장을 내다보았어. 그러다가 깜짝 놀란 거야. 우리들의 동생들, 삼학년과 사학년 남학생들이 유리창에 닥지닥지 붙어 있었어. 밤송이머리의 동생들 머리통이 수십 개, 그 애들은 입술을 빨고 있었어. 그리고 꼴깍 침을 삼키기도 했어. 누난 좋겠다. 오늘 사은회 한다며? 사탕이랑 과자도 먹겠다, 그치? 아침에 일어나자마자 부러운 듯 말하던 내 동생의 얼굴은 보이지 않았어. 사은회장에 얼씬거리면 안돼, 알았지?

몇 번이고 다짐했던 대로, 그 약속을 지키느라고 양지바른 변소 쪽에라도 가서 제기를 차는 모양이었어. 얘들아, 저리 가 놀아. 우리들 가운데 하나가 주먹질을 해 보이며 작은 소리로 말했어. 그러자 유리창에 붙어 있던 한 아이가 혓바닥을 길게 내밀어 보였어. 전교 학생이라야 삼백여 명, 그 해 졸업생 가운데 중학교에 진학하는 아이는 두 명밖에 없었어. 그러니까 학창 시절의 마지막이 되는 우리들의 작은 가슴엔 까닭 모를 슬픔만 가득했던 거야. 담임 선생님이 맨 먼저 들어오셨어. 우리들은 일어나 박수를 쳤지. 선생님은 우리들에게 손을 흔들었어. 그러고는 자리에 앉으시지 않고 창문 가로 걸어가셨어. 그리고 창문을 드르륵 여셨어. 그러자 유리창에 붙어 있던 우리들의 가난한 동생들이 참새떼 날아가듯 흩어졌어. 교장 선생님께서 곧 오실 테니 조금만 더 기다리자. 선생님이 창문을 닫고 자리에 와 앉으시며 말했어. 우리들 가운데 하나가 빨강 종이로 싼 사탕을 하나 몰래 집어서 주머니에 넣었어. 아마도 동생 생각이 간절했던 모양이야. 사은회가 시작됐어. 그런데 어쩌다 보니 유리창 밖엔 또 다시 삼, 사학년 아이들이 닥지닥지 붙어 있었어. ……기계충이 옮은 까까중대가리랑 상고머리를 깎은 구장 아들까지 침을 흘리며, 손가락을 빨며 붙어 있지 뭐야. 나는 내 몫으로 주어진 사탕을 한 움큼 그애들에게 주려고 일어섰어. 그런데 그때 마침 나더러 노래를 부르라지 뭐야? 우리들 가운데 하나가 이야기를 마쳤다. 그래서 부른 노래가 거리에 핀 꽃이라 푸대접 마오였니? 깔깔깔. 우리들은 웃었다. 수학 여행 전날 밤이었어……. 우리들 가운데 다른 하나가 이야기를 시작했다. 우리들은 다같이 수학 여행을 떠나기 전날 밤을 생각했다. 우리들은 콩을 준비했다. 우리들은 물감도 준비했다. 우리들은 예쁜 선물도 준비했다. 우리들은 갈아입을 옷도 준비했다. 우리들은 엄마를 도와 먹을 것도 준비 했다. 우리들은 김밥을 싸다가 몇 번이고 마당에 나가 하늘을 올려다 보았다. 별이 총총, 비가 올 것 같지는 않았다. 그러나 안심이 되지 않아 자다가도 일어나 몇 번이고 마당에 나가 하늘을 올려다 보았다. 깨끗이 빨아 말려 신은 운동화, 이웃집 언니에게 빌어 쓴 모자, 엄마가 얻어다 준 물통을 메고, 지갑 속에 든 몇 푼의 동전을 어떻게 쓸 것인가 궁리하며 새벽길을 걸어 정거장을 향했다. 마을 개들이 모두 잠이 깨어 악을 쓰며 새벽을 짖어대고, 우리들은 어둠 속 이슬길을 걸으며 가슴이 설레이다 못해 터질 것만 같았다. ……기차가 굴을 지날 때 우리들은 콩을 꺼내 선생님이 앉아 계신 쪽을 향해 마구 던졌어. 우리들 가운데 하나가 말했다. ……여관에서 새벽에 잠이 깨었을 때 아이들이 날 보고 허릴 꼬며 웃었어. 거울을 보아도 얼굴엔 아무것도 묻어 있지 않았어. 그런데 변소에 가서야, 팬

티를 내리다가 나는 기겁을 했어. 우리들 가운데 다른 하나가 말했다. 배에다 그렸구나, 그치? 그치? 뭘 그렸던? 깔깔깔. 우리들은 함께 웃었다. 난 말야, 손목을 잡힌 거 있지? 우리들 가운데 다른 하나가 꽤 심각하게 이야기를 꺼냈다. 여행 간 곳의 새벽 강가 모래사장에서였어……. 야, 멋있어, 그게 누구였니? 담임 선생님? 앤 어쩌면 그렇게 넘겨 짚길 좋아하니? 그럼, 널 짝사랑하던 남학생? 넌 참 조숙했구나, 애. 아냐, 그 모두가 아니야. 난 죽고 싶었거든. 그래서 새벽에 강가로 나갔던 거야. 엄마는 시집가구, 졸업하면 식모살이를 가야 될 판인데 살고 싶은 맘이 하나나 있어야지. 그런데 그때 내 손을 꼭 잡는 따뜻한 손이 있었어. 역시 선생님이었지? 응. 고개를 끄덕이며 우리들 가운데 하나는 눈물이 핑 돌았다. 난 지금도 그 선생님을 잊을 수가 없어. 우리들은 모두 잊을 수 없는 사람에 대하여 생각했다. 그리고 그 사람의 얼굴을 떠올리며 다 함께 침울해졌다. 우리들 가운데 하나는 서울역 광장의 시계탑 왼쪽 세 번째 전화 박스를 생각했다. 거기에서 신문 광고란을 보며 전화를 걸었고, 낯선 사내를 만나 여기까지 택시타고 달려왔기 때문이었다. 우리들 가운데 하나는 일요일마다 자라 피를 먹으러 간다던 공장장을 생각했다. 공장장은 너무너무 힘이 센 남자였다. 우리들 가운데 하나는 염전 옆을 지나가는 협궤선 구식 기차가 산 모퉁이를 돌아가며 내지르던 석양녘의 기적소리를 생각했다. 농촌 봉사대 가운데 유난스레 눈이 컸던 남학생은 배낭을 메고 휘파람을 불며 그 기차로 떠났던 것이다. 씨팔, 술이나 한 잔 했으면 좋겠다. 우리들 가운데 하나가 갖가지 추억을 떨쳐버리듯 말했다. 우리들은 침묵을 지켰다. 술을 한 잔 칵 마시고 취한다 해도 한 번 구멍 뚫린 기억의 봇물은 이미 우리네 작은 머리통을 수라장으로 만들었으므로 수습이 불가능할 것 같았다. 담배나 한 대 피웠으면……. 우리들 가운데 하나가 말했다. 우리들은 침묵을 지켰다. 끽연이나 음주는 원칙적으로 금지되어 있었다. 제법 철저하게 지켜지는 규율이었다. 맨정신으로 미쳐버리는 거야. 우리들 가운데 다른 하나가 말했다. 생각하면 무얼 해. 우리들 가운데 또 다른 하나가 말했다. 주은애, 조은애, 고은애, 박은애, 남은애. 이렇게 성도 이름도 엉터리잖아? 우린 이미 과거완 담을 쌓은 지 오래잖아? 우리들 가운데 하나가 푸념을 늘어놓았다. 박은애면 어떻구 박을애면 어때? 니은과 리을이 뭐 달라? 조은애면 어떻구 좋지 않은 애면 어때? 고은애면 어떻구 곱지 않은 애면 어떻게 할 거야? 난 아마 죽을래나봐, 아랫배가 가끔 아파. 일호실 미스 주가 말했다. 주자에 기억하면 죽이지. 그런데 언니 이름도 은애잖우? 죽은애…… 그런데 지금 언닌 살아 있는 걸? 깔깔깔. 너희들 참 팔자 좋구나. 다리 꼬구 앉아서 노닥거리구……. 그러구 앉아 있으면 밥이 입으로 들어오냐? 주인 아주머니가 대문 밖으로 나서며 소리쳤다. 우리들은 한꺼번에 나무의자에서 궁둥이를 쳐들었다. 엄마, 외출이 금지됐대요. 아저씨들, 비상이 걸렸대나봐요. 남은애가 송구스러운 듯 두 손을 모아 잡으며 말했다. 사격장 쪽에서 포탄 터지는 소리가 들려왔다. 또 며칠이나 기다려야 비상이 풀릴구……. 아주머니는 땅바닥에 끌리는 통치마를 걷어채어 잡고는 대문 안으로 들어갔다. 우리들의 시선이 대문에 걸린 커다란 자물통으로 쏠려갔다. 골목에 어둠이 깃들기 시작했다. 우리들은 여전히 나무의자에 앉아 있었다. 불을 켜야지. 남은애가 일어서며 말했다. 청사초롱이니? 불을 밝혀봐야 임이 오시긴 글렀다 애. 우리들 가운데 하나가 말했다. 남은애는 골목 입구의 전봇대 밑으로 걸어갔다. 그리고 가로등의 스위치를 올렸다. 전봇대 중간쯤에 녹슨 갓을 쓰고 매달려 있는 전등알에 불이 들어왔다. 저 기집애는 참 이해할 수가 없어. 우리들 가운데 하나가 말했다. 별꼴이야. 우리들 가운데 다른 하나가 말했다. 그것도 반쪽. 통뼈인가봐. 그럼 앨 못낳잖아? 그럼 넌 앨 가져본 적 있니? 우리들의 이야기는 염생이 똥구멍은 빨개, 빨간 건 사과, 사과는 맛있어, 맛있으면 바나나, 바나나는 길어, 길으면 기차, 뿌욱…… 하는 식으로 이어져 갔다. 남은애가 울안으로 들어갔다. 아마 할머니 방에 가나 봐. 우리들 가운데 하나가 아는 척을 했다. 뭐하러? 불을 켜러 가지. 별꼴이야. 그것도 반쪽? 깔깔깔. 우리들의 이야기는 이제 기차는 빨라, 빠르면 비행기, 비행기는 높아, 높으면 백두산, 백두산 뻗어내려 반도 삼천리에 이르고 있었다. 남은애는 집 모퉁이를 돌아 구석방 마루 앞에 섰다. 방문 앞 마루 위에는 사기요강이 하나 놓여 있었다. 남은애는 요강을 들고 방문을 열었다. 형언키 어려운 악취가 콧구멍 속으로 몰려 들어왔다. 남은애는 요강을 든 채 전등을 찾았다. 가늠해 뻗은 손 끝에 전등알이 스쳤다. 까치발을 하고 전등 스위치를 돌렸다. 삼십 와트 불그레한 전등빛이 방안을 밝혔다. 방구석에 할머니가 꼬부리고 누워 있는 게 보였다. 남은애는 할머니의 가벼운 몸뚱이를 안아 올려 요강 위에 앉혔다. 너밖엔 없구나. 할머니가 작은 목소리로 말했다. 벽을 사이하여 주인집 안방에서는 텔레비전의 연속극 주제가가 들려오고 있었다. 남은애는 다시 할머니를 부축해 눕히고 나서 이불깃을 턱 밑에서 여미었다. 할머니가 고개를 끄덕이며 웃는 듯했다. 안녕히 주무세요. 남은애가 말했다. 불을 끌게요. 할머니가 다시 고개를 끄덕이며 웃는 듯했다. 남은애는 요강을 들고 문 밖으로 나왔다. 툇마루에 선 채 남은애는 하늘을 보았다. 맞은편 산등성이 검은 능선 위에 몇 개의 별이 반짝이고 있었다. 갑자기 고향 생각이 났다. 뼈대 있는 집안이여, 우리 집안은 대대손손……. 제삿날 밤이면 귀 아프게 듣던 할머니의 얘기였다. 아버지는 생율을 치며 할머니의 얘기를 듣고 있었다. 남은애는 도리질을 했다. 그리고 방금 할머니가 소변을 본 요강 위에 궁둥이를 걸치고 앉았다. 까닭 모를 슬픔이 눈자위에 눈물로 돌았다. 누나, 여깄었어? 그때 주인집 꼬마가 눈 앞에 와 섰다. 남은애는 흠칫 놀라며 요강 위에서 일어섰다. 나 누나 방에 갈까? 손님 없지? 꼬마가 말했다. 나 학교에서 작문 지었어. 누나 보여줄 거야. 남은애는 꼬마의 손을 잡았다. 그리고 집 모퉁이를 돌아나왔다. 대문 밖에서는 여전히 짓까불고 떠들며 웃어대는 소리가 들렸다. 언니, 나 좀 쉴래. 남은애는 누구에게랄 것 없이 대문 밖을 향해 소리쳤다. 맘대루, 그나저나 공치는 날인데 뭘. 누군가가 대꾸했다. 어머니, 손님이 없어요. 남은애는 안방문 앞에 다가서며 말했다. 텔레비전을 보며 웃는 소리만 들렸다. 쇼 프로가 진행중인 모양이었다. 죄송해요, 저 좀 쉴래요. 남은애는 하려던 말을 마치고 꼬마와 함께 오호실로 왔다. 그리고 불을 켜고 이불과 요를 개켰다. 휴지통과 물주전자와 컵과 재떨이 등이 눈에 거슬렸다. 핑크색 잠옷도 눈에 거슬렸다. 남은애는 그것들을 치워 놓았다. 아까 작문 지었다고 했지? 남은애가 말했다. 응. 꼬마가 노트를 펼쳐 보였다. 읽어보구 돌려줘. 꼬마가 말했다. 가려구? 응, 엄마한테 야단맞

아. 그렇지, 그래. 남은애가 방문을 열어 주었다. 낮에 보니까 꽃밭에 해바라기 싹이 나오던 걸? 꼬마가 신발을 꿰며 말했다. 누나, 잘 자. 그래, 안녕. 남은애는 방문을 닫았다. 개켜 놓았던 이불을 아무렇게나 펼치고 그 위에 엎드렸다. 꽃밭이, 자물통이, 열쇠가 눈 앞에 어른댄다. 은종이로 접은 종이학이, 해바라기가 어우러지며 빙글빙글 돌았다. 남은애는 다시 고개를 흔들었다. 그리고 노트를 펼쳤다. 침 발라 박아 쓴 연필 글씨가 춤을 추었다. ……우리집에는 누나가 다섯 명이다. 큰누나, 둘째누나, 셋째누나, 넷째누나, 그리고 막내누나. 막내누나는 맨 나중에 우리집에 왔다. 나이도 제일 어리고 얼굴도 이쁘다. 막내누나는 다른 네 명의 누나와 다르다. 아침 일찍 일어나 밥을 짓고 청소도 한다. 손님이 없을 때는 뜨개질도 한다. 다른 누나들이 낮잠을 자거나 화투를 칠 때 막내누나는 꽃밭을 팠다. 꽃밭을 만들 때 나는 말뚝을 박고 새끼줄을 둘렀다. 해바라기를 심고 나팔꽃씨를 뿌렸다. 내가 학교에서 화단을 만들다가 훔쳐 온 씨앗이다. 누나가 꽃씨를 구해 달라고 부탁했기 때문이다. 막내누나는 참 착하다. 우리집 뒷방엔 중풍 걸린 할머니가 계신다. 그런데 막내누나 혼자 시중을 든다. 똥도 치우고 오줌도 뉘고 밥도 떠 먹인다. 나는 냄새가 나서 그 방에 들어가기도 싫다. 그런데 막내누나 혼자 그 방에 드나든다. 막내누나는 얘기도 잘한

다. 꽃씨 얘기도 막내누나에게 들었다. 꽃씨 중에는 날개 달린 꽃씨도 있다고 했다. 그 꽃씨는 아주 작고 가벼워서 바람을 타고 어디든지 날아갈 수 있다고 했다. 막내누나는 그 꽃씨처럼 날아갈 수 있었으면 좋겠다고 말했다. 애, 널 찾아 임이 오셨다. 방문 밖에서 누군가가 소리쳤다. 남은애는 노트를 덮으며 문을 열었다. 마당 가운데 한 사내가 우뚝 서 있었다. 어서 오세요. 남은애가 말했다. 이제 문 걸어 잠궈라. 안방 문이 열리며 주인 아주머니의 목소리가 튀어나왔다. 조금 전까지 별이 보였는데 빗발이 흩뿌리고 있었다. 언니들 들어와요. 남은애가 말했다. 미안하다, 막내야. 누군가가 말했다. 아녜요. 제가 미안해요. 남은애가 말했다. 그래, 맞다. 은애들은 모두 미안한 거다. 누군가가 말했다. 언니들은 각각 제 방으로 들어갔다. 막내야, 재미 많이 봐. 누군가가 말했다. 남은애는 대문을 닫아 걸고 자물통을 채웠다. 밖에서 도둑이 들어오지 못하도록 문을 거는 게 아니라 안에 있는 우리들이 도망칠 수 없게 잠그는 자물통이었다. 숙박 비야. 사내가 지폐를 내밀었다. 남은애는 그것을 받아 들고 안방 문 앞으로 갔다. 어머니, 숙박비하고 열쇠……. 남은애가 말했다. 오냐, 잘 자라. 주인 아주머니가 잔돈을 거슬러 주며 말했다. 콜록, 콜록. 아저씨는 감기가 든 모양이었다. ……한번 읽으면 가정을 통솔하고, 열 번 읽으면 한 나라를 통치하고, 서른 번 읽으면 천하를 호령할 수 있다는 책……. 이 책으로 말할 것 같으면 미국의 육군 사관학교에서도 교재로 사용하며 우리나라 전국방장관이 항상 머리맡에 놓아 두고 읽었다는 삼, 국, 지……. 일금 일만 구천원짜리, 서재에 꽂아 두기만 해도 일만 원 이상의 가치가 있는 책……. 오늘 이 자리에서는 우수리를 떼고 만원만 받을 것이냐? 반 뚝 잘라 오천원? 아니다. 종이값만 쳐도 사천원짜리, 그러나 여러분이 오늘 같은 기회를 잡기 위해 사천 원을 준비하셨을 리가 없거늘 하물며…… 다만 명함 한 장만 주시면 직장까지 배달해 드릴 수도 있을 터이나 단돈 천원짜리 두 장만이라도 호주머니에 들어 있는 분이면 즉석에서 이 책 한 권과 교환해 드리겠음미. 안경잡이는 한밤중 잠꼬대를 하고 있었다. 아저씨는 책장수였다. 잠시다. 덤핑 같은 이 내 신세, 물 먹어 불어터진 책장 같은 몸. 아저씨의 잠꼬대는 생시로 이어지고 있었다. 안방에서는 텔레비전 쇼 프로가 한창인지 궁작작, 궁작작. 안전등 주위를 한 마리 파리가 날고 있었다. 술이 취한 아저씨는 다시 곯아 떨어졌다. 남은애는 밖으로 나왔다. 우리 이런 장사 안했으면 좋겠다. 누나, 그치? 꼬마의 말이 생각났다. 그렇다. 우리들은 모두 이런 장사는 하지 않았으면 싶다. 그러나 다른 방도가 없다. 난 어렸을 때부터 인생 역마차니 어찌하오리까 투의 상담역이 돼주곤 했어. 친구들은 내게 자기 고민을 털어놓고 얘기해 왔어. 때마다 나는 그럴 듯한 대답을 해주었었지. 그런데 결국 내가 이꼴이 될 줄이야. 우리들 가운데 하나는 한숨을 푹 쉬며 말했었다. 돌아앉아 옷을 입을 때 난 슬픔을 느껴. 그건 어쩌면 그때가 가장 진실해지기 때문일거야. 때마다 나는 속으로 소리 죽여 울어. 그러나 내 울음은 겉으로 나타날 때 웃음이야. 깔깔대는 웃음이야. 그게 나의 울음이야. 옷을 입을 때, 벗기 위해 다시 옷을 입을 때, 나는 아주 진지해져. 결국 탈을 쓰는 거야. 빈틈없이 꾸미는 거야. 꾸며봤자 별볼 일 없지만 말야. 우리들 가운데 하나는 참으로 진지해져서 말했다. 나는 가고 말거야, 기어코 고향으로 돌아가고 말 거야. 우리들 가운데 하나는 거울을 들여다보며 말했다. 그녀는 간밤에 탈출을 시도했다가 잡혀 매를 맞았다. 그래 가지고 어떻게 손님을 받지? 우리들 가운데 하나는 눈자위가 퍼렇게 멍든 쪽을 건너다보며 말했었다. 계란을 굴려봐라, 애. 우리들 가운데 하나가 말했었다. 남은애는 부엌에서 점심을 준비하고 있었다. 언니들이 툇마루에 걸터앉아 주고받는 이야기를 들으며 마음 속으로 칼을 갈았던 것이다. 안마당 울타리 밑에 심어 가꾼 해바라기가 울타리보다 더 키가 자라서 꽃을 피웠다. 꽹과리만한 황금빛 동그란 꽃을 피웠다. 씨앗이 영글고 있었다. 꽃판에 검은 빛이 완연했다. 인형의 귓불 같은 꽃잎은 오래잖아 질 것이다. 해바라기가 담장 밖을 넘겨다보구 있어. 나팔꽃 덩굴이 해바라기 꽃대궁을 감아오르고 있어. 남은애가 말했다. 넌 아무렇지 않았니? 언니가 이렇게 두들겨맞는 걸 보면서 뜨개질을 하구 있었으니 말야. 우리들 가운데 하나가 빈정댔다. 나팔꽃 속에는 강아지가 살아. 남은애가 엉뚱한 소리를 했다. 그리고 나팔꽃을 한 송이 따다가 손가락 사이에 끼우며 웃었다. 꽃송이 속에서 작은 개미 한 마리가 기어나오는 것이 보였다. 틀림없지, 봐, 한 마리야……. 남은애가 말했다. 그러나 그녀는 마음속으로 여전히 칼을 갈고 있었다. 비수의 날을 시퍼렇게 세우고 있었다. 아욱국을 먹으면 좋겠어. 텃밭에 무성한 아욱을 뜯어다 박박 으깨 씻어서 토장국에 끓인 국밥을 먹었으면 싶어. 뜨거운 아욱국에 햇보리 찬 밥을 말아 먹고 싶어. 우리들 가운데 하나가 말했다. 칼국수를 먹고 싶어. 풀숲에 숨어 있는 새파란 애호박을 따다가 채 썰어 볶은 꾸미를 얹은 손칼국수를 해먹었으면 좋겠어. 우리들 가운데 하나가 냉수를 벌컥벌컥 들이키며 말했다. 말짱 헛것들이 입맛은 살아가지구 쯧쯧. 눈자위가 퍼렇게 멍든 우리들 가운데 하나가 부어터진 입술을 달싹이며 말했다. 남은애는 그러나 흰 죽을 쑤고 있었다. 할머니의 것이었다. 입 안에 침이 고였다. 샛노랗게 익은 귤이 한 개 먹고 싶었다. 버찌도 생각났다. 학교 운동장가에 서있던 아름드리 버찌나무, 검붉

게 익어 매달려 있던 버찌들이 눈앞에 어릿대었다. 씨가 보이도
록 틈이 벌어지고 진한 신 냄새를 풍기던 살구도 생각났다. 남
은애는 그러나 흰죽을 주걱으로 저어 끓이며 여전히 칼날을 세
워 갈고 있었다. 물 좀 가져온나. 주인 아주머니가 소리쳤다.
네, 가요. 남은애가 튕긴 듯 양재기를 들고 뒷곁으로 달려갔다.
우물 전에 양재기를 놓고 두레박을 내렸다. 깊잖은 우물 속에
남은애의 얼굴이 비쳤다. 동그란 하늘이 있고 구름이 한 장 머
물고 있었다. 그리고 거기 창백한 얼굴의 낯선 애 하나가 남은
애를 올려다 보고 있었다. 두레박줄을 놓아 얼굴을 지워버렸다.
그리고 물을 길어 올려 양재기에 채웠다. 그것을 들고 집 모퉁
이를 돌아오는데 꼬마가 달려왔다. 누나, 내가 갖고 갈게. 꼬마
가 말했다. 오늘 오후엔 꼬마의 스웨터를 마무리해야겠다고 생
각했다. 남은애는 흰 죽을 쑤어 들고 골방으로 갔다. 할머니, 어
쩌면 이것이 마지막인지두 몰라요. 남은애가 작은 소리로 말했
다. 오냐, 너밖엔 없지. 할머니는 엉뚱한 대구를 했다. 점심을
먹은 우리들은 또 다시 대문 밖 골목길로 나왔다. 계속되는 비
상사태가 병사들을 묶어 놓았으므로 우리들은 계속 하품만 날
렸다. 남은애만 뜨개질을 했다. 주인 아저씨가 뒤뚱거리며 우리
들이 앉아 있는 나무의자 앞을 지나 골목 밖으로 나갔다. 아저
씨, 안녕히 다녀오세요. 우리들 가운데 하나가 말했다. 아저씨

놀다 오세요. 우리들 가운데 하나가 장난기를 섞어 말했다. 아저씨, 좋아하네. 뒈져라 개새끼야. 눈자위가 멍든 우리들 가운데 하나가 침을 뱉으며 말했다. 아저씨, 제발 오늘 밤엔 돌아오지 마세요. 남은애는 속으로 빌었다. 그날 밤 남은애는 비수를 꼬나들고 안방으로 건너갔다. 어머니, 열쇠주어요. 남은애가 말했다. 네가 미쳤니? 주인 아주머니가 손바닥을 편 팔을 내저으며 뒷걸음질쳤다. 어서요, 그렇지 않으면 함께 죽어요. 남은애가 말했다. 아가씨는 아저씨가 또 데려올 거예요. 얼마든지 데려올 거예요. 남은애가 칼끝을 들이대며 말했다. 주인 아주머니가 앉은 걸음으로 움직여 가 책상 서랍을 열었다. 열쇠를 찾아 던지며 홑이불을 뒤집어썼다. 남은애가 안방을 나왔다. 언니들 미안해. 남은애는 대문 밖으로 나서며 생각했다. 스웨터를 입고 썰매를 타는 꼬마의 얼굴을 그려 보았다. 그리고 상여 소리를 들었다. 꽃상여는 산모퉁이를 돌아가고 있었다. 할머니가 탄 상여였다. 보퉁이를 안은 남은애는 발길을 재촉했다.

……실은 그날 밤 그 집을 빠져 나온 게 그 애가 아니었어요. 그 애는 갈 곳이 없었어요. 이름대로 그 애는 그 집에 남구, 언니들만 도망쳤다구요. 그 가운데 하나가 저라구요…….

회의 會議

우리는 안압목(雁鴨目), 오리과(科)에 딸린 큰 물새입니다. 우리는 강가나 바닷가 또는 늪에서 삽니다. 우리는 가을에 왔다가 이듬해 봄에 갑니다. 우리는 날아갈 때 꼭 줄을 맞춥니다. 우리는 믿음의 형제입니다. 그래서 우리를 가리켜 신금(信禽)이라고도 부릅니다. 그러므로 형제를 속이는 자는 단연 사형입니다. 이것이 우리의 법입니다. 우리는 무엇이겠습니까? 안경잡이는 퀴즈라도 하는 양 우리들을 둘러보았다. 대답을 해야 됩니까? 내가 대꾸했다. 아니요, 그대로 좋습니다. 초겨울 달밤을 기러기들이 날아갑니다. 안경잡이가 얘기를 계속했다. 분명 기러기지요? 내가 말했다. 얘기를 계속하십시오. 바지 저고리가 말했다. 그들의 울음 소리는 처량합니다. 그러나 그것은 울음 소리가 아닙니다. 기러기들이 주고 받는 이야깁니다. 기쁜 일보다 슬픈 일이 많은 인간들이니까 우리들의 귀에 그렇게 들릴 뿐입니다. 애, 속도를 좀 빨리. 너는 좀 고도를 낮춰. 사이 좋게 줄을 맞추기 위한 이런 얘기들입니다. 어제는 물고기를 먹었지? 그래 오늘은 보리를 먹자. 보리밭을 찾아라, 이왕이면 허수아비를 세워 놓은 보리밭을 찾아라, 거기가 안전하다. 대장의 입에서 명령이 떨어졌습니다. 저기다, 전초병이 말했습니다. 기러기들이 강하합니다. 검푸른 초장, 그것은 논보리였습니다. 오늘의 파수(把守)는? 네, 접니다. 졸면 안된다. 우리는 너만 믿으니까. 기러기들이 보리를 뜯고 파기 시작합니다. 파수병은 목을 길게 뺀고 사위를 주의깊게 살핍니다. 논둑에는 허수아비가 서 있습니다. 길다란 장대를 한쪽 손에 들고 꼼짝하지 않습니다. 장대 끝에는 하얀 헝겊이 줄기줄기 매달려 있습니다. 누가 속을 줄 알고? 바보. 파수병은 킥 웃었습니다. 그리고 보리싹을 뜯어 먹기 시작했습니다. 그러다가 파수병은 깜짝 놀랐습니다. 장대가 흔들리는 것입니다. 바람이겠지, 파수병은 다시 보리알을 파 먹었습니다. 어허? 이번엔 장대가 휘청했습니다. 눈을 똑바로 떴습니다. 그런데 이게 웬 일이냐? 장대가 허공에 커다란 원을 그렸습니다. 이어서 장대는 올라갔다 내려갔다 춤을 추는 것입니다. 적이다! 파수병은 소리쳤습니다. 어디? 기러기들이 모두 고개를 들었습니다. 저 허수아비가 적이다. 장대가 마구 흔들렸다. 이 새끼, 거짓말 마. 헛것을 보았구나. 히히히히. 기러기들이 다시 보리싹을 뜯고 보리알을 파먹습니다. 다시 장대가 춤을 춥니다. 원을 그립니다. 적이다! 바람이야, 개새끼야, 어디 흔들리니, 응? 장대는 꼼짝도 않습니다. 기러기들은 다시 고개를 숙였습니다. 기러기들이 고개를 숙이자마자 장대가 또 요술을 부렸습니다. 적이다, 저건 정말 적이다! 저 새끼가 돌았나? 배가 아파 그러는 거지? 그래서 우리도 못 먹게 속여쌌는 거지? 여기저기서 불평과 욕지거리가 터졌습니다. 제가 파수를 서겠습니다. 한 놈이 자진했습니다. 그래라, 저놈은 사형이다. 숨통을 찢어라. 대장의 명령이 떨어지자 우르르 달려듭니다. 달빛이 차갑게 그것을 비추고 있습니다. 금세 첫 번째 파수병은 처참한 시체로 변했습니다. 두 번째 파수병은 목을 빼고 똑바로 서서 눈도 깜박하지 않습니다. 기러기들은 모두 고개를 숙이고 먹기에 여념이 없습니다. 개새끼, 저 허수아비의 장대가 움직인다고? 거짓말도 속게끔 해야지. 두 번째 파수병이 시체를 발길로 툭 차버립니다. 침을 퉤 뱉었습니다. 그때입니다. 허수아비의 장대가 정말 움직이는 겁니다. 올라갔다 내려갔다 너풀너풀 춤을 춥니다. 장대 끝의 헝겊들이 귀신의 머리카락같이 너풀대면서 허공에서 커다랗게 원을 그립니다. 그러다가 장대 끝이 땅바닥을 타악, 때렸습니다. 적이다, 정말 적이다! 어디냐? 저 허수아비의 장대가……. 흔들린단 말이지? 꼼짝 않잖아? 이 새끼야. 네, 지금은 꼼짝하지 않습니다. 죽고 싶으면 무슨 짓을 못하니? 똑바로 봐. 한번만 더 지랄해 봐라. 기러기들은 다시 고개를 숙였습니다. 그러자 장대가 또 다시 요술입니다. 적이다! 저 놈 숨통을 찢어라. 세 번째 파수가 지명되었습니다. 그는 자신만만하게 허수아비에게로 다가가 물찌똥을 찍 깔겼습니다. 그리고 장대 꼭대기에 올라 앉아서 기러기들을 한바탕 웃겼습니다. 기러기들은 안심하고 다시 보리알을 파내고 싹을 뜯기 시작합니다. 파수병은 노래를 부릅니다. 랄랄랄, 랄랄랄, 신나게 노래를 부르던 세 번째 파수병이 아찔하는 순간 땅바닥에 내동댕이쳐졌습니다. 장대의 요술입니다. 저, 적이다! 기절 초풍한 세 번째 파수가 소리쳤습니다. 저 새끼들이 오늘 밤 환장을 했나, 너 미쳤니? 아닙니다. 달빛은 더욱 싸늘합니다. 밤은 점점 깊어 갑니다. 파수병은 계속하여 차출되고 숨통을 찢기었습니다. 시체는 자꾸 늘어갑니다. 피비린내는 더욱 진해집니다. 달빛은 이제 파랗게 요기를 풍겼습니다. 기러기들은 슬슬 뒤로 뺍니다. 거기서 작은 음모가 싹트기 시작합니다. 이러다간 우리가 다 죽겠구나. 우리 힘을 합해 명령하는 자의 숨통을 찢자. 그러자. 그러나 아무도 앞장서는 자는 없었습니다. 그들이 머뭇거리는 동안에도 계속하여 파수병은 지명되고 지명된 자는 하나씩 죽어 갔습니다. 다시 파수로 지명된 하나가 대장 앞에 나아가서 음모를 고자질했습니다. 놈들의 숨통을 깡그리 찢어라. 그리고 염통을 쪼아라! 대장이 펄펄 뛰었습니다. 패싸움이 벌어집니다. 음모에 가담한 자들은 모두 숨통이 찢겨졌습니다. 밀고자도 음모자의 부리에 염통이 찢겨졌습니다. 파수는 계속 차출되었고, 적이다, 숨통을 찢어라, 정말 적이다, 염통을 쪼아라는 계속되었습니다. 달이 기울고 동쪽 하늘이 희부옇게 밝아올 무렵, 기러기들은 거의 모두 시체로 변해 있었습니다. 대장 내외는 배도 차지 않았습니다. 얼마 먹지도 못하고 밤새도록 명령만 내린 셈입니다. 태양이 솟아 올랐습니다. 대장은 아내와 댕그마니 서 있습니다. 자식까지 숨통을 찢은 것입니다. 나도 파수를 서라고 지명하지요? 마지막으로 아내가 오금을 박았습니다. 넋이 빠진 대장이 뒷걸음질치며 허수아비를 가리켰습니다. 허수아비가 움직이는 것입니다. 허수아비는 장대를 내던지고 머리에 썼던 허수아비 탈을 벗어 던집니다. 종이 옷은 찢어 버렸습니다. 야무지게 생긴 소년이 나타났습니다. 털모자, 털외투, 털장갑, 털장화를 쓰고, 입고, 신고, 끼고 있었습니다. 소년은 발 밑에서 새끼줄 꾸러미를 들추었습니다. 그리고 아주 침착하게 기러기들

의 모가지를 새끼줄에 꿰기 시작합니다. 수십 미터의 새끼줄에
는 기러기들이 촘촘히 매달렸습니다. 소년은 새끼줄의 한쪽 끝
을 허리띠에 잡아 매고 랄랄랄, 랄랄랄, 노래를 부르며 걸어갑
니다. 기러기들은 사이 좋게도 한 줄에 목이 옭아져 된서리 내
린 논둑길을 쓸면서 끌려가고 있습니다. 대장 내외는 그 자리에
서 옴짝도 못하고, 처음부터 끝까지 모든 것을 보고만 있었습니
다. 안경잡이는 흘러내린 안경을 콧등 위로 밀어 올렸다. 그리
고 어떻게 됐습니다? 내가 물었다. 이야기는 끝났습니까? 대장
내외는 어디론가 날아갔습니다. 그들의 소리는 처량했습니다.
그것은 이야기가 아니었습니다. 그것은 정말 울음 소리였습니
다. 울어봤자 소용 없지요. 내가 말했다. 그 후로 이 땅엔 가을
이 와도 철새가 날아오지 않습니다. 제 얘기는 이것으로 끝입니
다. 안경잡이는 담배를 물고 불을 당겼다. 재미는 있습니다만
제목은 뭡니까? 돌아오지 않는 새가 좋겠습니다. 아닙니다.
죽어가는 파수가 좋겠습니다. 그것은 모두 영화 제목 같아서 틀
렸습니다. 오리잡이가 좋겠습니다. 하여튼 그것은 거짓말이지
요? 새가 오지 않는 것은 농약 공해 때문이지요? 바지 저고리
가 진지하게 말했다. 농담 마십시오. 농약과 철새 사이에 무슨
관계? 하기는, 글쎄요, 저도 잘 모르겠습니다. 우리들은 모두
담배를 피우고 있었다. 회의는 어떻게 되는 겁니까? 건물 안쪽

에서는 웨딩 마치가 연주되고 있었다. 제기랄, 이게 뭐야, 바쁜 사람을 오라고 해놓고선. 우리는 담배만 뻑뻑 빨았다.

위원회, 관인 생략, 일시, 장소, 회의 안건이 명시된 공문을 받은 것은 엊그제였다. 내가 위원이라, 금시초문이었다. 아무리 생각해도 무슨 위원회 같은 데 가입한 기억은 없었다. 마침, 약방이든지 병원이든지 한번 들러봐야 할 일이 생겼으므로, 나는 오늘 아침 버스를 탔던 것이다. 신작로 가에는 검열을 받기 위하여 산에서 뽑아다 심어 놓은 노가주나무들이 가뭄으로 거의 모두가 빨갛게 타죽어 가고 있었다. 위원회는 군청 소재지인 읍의 읍민관 건물 안에 있다고 했다. 나는 버스에서 내려 역전 이발소의 시계를 보려고 기웃거렸다. 그러나 문에 발이 드리워져 있어 안에서는 내가 보일 테지만 밖에서 안의 시계는 잘 보이지 않았다. 주제 꼴도 그렇고 해서 나는 이발소 문 앞을 비켜섰다. 읍민관이 어딥니까? 네, 읍민관 말씀입니까? 서울 쪽으로 올라가시다 보면 왼편으로 유원지 가는 신작로가 있습니다. 그 반대편 신작로로 들어가면 커다란 건물이 하나 있습니다. 나는 걸었다. 그런데 그 커다란 건물로 들어가는 신작로 입구의 가로수에 화살표와 결혼식장이라고 쓰여진 종이가 붙어 있었다. 읍민관이 어딥니까? 바로 저깁니다. 그 커다란 건물의 정문에는 위원회 간판이 커다랗게 붙어 있었는데 사람들이 무척 많이 문 안으로 들어가고 있었다. 문 앞에는 책상을 놓고 두 사람이 붙어 앉아 있고, 들어가는 사람들은 폼을 재면서 뒷주머니나 혹은 저고리 안주머니에서 하얀 봉투를 하나씩 꺼내 놓는 것이었다. 봉투를 받는 사람이 봉투 안에서 꺼내 세어 보는 것은 분명히 돈이었다. 나는 머뭇거렸다. 나도 돈을 내야 하는가? 위원회는 분명 위원회인데……. 그때 누군가가 나의 어깨를 툭 치는 것이었다. 일찍 오셨습니다. 이쪽으로 오십시오. 하필 오늘 여기서 합동 결혼식을 한답니다. 제가 위원회 간사입니다. 그는 낯이 익었다. 몇 번인가 누런 봉투를 끼고 우리 마을 동사무실에 찾아온 적이 있었다. 우리 뒷문으로 들어가십시다. 부조금 준비 안 됐지요? 여유가 있더라도 낼 필요는 없습니다. 접수도 합동이니까요. 어서 들어가십시다. 나는 그의 뒤를 좇아 건물 안으로 들어가려다가 픽 웃었다. 건물 벽에 까만 페인트로 커다란 가위가 하나 입을 벌려 그려져 있었다. 뭘 보십니까? 가위가 제법 큰데요. 아, 소장수들이 자꾸 거기다 갈겨싸서 냄새가 여간 지독해야죠. 그렇겠군요. 나는 건물 안으로 들어갔다. 아직 아무도 안 오셨군요? 네, 이제 곧 오실 겁니다. 앉으시죠. 시간이 아직 안됐습니까? 시간은 벌써 지났지요. 앉으세요. 그는 의자를 권했다. 인사를 못 드렸습니다. 그는 나의 손을 두 손으로 싸잡고 흔들며 헤 웃었다. 잇몸이 푸르딩딩하니 이상한 냄새가 풍겼다. 잘 부탁합니다. 그는 이어서 잠깐만, 이라고 말하며 손을 들어 보이고는 건물 안쪽으로 통하는 문을 열고 오줌이라도 싸려는지 급히 나갔다. 나는 또 픽 웃었다. 의자 다리 옆에는 물컵이 하나 딩굴고 있었다. 나는 그것이 떨어뜨린 것인 줄로만 알고 집어 올리려다 보니 다른 의자 아래도 그런 물컵이 한 개씩 놓여 있었다. 아하, 재떨이 대용이구나. 나는 또 다시 픽 웃었다. 방금 간사가 나간, 건물 안으로 통하는 문과 대좌하여 놓인 호마이카 칠의 커다란 책상은 신품에 가까웠고, 그 위에는 위원장의 명판이 놓여 있었는데 그것은 작고 침침한 방하고는 어울리지가 않았다. 그러나 말씀이 아니게 헐어빠진 회전 의자는 방하고 제법 어울리는 것 같았다. 그리고 내가 들어온 뒷문 쪽으로 비켜서 헐어빠진 책상 두 개가 붙어 있었는데 거기 놓인 철제 의자는 아주 신품이었다. 그 한 책상 위에는 사무국장이라는 명판이 놓여 있었고, 또 한 책상 위에는 간사 아무개라는 명판이 놓여 있었다. 그리고 옹색하게 구석으로 세워 놓은 캐비넷 한 개와 목제 서류함 한 개가 집기의 전부였다. 유리창에는 커튼이 퇴색한 채 먼지를 뒤집어쓰고 드리워져 있었는데 그것은 재료가 너무 고급품이어서 헐어빠진 지금 더 추하게 보였다. 벽에는 요즈막 만들어 붙인 것 같은 아스테이지의 현황판이 있있는데 거기에는 붉고 파란 글씨의 숫자가 어지럽게 욕심껏 쓰여져 있었고, 막대 그래프의 붉은 기둥은 천정 높이까지 치솟고 있었다. 그 옆에는 위원회 산하의 조직표가 서투른 지펜 글씨로 그려져 있었는데, 위원장을 비롯하여 모두 끝에 장자가 붙어 있는 직함과 성명 투성이였다. 나는 그 속에서 내 이름 석자를 발견하고는 웃음이 터져나와 견딜 수가 없었다. 나는 혼자서 킥킥거리며 웃다가 입을 다물어야만 했다. 건물 안쪽으로 통하는 문이 열리며 한 사람의 낯선 안경잡이가 나타났기 때문이었다. 여기가 위원휩니까? 그가 물었다. 내 입 속에서는 웃음이 꿈지락거렸지만 참았다. 그렇습니다. 그런데 다들 어디 갔지요? 글쎄요. 저도 모르겠습니다. 그런데 선생은 결혼식에 오신 겁니까? 아뇨, 회의에 온 겁니다. 아, 그러십니까? 그럼 기다려 보십시다. 그런데 왜 그쪽 문으루? 선생은 그럼 다른 문으로 들어오셨습니까? 네, 뒷문으로. 제기랄, 뒷문이 거기 있는 줄 알았나? 난 그것도 모르고 쌩돈을 뜯겼구나. 이 불경기에 오백 원이면 큰 돈 아닙니까? 보리가 한 말 값이죠. 말걸리론 여덟 되를 사고 이십 원이 남습니다. 소주는 여섯 병을 사는데 사십 원이 모자랍니다. 몇 홉짜리 말씀하시는 거죠? 이홉들이를 말한 겁니다. 선생은 계산이 빠르십니다. 술 좀 마십니까? 별로. 그러나 술값은 알 수 있지 않습니까? 그렇죠, 그런데 선생은 위원입니까?

저도 잘 모르겠습니다. 공문이 왔기에 서점에도 들를 일이 있고 해서……. 아, 그러십니까? 저기 선생의 이름이 있는가 찾아보십시오. 나는 벽을 가리켰다. 아, 여기 있습니다. 그는 안경을 자꾸 밀어 올리며 하나하나 읽어 나가다가 소리쳤다. 선생의 이름도 이 가운데 있습니까? 제 이름도 발견됐습니다, 선생이 오시기 전에. 하하하하. 하하하하. 그때 뒷문으로 간사가 앞서고 바지 저고리 하나가 그 뒤를 따라 들어왔으므로 우리들은 또 웃음을 삼켰다. 저 양반은 쌩돈을 뜯기지 않았겠지요? 그렇습니다. 우리는 소근거렸다. 그때 이번엔 건물 안쪽으로 통하는 문이 열리며 어디선가 본 듯한 얼굴이 하나 쓱 들어오더니 위원장 자리에 가 털썩 앉았다. 어디서 보았더라, 낯이 익은데. 저 수염, 낯이 익지요? 그때 안경잡이가 내 귀에 소근댔다. 저도 그걸 생각 중입니다. 아, 생각났습니다. 전번 선거 때 수염 한쪽에 몇 만 표짜리라던가, 그 노인네 있잖습니까? 맞았습니다. 나는 너무 큰 소리로 말해서 민망했다. 조금 후에 치마 저고리의 부인 하나가 안경을 쓰고 들어왔다. 부위원장님, 돈 있으십니까? 천 원만 꾸어 주십시오. 부조금을 준비 안해서, 허허허허. 위원장 자리에 앉은 얌체 수염이 말했다. 그만두시죠 뭘, 이왕에 통과한 문 아닙니까? 부위원장이라는 부인이 대꾸했다. 그렇지만 어떻게 그냥 있습니까, 허허허허. 부위원장은 돈을 꺼냈다. 위원장은 봉투를 썼다. 봉투에 돈을 넣은 위원장은 건물 안쪽 문으로 사라지고 부위원장은 뒷문으로 가면서 간사에게 말했다. 회의가 시작될 때쯤 집으로 전화 좀 걸어 주세요. 네, 그렇게 하죠. 간사가 허리를 굽신했다. 도대체 회의는 언제 하는 겁니까? 안경잡이가 간사에게 물었다. 아무래도 결혼식이 끝나야 될 것 같습니다. 죄송합니다. 간사는 또 한번 허리를 굽신했다. 우리 이야기나 합시다. 제가 얘기를 하나 하겠습니다. 안경잡이가 좌중을 둘러보았다. 네, 무슨 얘기든 하십시오. 방안의 네 사람은 의자를 둥그렇게 놓고 앉았다. 안경잡이는 입심좋게 이야기를 했다. 그것이 기러기 얘기였다. 재미는 있습니다만 무슨 의밉니까? 의미 같은 건 아무래도 좋습니다. 얘기는 그저 재미있는 것이 얘기의 의미 잖아요? 알쏭달쏭하군요. 그래도 무슨 의미 같은 게 있을 듯하기도 하고, 그저 맹탕…… 아니, 실례했습니다. 나는 손을 흔들며 애써 나의 망발을 부정했다. 좋습니다. 선생은 무슨 재미나는 얘기가 없습니까? 안경잡이가 나를 바라보며 안경알 속에서 가느다란 눈을 자꾸 깜박거렸다. 전 뭐, 선생의 얘기같이 그런 신통한 건 없습니다. 나는 겸손하게 말을 꺼냈다. 사실 오죽잖은 얘기가 생각났으므로 겸손할 수밖에 없었다. 제가 살고 있는 마을은 버스가 다니는 삼등 도로에서 한참이나 샛길로 들어가야 합니다. 그런데 지난 달에 그 길을 넓혔습니다. 그래서 이제 자동차도 들어갈 수 있습니다. 그 길을 넓힐 때의 이야깁니다. 길 옆에는 커다란 미루나무가 몇 그루 서 있었습니다. 그것을 베어서 성냥 공장에 팔아 마을 기금으로 쓰기로 결정했습니다. 그 날 밤입니다. 국민학교에 다니는 제 동생이 말했습니다. 형, 그 미루나무 벤다고? 베지 않을 수 없나? 길을 넓히자면 벨 수밖에 없는 걸, 도대체 왜 그러니? 아니, 아무 것도 아냐. 그럼 형, 한 달쯤 됐다가 베면 안되나? 안되지. 형 마음대로 어떻게 할 순 없어? 내 맘대로 어떻게 할 수 있고 없고가 문제가 아니라 이달 말까지 길을 완전히 넓혀서 검사에 합격해야 되니까, 동네 어른들이 그렇게 결정한 거야. 그런데 너 왜 그러지? 아냐, 형 힘으로 어떻게 할 수도 없는 걸 뭐. 동생은 한숨을 쉬었습니다. 그런데 그 이튿날입니다. 동네 어른들이 톱과 밧줄을 가지고 미루나무 밑으로 갔을 때 거기에는 마을 사람들이 모여서 나무 꼭대기를 올려다 보고 있었습니다. 저는 깜짝 놀랐습니다. 거기에는 제 동생이 올라가 매미같이 붙어 있었습니다. 그리고 공중에는 까치가 몇 마리 울고 있었습니다. 말재주가 없는 나는 얘기 도중에 자신의 감정으로 떨고 있었다. 방 안의 사람들은 나의 얼굴을 보고 있었다. 제 동생은 까치 새끼를 신발 주머니에 넣어 목에 걸어 등에 매달고 미끄럼타듯 내려왔습니다. 그리고 나무 밑에 벗어 놓았던 검정 고무신을 침착하게 신고는 톱을 들고 서 있는 어른들을 씩 훑어보고 돌아서서 마을로 천천히 걸어갔습니다. 지키고 서 있던 아이들도 아무 말 없이 밧줄을 들고 서 있는 나를 씩 훑어보고는 동생의 뒤를 따라갔습니다. 저는 그때 제 자신이 왠지 미웠습니다. 그 까치 새끼는 어떻게 되었습니까? 안경잡이가 턱을 들며 물었다. 며칠 후 죽었습니다. 그런데 제 동생이 요새 앓는단 말입니다. 그래서 실은 오늘 병원이든지 약방이든지 들러봐야겠다고 생각하면서……. 나는 이야기를 끝냈다. 세 사람은 잠자코 있었다. 나도 잠자코 있었다. 난 오늘 여기 오는데 버스를 탔지요. 잠자코 있던 바지 저고리가 말을 꺼냈다. 저도 버스로 왔습니다. 안경잡이가 말했다. 저도 버스로 왔습니다. 나도 맞장구를 쳤다. 그런데 학교 가는 아이들이 먼지를 풍기며 지나가는 버스를 향해서, 콜록, 콜록……. 바지 저고리가 얘기 도중에 기침을 했다. 아이들이 돌멩이를 던졌습니까? 안경잡이가 성급하게 채근했다. 아니, 그게 아니라 손을 흔듭디다 그려. 그야, 뭐 흔한 얘기 아닙니까? 모처럼 간사가 대꾸했다. 그런데 버스에 탄 어른들은 누구 하나 손을 마주 흔들어 주는 이가 없습디다 그려. 대개 그렇죠 뭐. 간사가 또 방정맞게 참견했다. 선생은 그럴 때 손을 흔듭니까? 내가 안경잡이에게 물었다. 아뇨. 안경잡이는 고개를 숙였다. 저도 마찬가지였습니다. 나도 고개를 숙였다. 결혼식이 끝났나 봅니다. 간사가 말했다. 그때 건물 안쪽으로 통하는 문이 열리며 위원장이 들어섰다. 그는 결혼식에서 받은 꽃을 저고리 깃에 꽂은 채 헐어빠진 자기 의자에 가 앉아 수염을 손가락으로 꼬아 올렸다. 뒤따라 번쩍거리는 머리가 들어와 사무국장 책상 앞의 철제 의자를 돌려 놓고 앉으려다가 되일어섰다. 오래 기다리게 해서 죄송합니다. 읍내에 계신 분들이 모두 불참이시군요. 죄송합니다. 오늘 하필 결혼식까지 있어놔서……. 사무국장이 간사에게 눈짓을 했다. 간사가 종이 뭉치를 갖다 건넸다. 그는 프린트된 회의 사항이라는 것을 한 장씩 나누어 주었다. 한 오십 장은 되어 보였다. 그러나 방안에 있는 사람은 모두 여섯 사람, 간사는 뒷문 앞에서 누가 더 오지는 않는가 지켜 서 있었다. 그럼 지금부터 본 위원회 월례회를 개최하겠습니다. 먼저 위원장님 인사 말씀이 계시겠습니다. 아, 시간도 많이 지났고 생략하십시다. 수염을 꼬아올리던 손을 흔들며 위원장이 사양했다. 그럼 사업 보고를 하겠습니다. 사무국장은 현황판 앞으로 다가서서 저고리 안쪽 주머니에서 만년필 같은 것을 꺼내 들더니 그것을 쑥쑥 뽑았다. 트랜지스터 안테나 같이 쑥쑥 뽑히는 것은, 나는 이름도 모르는 빛나는 쇠막대였다. 그는 빛나는 쇠막대로 숫자 투성이의 현황판과 천정 높이로 치솟는 막대 그래프를 가리키며 소위 말하는 브리핑을 하는 모양이었다. 방안 풍경이 어쩐지 어설프고 한편 우스꽝스럽기만 할 뿐 귀에 먹혀 들지가 않았다. 도대체 이 위원회라는 것이 무엇 하는 곳입니까? 바지 저고리가 불쑥 한 마디 던졌다. 나는 웃음이 나오는 걸 참았고 안경잡이의 손이 내 손을 꼬옥 잡는 걸 보니 그도 웃음을 참는 모양이었다. 아, 오늘은, 연초 총회 때 빠지셨던 분들이라서…… 에, 본 위원회로 말할 것 같으면 중앙위원회에서 전국적으로 벌이고 있는 저축 운동 기구로써……. 아, 그것은 잘 알고 있습니다. 요는 오늘 모인 근본 목적이 무엇이냔 말씀입니다. 그건 지금 말씀드리는 중입니다. 여러 위원님께서 물심 양면으로 적극 호응하시고 협조해 주신 덕택으로 본 위원회는 금일 현재 본 위원회 산하 마을마다 한 개씩의 금고가 설립되었습니다. 총 금고 수, 백육십칠 개소에 총 출자금, 사백이십삼만 육천이백삼십사 원으로써 갓 창립된 금고가 대다수인 본 위원회 산하 금고임을 감안할 때 아주 좋은 실적을 올린 셈입니다. 앞으로 사후 관리가 문제인데 여러 위원님들께서 적극 협조하시고 지도해 주시면 출자금은 날로 증가하여 모범 위원회로 선발될 가능성이 큽니다. 그리고 끝으로……. 사무국장은 무슨 말을 더 할 듯하더니 위원장 쪽을 자꾸만 쳐다보며 머뭇댔다. 위원장이 눈치를 챈 듯 일어섰다. 사무국장께서 직접 말하기가 거북한 모양입니다. 실무자인 사무국장께서 말씀드리기 어려운

것을 순 명예직인 위원장으로서 제가 말씀드리기가 수월하다면
여러분께서는 이미 무슨 말을 하려는 것인지 짐작이 가실 것입
니다. 위원장은 침을 삼키고 사무국장은 딴전을 피우고 있었다.
이제 본론인가 봅니다. 안경잡이가 나의 옆구리를 쿡 찔렀다.
그런가 봅니다. 내가 끄덕였다. 여러분께서 들고 계신 회의 사
항을 보시면 맨 마지막에 위원회 회비건이 있습니다. 움직이는
데는 어디나 기름이 필요한 것입니다. 그런데 우리 위원회의 실
정을 봅시다. 우리 위원회에는 순 명예직인 위원장단을 제외하
고 실무진으로 사무국장 일 명, 간사 일 명, 사환도 없습니다.
그런데 이 두 사람 몫으로 나오는 활동비가 고작 월 삼만 원입
니다. 그 외에 사무비쪼로 중앙 위원회에서 나오는 삼천 원이
있습니다만 조족지혈입니다. 모두 합해야 각 마을 한 개씩 창립
을 본 금고 지도자 출장비도 안될 것입니다. 그래서 우리 위원
들이 월 얼마씩 회비를 갹출해서 이 사업을 돕자는 것입니다.
누가 돕겠습니까? 그렇지 않습니까? 이 사업은 우리가 해야 할
사업입니다. 위원장은 열이 오르고 있었다. 사무국장은 회의 사
항 프린트물로 자꾸만 책상 위를 톡톡 치며 귀를 맞추고 있었
다. 생각해 보니 얼마씩이라고 액수를 못박을 수도 없겠군요.
그러니 성의껏, 성의껏 말입니다. 얼마씩이든 형편대로, 회의에
참석한 사람이라도 봉투에 넣어 간사에게 맡겨 주는 방법이 어

떻겠습니까? 사실은 우리 위원들끼리 창립한 시범 금고도 말이 아닙니다. 시범이라는 머리 글자가 중요합니다. 그런데 모여야지요. 월 일 구좌당 이백 원인데 우리 위원회의 위원수가 오십 명이 넘습니다. 모이기만 하면 일인당 월 오백 원씩 내는 거야 뭐 그리 어렵겠습니까? 그 중 이백 원은 시범 금고에 출자하고 나머지 삼백 원은 회비로 넘겨서 이 더운 날 냉면이라도 한 그릇씩 훌훌 마시면서……. 좋잖습니까? 금고가 잘 되면 대부도 하고 위원 간에 유대도 공고해지고……. 사무국장은, 위원장 혼자 말하고 있을 뿐 반응이 없자 초조해져서 프린트물로 톡톡 책상 위에 귀만 맞추고 있었다. 그때 찍— 하고 부저 소리가 요란하게 울렸다. 간사가 후다닥 건물 안으로 통하는 문을 열고 뛰어 갔다. 조금 후에 돌아온 간사가 좌중에게 말했다. 부위원장님으로부터 온 전화였습니다. 회의가 끝나 가느냐구요. 아무도 들은 체하지 않았다. 파리가 날아 다니는 소리가 들렸다. 안경잡이가 나의 귀에 입을 대고 말했다. 선생은 아까 그 사백 몇십만 원이 진짜 같습니까? 글쎄요, 참 ×같은 회의로군요. 그때까지 눈을 감고 앉아 있던 바지 저고리가 느닷없이 소리쳤다. 섰어! 사람들이 모두 그를 바라보았다. 가던 시계가 딱 섰단 말입니다. 국회 의사당 탑시계를 말씀하시는 겁니까? 그것은 몇 년 전부터 항상 열두 시 오 분을 가리키고 있었습니다. 의원님들은 하루 종일 점심시간인 모양입니다. 안경잡이가 힛히히 웃으며 말했다. 아닙니다. 나는 요즘 경기를 말한 겁니다. 아, 그렇군요. 불경기라, 시계가 섰다…… 그럴 듯합니다. 내가 억지로 갖다 붙여 납득했다. 우리 마을엔 목장이 하나 있습니다. 얼룩덜룩한 젖소가 몇십 마리 있는데 그 놈들이 동네 방네 돌아다니며 똥을 깔겨대고 곡식을 마구 뜯어먹고 생지랄입니다. 그래서 군수 영감이 시찰 나오셨을 때 목장을 옮겨달라고 했더니 정식으로 진정서를 내라고 말씀하셨습니다. 그러고는 길가의 우리집 담벼락에 철거 딱지만 붙여 놓고 갔습니다. 안경잡이가 청산유수로 말하고 나서 안경을 콧등 위로 밀어 올리며 좌중을 둘러보았다. 진정서와 철거 딱지 사이엔 어떤 관계가 있습니까? 내가 물었다. 관계 같은 건 전 잘 모릅니다. 갑자기 그 일이 생각났을 뿐입니다. 회의는 어떻게 되는 겁니까? 간사가 못 참겠다는 듯 나섰다. 이만 마치지요. 사무국장이 땀을 씻으며 말했다. 마칩시다. 돌아가실 때 아까 말씀드린 대로 다만 얼마씩이라도 성의껏 잊지 마시고……. 위원장이 겸연쩍게 뒷말을 흐렸다. 돈을 내야 됩니까? 내가 안경잡이에게 가만히 물었다. 돈이 있습니까? 안경잡이가 가만히 되물었다. 실은 여유가 없습니다. 내가 방긋이 웃었다. 그럼 됐습니다. 그러나 바지 저고리는 조끼 주머니에서 돈을 꺼내고 있었다. 간사와 사무국장이 그것을 힐끔힐끔 곁눈질하고 있었다. 점심 시간은 지났지만 어디 가서 냉면이라도……. 위원장은 꼭 냉면이 먹고 싶은 모양이었다. 갑시다. 안경잡이가 내 손을 잡아 끌었다. 우린 이쪽으로 나갑시다. 내가 안경잡이의 손을 뒷문 쪽으로 잡아 끌었다. 저걸 보십시오. 나는 뒷문 밖에 나와 안경잡이에게 바람벽의 그림을 가리켰다. 모가지라도 자를 만큼 큰 가위군요. 충분합니다. 누구의 목을 자릅니까? 글쎄요. 분명히 이 방을 지키는 사람들은 아닙니다. 그들은 불쌍하니까요. 회의는 끝났지요? 이미 끝났지요. 우리는 건물 모퉁이를 돌아 나왔다. 저만큼 무엇인가 깊은 생각에 잠겨 걸어가는 바지 저고리의 뒷모습이 보였다. 나 혼자서만 돈을 못 냈군요. 내가 말했다. 나도 안 냈습니다. 안경잡이가 대꾸했다. 선생은 아까 오백 원을……. 아, 합동 결혼식 말씀입니까? 그건 쌩돈을 뜯긴 거지요. 건물 앞 게시판에는 합동 결혼식 실천 요강이 붙어 있었다. 합동이라는 말이 중요하지요? 네, 머리 글자가 중요합니다. 우리는 힛히히 웃었다. 저는 이쪽으로 갑니다. 이번 달에는 그 잡지가 나왔는지 모르겠습니다. 제가 즐겨 사 보는 잡진데, 지난 달에는 안 나왔는지 못 나왔는지, 나왔다가 들어갔는지, 누가 걸어 갔는지, 여하튼 못 샀습니다. 안경잡이가 나의 손을 잡았다. 저는 약방엘 갑니다. 그런데 무슨 약을 사야 할지……. 그때 가로수 밑에 서 있던 선글라스의 사내가 우리들 앞으로 뚜벅뚜벅 걸어왔다. 선생이 아무 갭니까? 그는 안경잡이에게 물었다. 네, 제가 바로 맞습니다만. 잠깐 저와 함께 갑시다. 안경잡이는 선글라스에게 이끌리듯 따라가고 있었다. 햇볕이 따가웠다. 나는 병원이든 약방이든 들러야겠다던 계획을 포기하고, 무슨 음모에라도 가담하다가 들킨 놈같이 갑자기 불안해져서 버스 정류장으로 직행했다. 부릉거리던 버스는 내가 오르자마자 출발했다. 나는 버스 안을 살펴보았지만 신경이 쓰여지는 것은 없었다. 나는 안심했다. 버스는 먼지를 풍기며 잘도 달렸다.

운암도 雲岩島

　구름바위섬(雲岩島)으로 가는 여객선 '갈매기호'는 순백의 선체에 검정 띠를 선명하게 두른 채 공업용 폐수로 오염된 M항(港)의 물줄기를 가르며 포구를 벗어나고 있었다. 이층 상갑판 위에 계신 손님은 선실로 들어가 주시기 바랍니다. 선내 확성기가 몇 번이고 거푸 말하고 있었다. 나는 이층 침대실로 들어갔다. 박사는 어느새 자기 침대 위에 올라가 창문 쪽을 향해 모로 누워 있었다. 나는 좁은 복도에 선 채로 담배 한 대를 붙여 물었다. 배가 완전히 포구를 벗어나 제 속력을 내기 시작하자 확성기 소리는 멎었고, 나는 선실 밖으로 다시 나왔다. 갑판 위에는 벌써 꽤 많은 사람들이 나와 있었다. 그들 중에는 아래층 삼등 선실로 쫓겨 내려갔던 사람도 섞여 있었다. 그들은 목적지까지 무려 십여 시간이나 걸린다는 항해의 지루함을 미리부터 본격적으로 수용할 태세가 갖추어져 있는 듯 했다. '깡'을 안주 삼아 소주병을 기울이는 사내, 둘러앉아서 동전 내기 화투판을 벌이는 사람들, 멀어져 가는 육지의 해변풍경을 바라보며 난간에 기대 서 있는 남녀, 나도 그들 축에 끼어 박사와 처음 만나 하룻밤을 지냈을 뿐인 낯선 항구와 눈 앞에서 위아래로 선회하는 갈매기에 눈을 주었다. 백로(白露)를 지나 추석을 며칠 앞둔 가을볕이 명주올보다도 섬세하게 내리쪼이며 나의 신경통 있는 양어깨를 따사롭게 어루만지고 있었다. 소금기를 머금어 습기 찬 바닷바람이 귀바퀴를 지나며 머리카락을 흩날리고 있었다.

1

'信仰의 生活化' 등을 사시(社是)로 내걸고 있는 교계(教界) 주간지 K신문이 장장 일백 회나 끌어온 특집 시리즈 '빛을 남긴 사람들'에 이어서 '씨 뿌리는 사람들'의 첫 번째 인물을 물색하다가 구름바위섬의 구세병원(救世病院) 원장 고대인(高大仁) 박사로 결정된 것은 며칠 전의 일이었다. 그는 마침 '빛을 남긴 사람들'의 첫 번째 인물이었던 갈산(葛山) 민병훈(閔炳薰) 선생 기념 사업회가 마련한 금년도 국가 사회 봉사 부문의 본상 수상 자이기도 했던 것이다. 지구의 한 귀퉁이를 밝고 맑은 곳으로 만들기 위해 작은 십자가를 지고 가는 사람들…….

내가 현지 취재 명령을 받고 총무과에 들렀을 때 과장은 시큰 둥하니 말했다. 그 사람 서울에 나와 있다면서 한두 시간 만나 얘기 들으면 될 일 가지구 게까지 뭣하러 가누, 가봤자 별볼일 없을 거구, 있어봤자 그렇지……. 아마 배가 아픈 모양이었다. 하기는 이번 일이 요즘 활기를 잃어가는 기자들의 사기를 돋구 기 위해 '바람이나 쏘일 겸' 교대로 내보내려는 편집국장의 배 려이고 보면 그럴 만도 했다. 특수 전문지라서 일반 신문과는 다른 면도 있었으나 속상하는 일이야 그런 대로 매일반이고, 월 급도 '쥐꼬리'만 하고, 그래서 뭐 신나는 일은 없나 하다가 퇴근 길에 술집에 모여 줄담배를 피우며 소주잔을 비우고(이것을 우리 교계 기자들은 주님을 모신다고 표현한다), 만원 버스에 시달리며 돌아 오면 언제나 똑같은 골목을 지나야 되고 아내는 궁둥이 돌릴 틈 도 없는, 달아낸 부엌에서 서른 다섯에 얻은 아들을 울리며 콩 나물국을 끓이고, 변소를 조심스레 사용해야만 되는 사글세 방……. 나는 그날도 '주님'을 삼차나 모시고 돌아와 출장 얘기 를 꺼냈더니 아내는 미리부터 설레는 것이었다. 출장비 받으면

'돈똥'이 좀 떨어지겠죠? 울애기 플라스틱제 변기(便器) 하나 사
줘요, 네? 그러나 삼박사일의 출장비 가운데서 한 푼의 돈똥도
떨구지 않았고, 카메라 가방에 칫솔만 한 개 넣어 가지고 고속
버스 터미널로 나왔던 것이다. M항까지 다섯 시간 여를 달렸
고, 국장의 지시대로 D호텔에 들러서 동행이 약속된 박사를 만
날 수 있었고, 숙박료가 굳었다. 나는 얼핏 버스 안에서 있었던
일이 생각났다. M항이 가까워지고 있을 무렵, 차내 스피커에서
박수 소리와 함께 주택 복권 추첨 시간을 알리자 내 곁에 앉아
졸던 아주머니가 느닷없이 백을 열고 종이 쪽지를 석 장이나 꺼
냈던 것이다. 둘러보니 한둘이 아니었다. 저고리 안주머니에서
꺼내는 신사, 수첩 갈피에서 뽑아내는 청년, 그리고 사회 보는
코미디언의 구령과 함께 화살이 꽂히는 소리가 들리고 번호가
발표될 때마다 그들은 하나같이 한숨을 쉬는 것이었다. 줌베시
고 쏘셔! 나는 이게 무슨 소린가 하다가 한참만에야 '준비하시
고 쏘시오!' 하는 구령임을 납득하고 빙그레 웃었다. 나는 여지
껏 복권 같은 것을 사본 적이 없었던 것이다.

  점심을 잡수셔야지. 박사가 내 등 뒤에 다가서며 말했으므로
나의 상념은 깨졌다. 배는 이제 완전한 원의 중심을 항해하고
있었다. 두고 온 육지가 그 윤곽마저 가물가물하고 갈매기도 보
이지 않았다. 나는 선실로 들어와 나의 지정된 침대 위에 놓여

있는 튀긴 닭다리와 껍질까지 벗겨 놓은 사과 한 알, 그리고 영
양빵 세 개를 먹었다. 선내 매점에서 사온 듯싶은, 뚜껑이 열린
음료수도 한 병 건네 주었으므로 나는 감사했다. 이등 침대표도
박사가 사준 것이므로 나는 다시 '복권' 생각을 아니할 수 없었
다. 멀미약을 드리리까? 박사가 다시 자기 침대 위로 기어오르
며 말했다. 나는 괜찮다고 했다.

　나는 한숨 더 자렵니다. 박사는 자기 침대의 커튼을 내렸다.
나는 다시 갑판으로 나왔다. 사람들은 여전히 술을 마시고 화투
를 계속하고 있었다. 그런데 그 중 한 사람, 배가 M항을 출발할
때부터 몇 번이나 아래층 삼등 선실로 쫓겨 내려갔다가는 되돌
아 올라오곤 하던 남루한 한복 차림의 노인이, 이등 선실이 바
람을 막아 주는 양지쪽에 무릎을 감싸안고 앉아 지금 막 값싼
담배곽을 꺼냈으나 한 가치도 남아 있지 않은 모양이었다. 노인
은 빈 곽을 버리지 않고 조끼 주머니에 접어 넣고 있었다. 나는
담배를 한 개비 권했다. 운암도에 사십니까? 나는 노인 앞에 쪼
그려 앉으며 물었다. 예, 한 이십년째 삽니다만…….

　나는 그 노인으로부터 '구름바위섬'에 대하여 여러 가지 얘기
를 들을 수 있었다. 비와 바람, 그리고 구름과 안개 끼는 날이
많고, 겨울엔 눈이 많이 와서 일년내 쾌청 일수는 달포밖엔 안
된다는 것, 옥수수, 감자 등이 나지만 섬사람들의 석 달 양식밖

엔 되지 않아 식량은 거의 '본토'에서 가져다 먹는다는 것, 본토와 섬 사이를 잇는 교통 수단으로는 '갈매기호'가 격일로 왕래한다지만 기상 관계로 열흘도 좋고 보름도 좋게 발이 묶일 때도 있다는 것, 그러나 이젠 병원까지 들어서고 어업의 현대화로 섬은 아주 딴 세상이 됐다는 것 등…….

실은 그 병원의 박사님을 뵈러 가는 길입니다만…….

나는 다시 담배 한 대를 더 권하며 아주 마룻바닥에 털썩 앉아버렸다.

박사에 대해서 좀 아십니까?

알구 말굽쇼. 제 기억으로는 그분이 가족을 이끌고 섬에 들어오신 게 십여년 전의 일입죠. 가보시면 아시겠죠만, 그 동안 참 일 많이 했습죠. 병원을 세워 죽어가는 사람을 살렸죠, 구호 양곡을 나누어 주었죠, 소돼지를 기르게 했죠, 우물을 개량했죠, 유실수를 심게 했죠, 풍차를 돌려 전기불을 키게 했죠, 가보시면 아시겠죠만, 이루 다 말할 수가 없습죠.

네, 소문은 좀 들었지만 사실이군요. 나는 고개를 끄덕였다.

헌데, 그분 만나기는 좀 어려울 텐데…….

왜요? 나는 박사와 동행하고 있음을 말하지 않았다.

항상 외국에 나가 계시거나 서울에 사시니까요.

그럼 환자들은 누가 받습니까?

의사들이 여럿인 걸요 뭐.

가족들도 섬에 없습니까?

그럼요. 자녀들은 미국에 가 있구, 사모님께서는 물론 서울에 계셔야지요.

노인은 당연하다는 듯 말했다. 나는 담배를 참고 있었다.

박사에 대한 섬사람들의 평판은 어떻습니까?

글쎄요, 그게 뭐, 가보시면 아시겠죠만, 그게 글쎄요, 그게……

왜 무슨 일이 있습니까?

욕을 좀 먹고 있습죠.

뭣 때문입니까?

뭐 그게 그렇습죠. 사실 옛날부터 섬에는 궂은 날이 많다 보니 문둥병 앓는 사람, 폐병 앓는 사람들이 많긴 했죠만, 원장님이 외국 원조를 받기 위해서 섬사람 모두를 문둥병, 폐병쟁이 명단에 넣고 사진도 그렇게 찍어 보내서 기계랑 약품이랑 구호 양곡을 얻어왔다는 거죠. 가보시면 아시겠죠만, 몇 년 전부터 엄청나게 큰 병원을 새로 짓고 있는데, 그런 것들이 모두 섬사람을 도매금으로 판 돈 이라는 거죠. 허지만 그게 뭐 대순가요? 우리 마누라도 수술비 한 푼 변변히 못 드리고 맹장을 도려냈고, 그래서 병원 짓는 데 품으로 때우고 있습죠만, 섬 사람 치고 원장님 덕 보지 않은 이는 없을 갭니다. 공연히 남의 말 좋아하는 사람네 입방아죠. 허지만 이제 그분 욕하는 사람두 별루 없구, 제 살기에 바쁘니까요. 그리고 어떻게 그분이 우리네와 같을 수 있나요? 고기 잡아 하루하루 살아가는 우리네야 그저……

노인은 얼핏 주머니를 더듬다가 수평선을 바라보았다. 나는 또 다시 담배 한 대를 권하며 뭘 좀 드시겠느냐고 물었다.

아뇨, 멀미가 날 때는 만사가 귀찮아요. 자동차 같으면야 중간에서 내릴 수도 있지만 바다 위를 떠가는 이놈의 배라는 물건은 죽으나사나……

나는 입을 다물었다. 죽지 못해 하루하루를 살아가는 가난에 찌든 삶을 노인은 아마 배로 비유하는 듯 싶어서였다. 나는 고마웠다고 인사하고 노인 곁을 떠났다.

갈매기와 어선들이 보이기 시작했다. 섬은 주봉에 구름을 인 채 눈 앞에 다가와 있었다. 알카리성의 괴암 절벽에 파도가 밀려와 거품을 일으키며 부딪치고 있었다. 선객들이 짐을 챙기며 웅성거리고 있었다.

처음이라면서 배멀미가 없으신데요. 나는 약 덕분에 잘 잤습니다.

박사가 가방을 들고 갑판에 나와 있었고, 노인은 이미 보이지 않았다. 역한 비린내가 확 끼쳤다. 부두엔 많은 사람들이 몰려 나와 있었다. 그들 가운데 의사와 간호사들이 마중을 나와 있었고, 나는 어정쩡하니 그들을 소개 받았다. 눈매 고운 간호사 하나가 나의 가방을 받아 들었다. 미곡 상회와 옷 가게가 즐비한 언덕길을 올라가는데 나는 숙소를 정해야겠다고 생각하면서도 무슨 배짱인지 그들 뒤를 잠자코 따라가고 있었다. 엄청난 규모의 시멘트 건물 신축 공사장 앞을 지나며 나는 그것이 새로 짓는다는 병원임을 알 수 있었다. 원장 자택 응접실에서 커피를 한 잔 마시고 났을 때, 박사는 총무라는 사람을 불러 나를 '숙소'로 안내하도록 지시했다. 그리고 일어서는 나에게 조목조목 말했다. 본토로 가는 배는 모레 아침에 있음, 내일 아침 섬을 일주하며 필요한 사진을 찍을 것, 주민등록증을 총무에게 주어 배표를 미리 사게 할 것, 식사는 자기와 함께 하는데 저녁은 일곱 시, 아침은 여덟 시, 점심은 열두 시…….

나는 숲 속에 있는 숙소로 안내되고, 닥터 김이라는 콧수염을 기른 젊은 의사와 잠시나마 함께 기거하게 됐음을 알았다. 이 집은 의사들 사택으로 지은 것 가운데 하나인데, 건넌방을 쓰세요, 얼마 전까지 나 같은 총각 의사가 사용했는데 떠났죠. 닥터 김은 코먹은 소리로 말했다. 그는 아마 언챙이 수술을 한 모양이었다.

이튿날 아침 일어났을 때 섬은 비안개에 싸여 있었고, 바람이 제법 일어 무화과잎을 함부로 흔들고 있었다. 날씨도 그렇고 관광철도 아닌데 섬을 일주하는 배가 있을 턱이 없었다. 박사와 아침 식사를 하고 났을 때 그는 커피를 들며 섬의 역사와 전설, 행정적인 현황 등을 자세히 설명해 주었다. 그리고 그는 자기 애기로 방향을 돌려 잡는 것이었다.

황혼이었어, 라고 박사는 말했다. 해방을 한 해 앞둔 그 해 가을의 어느 날, 그 황혼은 불타는 듯 했지. 그때 나는 어느 교회의 목제 종탑 아래 서 있었는데 꼭대기를 올려다보니 종이 없는 거야.

종이 없는 종탑이라…….

나는 메모하고 있었다. 박사는, 일제 말기의 놋쇠로 된 것이면 숟갈까지 걷어가던 시절을 회상하고 있었다.

……나는 결심했어, 목사가 되기로 말야. 나는 이듬해 봄에 신학교에 입학했고 해방을 맞았어. 나는 목사가 됐고 여러 군데 교회를 개척했지. 그런데 나는 나발이나 불며 앉아 교인들의 헌금으로 먹고 사는 그런 목사질은 싫어졌어. 그래서 의사가 됐지. 당시 전국엔 십여만 명의 나환자들이 대개 다리 밑이나 공동 묘지에 살고 있었어. 나는 그들 버림받은 사람들을 위해 일

생을 바치기로 결심한 거야. 가족들은 물론 반대했지. 그러나 그것이 나의 결심을 바꿀 수는 없었어. 내가, 내 가족이 모두 문둥이가 돼도 좋다고, 나는 결단을 내렸고, 그때 나는 십자가의 의미에 눈을 떴어. 그러니까 그게 벌써 15년 전의 일이구먼⋯⋯. 박사는 눈을 가늘게 뜨고 피아노가 놓인 쪽 벽에 걸린 목제 십자가상의 예수를 응시하며 말을 이었다⋯⋯. 의과 대학의 피부과 연구실에 적을 두고 전국의 다리 밑이나 공동 묘지를 헤더듬고 다닐 무렵의 어느 해 봄, 나는 이 섬에 나환자와 결핵 환자가 많다는 얘길 듣고 배를 탔지. 그런데 풍랑으로 사흘 동안이나 표류하게 됐어. 생환을 포기했다가 이 섬에 도착했을 때 나는 땅에 입맞추었어. 그리고 기도했어, 내 생명은 이제 당신의 것입니다. 이 곳엔 병든 자가 많고 의사는 없습니다. 내가 여기 있겠나이다, 라고. 나는 가족과 함께 이 섬에 왔어. 그리고 이튿날부터 셋방에서 병원을 시작했지.

나는 감격하고 있었다. 커피를 드시지, 라고 박사는 여유를 보이며 말했다. ⋯⋯나는 나의 모든 것을 던졌어. 그러나 섬 사람들은 내가 국회의원이 되려고 왔다는 등 수군거렸고 부채만 늘어갔어. 그러나 나는 이겨냈지. 그래서 십오 년이 지난 오늘의 운암도를 봐. 구름이 걷혀 가고 있어. 결국 모든 것을 버릴 때 모든 것을 얻는다는 성서의 파라독스는 참 진리라는 증거요,

이것이 나의 간증이기도 하지…….

창 밖엔 비가 내리고 있었다. 나는 박사의 저서 몇 권과 병원 초창기에 박사가 만든 사진 엽서들을 얻어 가지고 원장 사택을 나왔다. 그리고 닥터 김에게 우산을 얻어 들고 국민학교와 면사무소 등을 한 바퀴 돌아 교회에 들렀다. 나는 그 교회의 목사에게서 섬 사람들의 신앙 생활과 기독교의 교세에 대하여 알아 보았다. 짐작했던 대로 미신이 우세였다. 나는 메모했고 교회를 나오려다가 우산을 집어 주는 소년에게 말을 건넸던 것이다.

중학교가 있나?

그럼요. 소년은 자랑스럽게 대답했다.

비가 오지만 안내 좀 맡아 주겠어? 나는 우산을 펴들며 말했다.

그러지, 신문사에서 오신 분인데 가까운 곳이라도 좀……. 목사가 곁에서 거들었다. 저희 교회 학생회장이죠.

소년이 고개를 꾸벅했다. 그러고 나서, 오후 세 시 이후에나 시간이 있는데요.

그래, 그럼 세 시에 병원 앞에서 기다릴게.

나는 병원으로 왔다. 비가 오는데도 환자들이 붐비고 있었다. 나는 총무로부터 이등 침대표를 주민등록증과 함께 건네 받았다. 이래서 되겠습니까, 라고 말했으나 그는 뱃삯까지 굳이 돌려 주며 웃었다. 점심을 매식하고 다방에 잠시 들렀다가 다시 병원 앞으로 와 소년을 기다렸다. 세 시 삼십 분까지 서 있었으나 소년은 왠지 나타나지 않았다. 나는 피곤했고 숙소에 올라와 한숨 잤다. 저녁 식사를 하기 위해 원장 사택으로 내려갔을 때, 박사는 종일 외국에서 온 편지 답장을 타이핑했다면서 피아노 앞에 앉아 있었다. 나는 잠시 듣고 있었다. 누가복음의 문둥이 얘기가 주제라는 바하의 칸타타 78번이라고 박사가 말했다. 박사는 식탁 위에 놓여 있는 종을 딸랑딸랑 흔들어 식모를 불러 식사를 청했고, 식사 후 다시 종을 딸랑딸랑 흔들어 커피를 가져오게 했다. 그리고 나에게 말했다.

내일 아침 여덟 시 출항, M항에 오후 여섯 시 도착, D호텔에 들러 좀 쉬시다가 밤열차를 타면 모레 새벽에 서울 도착, 우선 댁에 들러 아침을 드신 후, 이 서류를 보건사회부에 전달만 해 주시면 됩니다. 외국에 곧 나가야 할 일이 있는데 여권 신청에 따르는 보조 서류죠. 박사는 다시 종을 흔들었다. 식모가 대령했다.

그거 포장됐으면 여기 갖다줘.

식모가 물러갔다.

오징어를 좀 샀습니다. 그리고 이건 얼마 안되지만 여비에 보태 쓰시도록……. 박사가 봉투를 하나 건네 주었다. 어서 올라가 쉬시지요. 날씨가 이러다간 내일 배가 출항할 수 있을지 원…….

안녕히 주무십시오. 나는 손전등을 들고 숙소로 올라왔다. 닥터 김은 어둠 속에 누워 있다가 벌떡 일어났다. 전등알은 심지만 발갛게 달아 있을 뿐이었다.

열한 시가 넘도록 불이 이 모양입니다. 도란슨가 뭔가 달면 된다지만 귀찮은 일이고……. 닥터 김은 이 어둠이 자기 책임이나 되는 것처럼 코먹은 소리로 킁킁대며 말했다.

술 한 잔 하시겠습니까?

내가 물었고, 닥터 김은 좋다고 일어섰다.

2

'금일 기상 관계로 출항 못함'

선박 사무소 매표구에는 이렇게 쓰여진 종이 쪽지가 붙어 있었다. 어젯밤부터 더욱 드세진 비바람은 나를 출장미귀로 만들어 버렸다. 군대 있을 때 동료 사병 가운데 이 섬 출신이 두어 명 있었는데 그들은 휴가만 가면 미귀였었다. 때마다 그들은 귀대하는 날 내무반원 모두가 이가 아프도록 먹을 수 있는 오징어를 메고 왔었지.

비는 계속 내렸다. 나는 갈 곳이 없었다. 병원에 들렀다. 그런데 병원은 텅 비어 있었다. 약제실 안에 그 눈매 고운 간호사만 혼자 앉아 있을 뿐이었다. 그녀는 다리를 포개고 의자에 앉아 있다가 인기척에 놀라 벌떡 일어섰다.

다들 어디 가셨나요?

네, 점심 시간예요, 두 시까지요. 그녀는 손톱 밑을 들여다보며 말했다.

이 전화로 서울 부를 수 있습니까? 나는 아내를 생각했던 것이다.

네.

나는 교환에게 서울의 주인 집 전화 번호를 말했다.

그녀는 거즈를 접어 오리고 있었다.

이 섬이 고향이세요?

네.

오래 되셨습니까?

네, 학교 졸업하구 죽…….

그때 전화 벨이 울렸으므로 나는 더 묻지 못했다. 아내의 목소리는 아주 가깝게 들렸다. 그렇지, 무선국이 있다고 했지. 나는 아내에게 아기가 잘 노느냐고 묻고, 비바람 때문에 배가 묶여 있다고 말했다. 그리고 회사로 연락할 것을 부탁하고 수화기를 놓고 물러서려는데 전화 벨이 다시 따르릉 울렸다. 간호사가 멈칫 일어섰으나 나는 수화기를 되집어 올렸다.

구세병원이죠? 서울서 오신 신문기자 선생님 좀 바꿔 주세요.

나는 의아했다. 나에게 전화할 사람이 누군가.

저예요, 왜 안내를 부탁하셨잖아요? 어저께 약속을 지켜드리지 못해 미안해요. 오늘 아침 배가 못 떠났길래 전화하는 거예요. 세 시에 병원 앞으로 갈게요.

그래, 고마워.

소년은 전화를 끊었다. 나는 빙그레 웃었다. 간호사가 내 곁에 다가와 서있다가 몸을 돌렸다. 나는 숙소로 올라왔다. 떠나기 위해 정리해 놓은 가방을 풀어 박사의 저서 가운데 한 권을 꺼냈다. 책갈피에서 퇴색한 사진 엽서 여러 장이 쏟아져 흩어졌다. 안개에 싸인 섬의 전경과 어선들, 오징어를 말리는 아기 업은 부인, 갓 쓴 노인, 섬의 어린이들, 그리고 왕진 가방을 들고 산길을 가다 돌아선 박사의 모습……. 나는 엽서를 아무렇게나 쓸어 모아 가방 속에 쑤셔박았다. 그리고 창호지로 바른 창문을 드르륵 열었다, 그 밖에 유리창이 또 한 겹 있었다. 나는 그것마저 열려다가 깜짝 놀랐다. 문살에 커다란, 한쪽 날개가 아기의 손바닥 넓이 만큼이나 되는, 하얀 나비 한 마리가 붙어 있는 것이었다. 섬찟하여 나는 물러서려다가 다시 보니 그것은 핀에 찔려 죽어 있는 것이었다. 커다란 옷핀이 날개가 펼쳐진 채 창문살에 붙어있는 나비의 등을 뚫고 박혀 있었다. 아마 이 방에 있었다는 총각 의사가 여름밤에 불빛 따라 들어온 놈을 이리저리 쫓아 내려다가 화가 나서 이렇게 사형에 처한 모양이었다. 나는 어쩐지 기분이 내키지 않아 창호지문을 다시 드르륵 닫아버리고 자리에 벌렁 누웠다. 내일은 배가 떠나려나, 며칠씩 배가 묶여 모처럼 들어온 관광객들이 시계까지 잡히고 돌아가기 일쑤라는데……. 이런저런 생각을 하다가 까무룩 잠이 들었고, 눈이 뜨였을 때도 여전히 비는 내리고 있었다. 나는 천천히 병원으로 내려왔다. 병원은 붐비고 있었다. 어린아이 울음 소리 속을 의사들이 분주히 움직이고 있었다. 그들은 평상복 차림으로 환자를 받고 있었는데 간호사들만 흰 가운에 캡까지 쓰고 있었다. 나는 병원 입구의 팽나무 밑에 우산을 받고 섰다. 거리 쪽 어느 술집에선가 대낮부터 니나노 소리가 들려왔다. 그런데 소년은 좀처럼 나타나지 않는 것이었다. 내가 돌아서려는데, 점심시간에 혼자 병원에 앉아 있던 눈매고운 간호사가 다가오는 것이었다.

저, 선생님과 만나기로 약속한 그 학생…… 일이 있어 못 나온다고 전화가 왔었어요.

그녀는 얼굴이 붉어지며 이 한 마디를 남기고 돌아서 병원 안으로 들어갔다. 나는 그 자리를 떠나 마을 안을 빙빙 돌다가 다방에 들러 뜨거운 커피를 한 잔 마시고 담배도 피웠다. 나같이 발이 묶여 육지로 나가지 못한 사람이 장거리 전화를 걸고 나서 요금 때문에 실랑이를 벌이고 있었다. 찻값까지 포함해서 칠백 몇십 원인가를 내고 다방을 나가면서, 씨팔, 더러운 섬이라고 댄 데 없이 욕설을 퍼붓는 것이었다. 나는 멍하니 공정 90퍼센트의 거대한 병원 건물을 창 밖으로 내다보며 줄담배를 피우고 있었다.

여기 계셨군요. 왜 식사를 거르십니까? 원장님이 뭐라고 하시던데요. 닥터 김이 내 앞자리에 와 털썩 앉으며 말했다.

섬 음식도 맛을 봐야죠. 매식을 했습니다.

심심하시죠?

네.

저도 처음엔 미칠 것 같았습니다. 매일 집으로 전화를 걸고 저녁엔 술을 마시고 잤죠. 그런데 이젠 괜찮아요. 닥터 김은 코맹맹이 소리를 내며 흐물흐물 웃었다.

나는 닥터 김과 함께 다방을 나와 또 다시 매식을 했고, 반주로 걸친 소주 한 홉에 얼큰해져서 빗살을 별로 피하려고도 하지 않고 숙소로 올라왔다. 그와 나는 두 방 사이의 대청에 놓인 안락의자에 마주 앉았다. 전등은 여전히 알심지만 불그레 달아 있을 뿐이었고, 우리는 어둠 속에 묵묵히 앉아 있었다.

박사는 지금 뭘 할까요? 내가 불쑥 말했다.

글쎄요, 이따금 육지에서 돌아오면 할 일이 밀려 있을 테니까요.

박사가 알부자라면서요?

글쎄요, 그렇겠지요.

배 타고 들어오면서 얼핏 들은 얘긴데, 이 곳에서 박사의 평판이 덜 좋다면서요?

그건 그렇죠. 그러나 큰일 하자면 욕 안 먹고 할 수 있습니까? 이런 건 있죠, 가령 남을 위해 원장님처럼 커다란 일을 벌여 놓은 사람이 가난한 이웃 속에 들어가 그들과 똑같은 생활을 한다…… 거기까지야 기대할 수 없잖아요? 그래서 제 생각은 주위 사람, 즉 섬 사람들보다 약 삼 배쯤 잘 사는 거야 용납할 수 있다는 거죠. 그런데 그게 십 배, 이십 배를 넘게 된다면…….

그렇게 부잡니까?

나는 성급하게 물었다. 글쎄요, 자세한 거야 모르지만 부동산이 많고, 저도 아직 가보진 못했죠만 외국에서 귀한 손님이 와야 문을 연다는 별장이 이 섬 안에 있다는 얘길 들었는데…….
여하튼 '대인'인 것만은 틀림없죠. 후후후. 닥터 김은 박사의 이
름(大仁)을 대인(大人)으로 말하고 나서 후후거리며 웃었다.

의사들에 대한 대우는 어떻습니까?

의사래야 아시다시피 다섯 명이지만 모두 무면허니까 월급액
이 얼마 안되나봐요. 의대를 졸업한 사람은 저 혼자뿐인 걸요.
그래서 저쪽 마을에다 분원(分院)을 개원할 때도 제 면허증을
사용했고, 그 덕에 저는 월급도 가장 많고 할 말도 다 하면서 떳
떳하게 지냅니다만…….

여러 가지 얘기 고맙습니다.

날씨 덕분에 많은 것 알게 되십니다, 후후후. 닥터 김은 또 한
번 코먹은 소리로 웃었다.

나는 안녕히 주무시라고 인사하고 방으로 들어왔다. 전등빛
이 조금씩 밝아지고 있었다. 방안은 축축하니 누기가 차 있었
고, 나는 피곤했다. 어쩌면 잘 됐는지도 몰라. 모처럼, 이왕 떠
나 온 김에 심신 가뜬히 풀어가지고 돌아가자.

이튿날도 배는 떠나지 않았다. 선박 사무소의 매표구에 붙어
있는 종이 쪽지는 날짜만 지우고 고쳐 쓴 채 내용은 어제 그대
로였다. 나는 술 몇 병과 담배 몇 갑을 사들고 경로당에 들렀다.
그런데 나는 이게 아니었는데, 이게 아니었는데 후회하면서 경

로당을 나서야만 했다. 술이 거나해지자 박사를 두고 '국제 사기꾼'이라는 말까지 나왔던 것이다. 그러나 반대 입장에 서는 노인도 있긴 했다. 그 노인은 '그분'이 이 섬에 들어오지 않았더라면 자기는 이미 황천에 가 있을 거라면서, 일본 사람이 들어왔기 때문에 본토에 철도가 뚫리고 수리 조합이 생겼다. 혁명 정부가 들어섰기 때문에 고속 도로며 공장이 들어섰으며 모두가 잘 살게 된 것처럼 '그분' 때문에 우리네 섬 사람들이 이처럼 잘 살게 됐다고, 묘한 것을 끌어다 대며 열을 올렸다.

그분, 그분, 해쌌지 말라구. 그 사람 때문에 우리 섬 사람 모두가 문둥이가 됐단 말여. 한 노인이 반박했다.

문둥이가 되다니, 문둥이가 성한 사람 됐지.

이 먹통아, 그 사람이 우리네 섬 사람을 모두 문둥이 명부에 집어넣어 미국에 보내설라무니 비럭질해 얻어온 밀가루, 기계, 약품, 옷가지를 쬐금씩 나눠 주는 척하고는 나머지는 모두 본토에 내다 팔아서 떼부자가 됐는데두?

허허, 이 사람아, 문둥이가 됐건 말건 자네는 그 밀가루 안 먹었나? 병원 짓는 데 품팔이는 안허구? 그분 들어와 손해 본 것 뭐 있어? 젖 짜 먹으라고 산양을 나눠 줬지, 하기야 그놈들이 나무 껍질을 갉아 먹는 통에 나중엔 돼지 새끼로 바꿔 줬지마는, 우물엔 노깡을 묻어 줬지, 흙집에나마 유리창을 달게 했지…….

그렇게 따지자면 그렇지만, 그게 모두 얻어먹은 거 아니면 되갚은 거야. 자넨 그 과일 나무를 심을 때 일해 주구 품값 받았나?

받았지.

좋던가?

좋았지.

그 산이 애당초 누구네 것이었는데, 응?

그야 뭐 돈 받고 판 건데 뭐.

그 돈 남아 있나?

것 봐, 그 사람 결국 우리네 덕을 본 거야. 그것두 아주 톡톡히. 저걸 보라구. 우리 섬 사람들이 모두 들어가도 남을, 새로 짓는 저 병원을…….

그거야 그 사람이 똑똑해서 그런 거니까 배 아파할 거 없다구. 자네두 해보구랴, 지 못나 못하면서 공연히 배알이 틀려 지랄이지.

뭐라구, 이놈아? 한 노인이 목침을 빼들며 일어났다.

지난 번 그놈이 척추 수술하러 미국 갈 때, 천벌을 받는다고 말한 건 누군데, 응?

나는 싸움을 붙인 셈이었고, 그 싸움을 말리느라고 진땀을 뺐

다. 경로당을 나서는 나는 우울하기 짝이 없었다. 비는 계속 지
분지분 내렸다. 나는 병원에 들러 오늘은 회사로 전화를 걸리라
생각하며 언덕길을 올라가는데 맞은편에서 경중경중 걸어오던
닥터 김이 나를 툭 건드리곤 저만큼 가다가 돌아서며 말했다.

어떤 학생한테서 전화가 왔는데요, 안 계시다니까 다시 걸겠
다던데요, 어느새 친구를 사귀셨어요? 그는 홍홍 웃고는 밥을
붙여 먹는다는 식당 쪽으로 걸어갔다.

나는 병원에 들르려던 생각을 고쳐 숙소로 곧장 올라와 버렸
다. 이튿날도 배는 떠나지 않았다. 그리고 소년은 스스로 제의
해 온 약속을 또 다시 어겼다. 비는 계속 내렸다. 이튿날도 그
이튿날도 비는 계속 내리고, 소년도 종내 나타나지 않았다.

3

오늘도 배는 떠나지 않았다. 여전히 비는 내리고 섬은 뿌연
비안개와 낮은 구름 속에 싸여 있었다. 닥터 김은 아침 일찍 저
쪽 마을의 자기 이름으로 개원했다던 분원에 갔다. 내일까지 그
마을 환자를 그 곳에서 진료한다는 것이었다. 내가 병원에 들렀
을 때 놀랍게도 박사는 진찰실에 앉아 있었다. 의사들도 모두

흰 가운을 입고 있었다. 총무까지 가운을 입고 자리를 지키고 있었다. 나는 닥터 김을 생각하며 속으로 웃었다. 그가 분원에 가지 않았다면 필시 허름한 점퍼 차림으로 박사가 내려왔건 말 건 쿵쿵거리며 환자를 받다가 내가 나타났을 때 눈을 찡긋해 보였으리라. 박사는, 왜 식사를 거르느냐고 과장된 호통을 쳤으나 나는 신경통 때문이라고 얼버무렸다.

엑스레이를 찍어 보쇼. 박사가 말했다.

그러나 나는 못 들은 척 회사로 시외 전화를 걸었다. 그리고 다시 숙소로 올라왔다.

내가 이 곳에 온 지 며칠째인가. 서울 떠난 지 겨우 일주일이 지났는데 한 달도 더 된 것만 같았다. 그리고 나는, 달리는 버스와 오가는 사람들 틈바구니에서 바다와 등대와 갈매기와 그리고 아름다운 섬 마을의 정경을 그리던 나의 기대가, 정작 섬에 온 지 일주일도 못되어 산산이 깨어지고, 우중충한 날씨와 질금대는 가을비와 누기 찬 방과 역겨운 비린내와 그리고 박사에 대한 섬 사람들의 불쾌한 얘기 속에서 어서 달아나고만 싶었다. 방바닥에 펼쳐져 있는 박사의 저서와, 뒷면에는 자상하게도 영문으로 설명문이 인쇄된 여러 장의 사진 엽서와 아직껏 한번도 사용하지 않은 채 놓여 있는 사진기……. 나는 두 개의 새 필름 속에 무엇을 담으려 했던가. 박사의 저서 뒷장마다엔 이십여 항목의 경력이 적혀 있었고 앞장에는 책마다 그의 봉사에 전념하는 갖가지의 모습이 사진판으로 붙어 있었다. 펼쳐진 한 권의 책 첫 페이지에는 산양 젖을 짜는 박사의 옆모습이 보였다. 나는 책갈피 속에, 흩어진 사진 엽서들을 모아 끼워 덮어 버리고 담배에 불을 당겼다. 나는 문득 회사에 돌아가 써야 할 '기사'에 대하여 생각이 미쳤다. 무엇을 어떻게 쓴단 말인가. '바람이나 쏘일 겸' 떠나 온 것이, 생전 처음 여비 걱정 없이 놓여난 이번 여행이, 부담 없는 매수의 '雲岩島紀行'이나 쓰려던 일이, 그리고 한 가지 욕심이 있다면 고명한 박사의 불우한 낙도 주민에 대한 일생을 건 숨은 봉사 생활을 붓에 침발라가며 멋있게 구사함으로써 우리 K신문의 애독자들에게 감동을 줄 수 있는 절호의 기회라고 여겼던 것이, 여하튼 왠진 모르나 모두 허사가 되어버린 느낌이었다. 나는 방바닥에 벌렁 누워버렸다. 괜히 왔군, 총무과장 말대로인 것을. 그런데 내 시선이 창문으로 향했다. 바른 지 오래 되어 누렇게 변색된 창호지 문 밖에는 닫혀 있는 또 하나의 유리창이 있고, 그 유리창살에는 핀에 꽂혀 잇는 커다란 날개의 흰나비 한 마리가 있을 것이었다. 나는 벌떡 일어나 창호지 문을 열었다. 그런데 유리창 밖에 누군가가 서 있다가 한 걸음 물러서는 것이 얼비쳐 보였다. 나는 유리창까지 열었다. 소년이었다. 그는 빗줄기 속에 홀로 서 있다가 나를 보고는 꾸벅 인사를 했다. 웬 일이지? 언제부터 여기 와 있었지? 왔으면 날 찾지 않구, 응? 어서 들어오라구, 비 맞지 말구, 어서……. 나는 소년이 대꾸할 틈도 주기 않고 계속해서 말했다. 어서 들어 오라구……. 나는 출입문을 열고 나가 현관 문을 열어 주었다. 옷이 젖었잖아?

소년은 방안으로 들어와 엉거주춤 서 있었다. 입술이 파랗다.

약속을 어겨싸서 미안해요. 선생님…….

응? 음, 그래, 앉어.

소년은 앉지 않았다.

선생님, 저하고 함께 가보시지 않겠어요? 소년은 아주 힘들여 띄엄띄엄 말했다.

응? 어딜?

그냥 선생님은 따라오시기만 하면 돼요, 가보시면 아시겠지만요.

지금?

네, 가요, 선생님. 꼭 보여드리고 싶은 곳이 있어요. 소년은 벌써 방문을 나서고 있었다. 소년의 눈빛이 나를 잡아 당기고 있었다.

나는 무심결에 카메라를 집어 들었다.

이쪽으로요, 라고 소년이 산길로 접어들며 말했다.

어느 쪽인데? 이쪽이니?

아뇨, 저쪽이지만요……. 소년이 마을 건너편 산을 가리켰다.

그런데 왜 돌아가지?

…….

소년은 대답하지 않았다. 나도 더 이상 묻지 않았다. 산에는 갖가지 유실수들이 자라고 있었다. 무화과, 오동, 밤나무, 잣나무, 그리고 향나무도 있었다. 소년은 산비탈을 끼고 마을 뒤를 돌아 병원을 내려다보며 건너편 산속으로 접어들었다. 빗발이 드세졌다. 소년은 떨고 있었다. 나는 소년의 어깨를 감싸 안아 우산 속으로 가까이 다가세웠다. 걸음이 불편했다. 산마루에 올라서자 부두가 내려다보였다. 병원, 마을 집들, 관공서와 학교 등은 보이지 않게 됐다. 소년과 나는 다시 비탈길을 오르고 있었다. 그런데 나는 언제부턴가 시멘트 계단을 밟고 있었다. 비가 내려 질적한 부엽토의 산길이 아니었다. 유실수들은 이제 보이지 않고 향나무 숲이 찝찔한 산속 길이었다. 나는 무슨 말인가를 하려다가 그만두었다. 그때 마침 소년이 말했다.

선생님?

응?

지금 어디로 가느냐고 묻지 않으세요?

글쎄다…….

　그때 나의 뇌리에 떠오른 생각, 그것은 결코 소년을 더 이상 따라가서는 안된다는 것이었다. 무엇을 보여주겠다는 것이냐. 나는 또한 무엇을 보려고 소년을 따라가고 있단 말이냐. 멀리 보이는 바다는 파도가 높아 보였다. 허연 이빨을 드러내 보이며 섬을 향해 몰려 오고 있었다. 산등성이를 넘었다. 찝찝하니 들어선 수목들과 이름 모를 덩굴들이 엉켜 있는 숲의 왼쪽 발부리 밑에서 파도가 몰려 와 암석에 부서지는 소리가 들려오고 있었다. 오금이 저렸다. 소년과 나는 비안개와 숲에 가려 보이지는 않았으나 절벽 위를 걷고 있음을 알 수 있었다. 나는 으시시 몸을 떨었다.

　조금만 가면 보여요, 라고 소년이 말했다.

　그러자 나는 그 자리에 우뚝 섰다. 빗발이 더욱 드세게, 우산을 꿰뚫을 듯이 쏟아지고 있었다. 우뢰 소리를 들은 듯도 했다. 나는 무서웠다. 더 이상 무엇을 본단 말인가. 그리고 보아서 어쩌겠단 말이냐. 소년이 보여 주겠다는 것이 지금까지 내가 알게 된 박사의 이미지를 반대 방향으로 확 바꾸어 몰아 갈 그 무엇이 된다손 치더라도 그게 무슨 소용이 있단 말인가. 그리고 분명 내가 지금 가고 있는 곳은 그럴 수 있는 곳이 아니라는 생각이 들었던 것이다.

　돌아가자, 내가 피곤해서 안되겠다. 이번엔 내가 약속을 청하지. 만일 내일도 배가 떠나지 않는다면 그때 우리 함께 오자. 오늘은 아무래도 돌아가 쉬어야겠어. 미안해 응?

소년은 말이 없었다.

돌아가자, 여기까지 안내해 준 것 고맙다. 이젠 길도 알았으니 나 혼자 와 찾아볼 수도 있고…….

알았어요, 라고 말하더니 소년은 우산 속을 벗어나 갑자기 산 아래로 굴러 떨어지듯 달려가기 시작했다.

나는 우산대를 어슬프게 겨드랑 밑에 끼고 담배를 꺼냈으나 종내 불을 당길 수 없었다. 소년은 시멘트 계단을 뛰어내려 비안개 속으로 사라졌다. 나는 그 자리에 얼마 동안 서 있다가 천천히 마을로 되내려오고 있었다. 여러 가지 갈피 잡을 수 없는 상념들이 골 속을 빠개지게 들쑤시고 움직였다. 나는 마을로 들어서다가 불고기 냄새와 연기가 쏟아져 나오는 술집 안으로 들어섰다. 그리고 청해 마신 주량이 얼마나 되는지조차 모를 정도로 폭음했다. 내 곁에는 많은 사람들이 둘러앉아 떠들며 술을 마시고 있었는데 그들 또한 날씨 탓에 발이 묶여 본토로 돌아가지 못하고 있는 사람들 같았다.

구경도 제대로 못했잖아?

날 잡아 왔지 뭐.

여비는 떨어지구, 젠장할 것.

아주머니, 이 섬엔 어디 재미 볼 데 없는가요?

나는 술값을 되는 대로 치러 주고 숙소를 향해 언덕 길을 잡아들었다. 구역질을 참으며 병원 앞을 지나다가 쪼그려 앉아 속을 좀 가라앉히고 몸을 일으키는데 눈매 고운 간호사가 팽나무 아래 서서 그런 나를 지켜 보고 있었다. 나는 엉겹결에 꾸벅 고개를 숙이며 웃었으나 내 웃는 얼굴은 엉망진창이었으리라. 그리고 나는 조금은 비틀거리며 스적스적 병원 앞을 지나 오동나무와 무화과 묘목이 자라고 있는 신축 건물 모퉁이를 돌아 숙소로 올라왔다. 나갈 때 열어 놓은 현관 문턱을 지나 방안으로 들어온 나는 며칠째 그대로 깔려 있는 침구 위에 몸을 던졌다. 방안은 아주 캄캄했다. 전등불을 켰다. 그러나 소용없는 일이었다. 닥터 김은 왜 도란슨가 뭔가 하는 걸 귀찮다는 한 가지 이유만으로 설치하지 않고 어둠 속에 심지만 붉어질 따름인 알전구의 불빛을 보며 그냥 지냈을까……. 그 또한 어쩌면 이 섬에 들어오면서부터 떠나고 있는지도 몰라. 그러니까 그의 방엔 침대 하나만 있을 뿐이겠지. 아니야, 정구 라켓이 방구석에 세워져 있었어. 그리고 오늘 아침 분원으로 가면서 그는 나에게 농담까지 했는걸. 아주 추석 지내고 가세요. 대접 좋겠다, 뭐가 걱정이세요? 매일 한 차례씩 서울로 전화나 거시구, 후후후…….

창 밖에 비는 여전히 내리나보다. 나는 뒤척이고 있었다. 소년이 보여 주겠다던 것이 무엇일까? 그놈은 제 스스로 여러 번 약속을 해놓고는 왜 번번이 어겼을까? 나는 또 왜 돌아왔는가? 무엇을 두려워하고 있는가? 바보 같은 놈, 일어나라! 지금이라도 가볼 수 있지 않니? 그래, 나는 혼자서 갈 수 있어. 그리고 이젠 무엇을 봐도 놀라지 않을 거야. 가자. 나는 벌떡 일어났다. 칠흑 어둠 속에 성근 빗발이 뿌리고 있었다. 나는 병원 앞을 지나 마을 사잇길을 걸었다. 술집 안에서는 여지껏 니나노 소리가 흘러 나오고 있었다. 마을을 벗어났다. 나의 걸음은 급했다. 숨이 차 왔다. 시멘트 계단이 밟히기 시작했다. 왼쪽 발부리 밑에서 파도가 밀려와 절벽에 부딪치는 소리와 섬뜩한 찬 기운이 올라왔다. 마을에서 개 짖는 소리도 들려왔다. 이쯤에서 돌아섰었지, 벼엉신. 나는 언제 술을 마셨던가 싶게 정신이 말짱했다. 몇 계단을 더 밟았을까, 그런데 갑자기 눈앞이 환해졌다. 나는 눈을 부볐다. 다시 부비고 보아도 마찬가지였다. 뽀얀 비안개 속에 여러 개의 수은등이 고개 숙여 둘러선 가운데 나지막한 담을 두르고 앉아 있는 이층 양옥…….

나는 마치 동화 속의 왕궁을 보는 듯했다. 나는 자신도 모르게 끌리듯이 계단을 밟아 내려갔다. 담은 비교적 높은 편이었으나 철문은 안쪽으로 소리 없이 움직였다. 뜰에는 파란 잔디가 깔려 있고, 불빛에 이슬 방울들은 별처럼 반짝이고 있었다. 후

광처럼 비안개에 싸여 있는 집 이층 창문의 커튼 사이로 불빛이 새어 나오고 있고, 바둑알 같은 잔돌이 깔린 현관에 이르는 길 양쪽에는 날아갈 듯 날개를 펼친 돌 조각의 천사들이 가느다란 물줄기를 몸뚱이 어디선가 분수처럼 뿜어내고 있었다. 그리고 불빛과 함께 새어 나오는 파이프 오르간 소리……. 나는 철문 안으로 들어서고 있었다. 그리고 다시 한 발자국 옮기는데 우람하게 가슴이 떡 벌어진 험상궂은 상판의 개 한 마리가 입도 딱 벌리고 앞을 가로막아 섰다. 나는 으악, 소리를 지르며 얼굴을 감쌌다.

아무 소리도 없었다. 조용했다. 나는 얼굴 가렸던 손을 뗐다. 눈이 부셨다. 방안이었고, 나는 이불 위에 반쯤 일어나 앉아 있었다. 다시 눈을 부볐다. 목이 마르다. 전등에 밝은 불이 들어와 있었다. 목이 탄다. 물을 마셔야지, 내가 잠이 들었었군. 오줌도 마려웠다. 변소엘 가야지, 거기 수도도 있으니까……. 나는 또다시 눈을 부비며 일어나려다가 이번엔 정말 화들짝 놀라지 않을 수 없었다. 하얀 가운을 입은 채 눈매 고운 간호사가 벽에 기대 서있다가 예쁜 주전자에서 노란 물을 한 컵 가득 따라 주는 것이었다.

놀라시게 했나봐요, 죄송합니다. 노크를 해도 대답이 없으시기에 망설이다가 들어왔어요. 깊이 주무시는데 깨울 수도 없구…….

이럴 때 나는 무슨 말을 할 수 있는가.

방에 누기가 차 있네요. 스위치만 올리면 되는데……. 이 방은 전기 온돌이거든요? 그녀는 걸상을 들어내 놓고 몸을 굽히더니 책상 밑에 장치된 스위치를 올리는 모양이었다. 전등 불이 잠깐 흐려졌다가 다시 제 빛을 찾았다.

한두 시간 지나면 따뜻해질 거예요. 제가 미리 좀 알려 드릴 것을……. 그녀는 방안에 누기가 차 있는 것이 자기 잘못이나 되는 양 송구스러워했다.

오래 기다리셨습니까? 나는 비로소 신통찮은 한 마디를 할 수 있었다.

그녀는 대답 대신 조금 웃었다. 앉으십시오. 나는 뒤로 물러앉았다.

아뇨, 곧 가봐야죠, 밤도 깊었는데……. 그녀는 손톱 밑을 들여다보다가 생각난 듯 의자를 책상 밑으로 밀어 놓고는 저…… 동생 만나셨지요, 라고 묻는 것이었다.

나는 소년을 생각했고, 그녀의 물음을 납득할 수 있었다.

네, 만났습니다.

별장두 보셨겠네요?

네. 이번엔 엉겁결에 대답했다.

그리구…… 그 별장에서…… 있었던 일…….

그때 나는 튕긴 듯 일어났다. 그리고 내 손바닥을 펴 그녀의 입을 막았다. 아무 일두 없었어……. 나는 경어를 쓰지 않았다. ……아무일도 없었던 거야. 그렇지, 아무일두 없었구 말구……. 나는 그녀의 등을 한 손으로 토닥대 주며 같은 말을 힘 주어 반복했다.

그래요, 아무 일도 없었어요. 저의 어머님께서 백만 원두 넘 게 든다는 수술을 공거루 받은 일밖엔……. 그녀는 나의 가슴 에 젖은 머리를 묻고 작은 소리로 자꾸자꾸 말했다. ……아무 일도 없었어요, 아무 일도…….

그런데 나의 시선은 자꾸만 하얀 나비가 핀에 꽂여 있는 창문 쪽으로 향하고 있었다.

……그런데 제 동생은 자꾸만 선생님을 만나겠다잖아요? 실 은 제가 약속을 어기게 했어요.

됐어, 어쩌면 내일 아침엔 배가 떠날 것 같군.

그래요, 어서 가셔야지요.

아냐, 오늘까지 배가 떠나지 않은 게 다행이야.

고맙습니다. 왠지 저도 내일 아침 날이 개일 것 같아요. 안녕 히 주무세요.

그녀는 구겨진 이불깃을 바로 잡아 놓고 몸을 돌렸다. 그리고 갔다. 한참 후에야 나는 오줌 마려운 것을 잊고 있었음을 알았다. 변소에 다녀 온 나는 창호지 문을 드르륵 열고 조심스레 창살에서 나비를 떼냈다. 하얀 가루가 손에 묻어났다. 나는 나비의 잔등에 꽂힌 핀을 뽑았다. 등골이 저려 왔다. 나는 나비를 부서지지 않도록 종이에 쌌다. 이 섬을 다녀 가는 가장 좋은 기념이 되리라. 잠시 후 나는 따뜻해지기 시작한 방바닥에 뺨을 한번 대보았고, 나비의 꿈을 꾸며 깊은 잠에 빠졌다. 그리고 새벽녘에 뱃고동 소리에 잠이 깼다.

나는 섬을 떠나고 있었다. 무엇인가 보이지 않게 빼앗기고 있는 섬, 냄새 나는 섬, 그러나 보이지 않게 무엇인가 자라나고 있는 섬을 나는 떠나고 있었다. 나는 부두에 나와 서 있는 많은 사람들 가운데서 소년과 눈매 고운 간호사를 보았다. 배가 움직이기 시작했을 때 가방 멜빵을 고쳐 매면서 나는 콧날이 찡해 왔다. 가방 속에는 총무가 은밀히 넣어 준 두툼한 봉투와 박제된 나비가 함께 들어 있었다. 다시 동행하게 된 박사는 두 개의 커다란 가죽 가방을 건장한 선원 한 사람으로 하여금 침대실로 옮기게 했다. 그 속엔 육지로 내다 팔 약병이 가득 들어있었다. 배가 포구를 벗어나고 있는데 나는 갑자기 구토를 느끼기 시작했다. 침대 위에 올라가 누워 보았으나 참을 수 없었다. 박사는 벌써 약기운에 잠이 든 모양이었다. 영양식을 하는 박사는 약의 효력이 정상으로 나타나는 모양이었다. 나는 올 때도 괜찮았는데 공연히 약을 받아 먹었다고 생각했다. 배멀미 약을 먹은 나는 약멀미를 시작한 것이었다. 나는 변소로 내려가 토하고 또 토했다. 토해라, 토해라, 똥물까지 토했다. 나는 선실로 돌아왔다. 박사는 코를 곤다. 나는 총무로부터 은밀히 받은 봉투를 복도에 놓여 있는 박사의 가죽 가방 속에 억지로 밀어 넣었다. 그리고 나는 다시 뛰어나와 난간에 기대 선 채 구역질을 했다. 입 안이 쓰디썼다. 나는 점심을 거절했고, 가까스로 잠들 수 있었다.

갈매기가 보인다, 하고 누군가가 소리쳤다. 어린아이 소리였다. 이어서 확성기가 같은 말을 반복했고, 침대실 안의 스피커에서는 흘러간 노래가 쏟아져 나왔다. 배는 서서히 속력을 줄이며 M항의 포구로 미끄러져 들어가고 있었다. 박사는 두 개의 가죽 가방을 떠날 때의 그 선원에게 들려 선장실을 통해 먼저 내렸다. 내가 실로 오랜만에 육지의 땅을 밟았을 때 박사는 외국행이 급해 이 밤으로 상경한다면서 택시를 잡아 놓고 뒤에다 약 가방을 싣고 있었다.

선생은 여기서 오늘 밤 편히 쉬고 내일 상경하는 게 좋을 겁니다. D호텔까지 함께 갑시다.

박사가 먼저 타고 앉아 택시 문을 열어 주었다. 나는 택시에 올랐다. 가슴속에서 작은 덩이가 올라 치미는 것을 억지로 눌러 참았다. 호텔 앞에서 나를 내리게 한 박사는 쫓아 나온 보이와 무엇인가를 얘기했다. 그리고 그는 떠나면서 말했다.

신문 나오면 서울 집으로 좀 보내 주시오.

나는 오징어 보따리와 함께 호텔에 들고, 목욕을 끝냈을 때 보이가 들어와 말했다.

혼자 주무시겠습니까? 말벗을 불러 드릴까요?

아뇨, 좋습니다.

안마사도 있는데요?

나는 잠깐 망설였다. 주머니엔 아직 출장비가 거의 그대로 남아 있었다. 아내가 말하던 돈뚱…… 그리고 플라스틱제 아들놈의 변기…….

그대로 좋습니다.

나는 곤하게 잘 수 있었다. 구름 사이로 내리비치는 눈부신 햇빛을 타고 날아 오르는 하얀 나비의 꿈을 꾸면서…….

이튿날 아침 내가 아래층으로 내려갔을 때, 숙박료는 이번에도 내가 지불할 필요가 없었다. 나는 다시 구역질이 나오는 것을 참았다. 새벽담배를 피운 까닭이라고 생각했다. 호텔 밖으로 나오니 보이가 택시를 잡아 놓고 있었다. 고맙습니다, 라고 인사를 잊지 않고 나는 택시에 올랐다. 그런데 보이도 앞자리에 오르는 것이었다.

버스 표를 사드리라고 해서요, 라고 보이가 말하며 뒤통수를 긁었다.

나는 웃었다. 이거야 정말 복권 당첨이군. 나는 자꾸만 웃음을 창밖으로 날리며 고속 버스 터미널로 나왔고, 서울로 오는 버스 안에서도 참참이 웃음을 날려야만 했다. 안내양이 왜 그렇게 웃으시느냐고 물어왔을 정도였다.

회사에 도착한 것은 정오 무렵, 사장은 악수를 청하며 말했다.

여비는 부족하지 않았소? 이번 호에 특집으로 잘 좀 다루시오. 고 박사 사진도 커다랗게 넣고, 허허허허, 수고했시다!

나는 쉬고 싶었다. 사내에 남아 있는 기자들과 직원들은 어느새 오징어 보따리를 풀어 헤치고 있었다. 나는 책상 위에 잠시 엎드렸다. 전기 곤로까지 동원해서 오징어 굽는 냄새가 진동했다.

재밌는 일 많았어요? 어떻습디까? 누군가가 묻는다.

나는 결국 섬을 다녀 오지 않고서도 충분히 쓸 수 있었을 박사의 미담가화(美談佳話)를 쓸 수밖에 없는가? 한갓 첨가할 게 있다면 그것은 실제로 가본 섬의 아름다운 겉모양을 곁들임으로써 박사의 얘기를 더욱 빛나게 할 수 있을 것뿐인가…… 결국, 결국, 아무 일도 없었단 말인가? 그래, 아무 일도 없었어, 그렇구 말구, 아무 일도 없었지 않구……. 나는 눈매 고운 간호사의 비에 젖은 머리카락을 냄새 맡으며 그녀의 등을 토닥대 주면서 몇 번이고 되뇌이던 말이 생각났다. 그러자 이번엔 나 자신에 대한 역겨움이 구역질로 변해, 이 곳까지 몰고 온 오징어 냄새 속을 뚫고 나는 아래층 변소를 향해 계단을 뛰어내리고 있었다.

선線

1

　여객기 납북 사건이 일어난 것은 그 해 가을, 그러니까 여행
사의 문 앞이나 유리창에 만산홍엽(滿山紅葉)의 포스터가 행인
들의 시선을 끌기 시작한 지 얼마 후의 일이었다. 겨울로 접어
들면서 그 사건은 사람들의 뇌리에서 점점 흐려져 갔으나 여객
기와 더불어 납치된 탑승객의 가족이나 친구들, 그리고 그 밖에
관계 있는 사람들에게는 그 해 겨울이 유난히 길게 느껴졌고,
일부 교회에서는 '돌아오게 하소서'라는 기도회도 빈번히 열렸
었다. 그런데, 이듬해 봄의 화신(花信)과 함께 놀라운 소식이 전

해졌다. 그것은 바로 지난해 가을 여객기와 함께 납치됐던 탑승객 가운데 그 일부가 환송된다는 뉴스였다.

항공 회사 안은 술렁거렸다.

"드디어 송환이야."

라고, 누군가가 말했다.

"그런데 모두 돌아오는 게 아니잖아?"

"그래, 그리고 기체(機體)도 반환치 않는다더군."

"도둑놈들……."

그는 네 개비째의 담배에 세 대째의 꽁초로 불을 당기고 있었다. 그의 책상 위에는 몇 장의 석간이 펼쳐져 있었고, 장마다의 송환자 명단에는 이미 붉은줄이 그어져 있었다. 그는 송환자의 성명을 하나하나 확인하며 표시해 나가고 있었다. 그러다가 그는 金의 이름을 찾아내고는 거기에 동그라미를 그렸다. 그리고 그는 계속하여 끝까지 확인했으나 朴의 이름은 찾아낼 수 없었다. 그는 또 다른 신문을 앞당겨 놓고 이번에는 송환자의 성명을 하나하나 지워 나가기 시작했다. 그러나 거기에도 金의 이름 석자뿐, 있어야 할 사람의 성명은 눈을 씻고 찾아도 보이지 않았다. 그는 이제 다섯 개비째의 담배에 네 대째의 꽁초로 불을 당기고 있었다. 그때 여사원이 전화를 받으라고 했다.

"李 선생님이세요?"

라고, 흥분한 여자의 음성이 들려왔다.

"네, 접니다."

"우리 그이가 돌아온다구요?"

그것은 金의 아내였고, 그녀는 울먹이고 있었다.

"네, 방금 저도 신문을 보았습니다. 그런데 朴……."

"감사해요, 李 선생님……."

그의 말을 중단시킨 그녀의 이야기는 무어라곤가 계속되고 있었으나 그의 귀에는 아무것도 들어오지 않았다. 그는 이미 전화를 끊고, 두 손으로 머리카락들을 움켜줘었다. 그는 다시 담배를 찾았으나 한 개비도 남아 있지 않았다. 그는 빈 담배갑을 구겨 던지며 자리에서 일어났다. 그리고 그는 아무말도 없이 회사를 나왔다.

거리에는 사람들이 쏟아져 나와 봄볕을 즐기며 고궁(古宮) 쪽으로 몰려 가고 있었다.

"내가 왜 이런 일을 당해야 하나……."

그는 중얼거리며 향방 없이 비틀거리고 있었다.

이(李)는 그들 모임에서 '유다'로 통했다. 그는, 취직난으로 놀고 먹는 학사(學士) 출신이 많은 세상에 그래도 신학교만은 졸업 후 직장이 기다리고 있는 것이나 마찬가지라고 입학했다

가 사년 동안 골치만 지긋지긋 앓고는 항공회사에 입사했다. 그
는 무슨 얘기를 시작할라 치면 항상 '나, 유다는'이라고 운을 떼
고 나서 '그녀의 가장 뜨거워진 곳에 나의 뿌리를 깊숙히 심었
다'는 식으로 자기가 쓴 소설의 한 대목을 인용하는 버릇이 있
었다.

김(金)은 그들 모임에서 '화가'로 통했다. 그는 그림을 제법
그럴싸하게 그려서 국전(國展)에 한번 입선한 경력도 있었으나
오히려 그의 장기는 아주 부드럽게 구사하는 음담패설과 거기
에 곁들이는 음화(淫畵) 쪽이었다.

朴은 그들 모임에서 '진짜'로 통했는데 그것은 그가 돗수 높
은 안경을 쓰고 있어서 네 눈박이라는 의미에서가 아니라 목사
중에 목사라는 뜻에서 연유한 것이었다. 그는 그들 모임에서 가
장 연장자였으나 아직 미혼이었고, 가장 마음이 가난했으나 물
질 또한 가장 가난했다. 그는 전쟁 때 아버지를 잃고 어머니와
단 둘이 살았는데 고학으로 다른 대학을 두 군데나 거친 다음
신학을 했으므로 그래서 동창이었다.

線, 이것이 그들 모임의 명칭이었다.

그들은 신학교 동창 가운데 좀 괴짜축에 드는 젊은이들인데
대개 목회(牧會)를 하고 있었으나 유다같이 일반직장에 나가는
놈도 끼어 있었다. 그들은 매월 한 차례씩 모이곤 했다. 그리고

만나기만 하면 탈을 벗어버려 마냥 자유로웠다. 한 놈이 주머니에서 고무 제품을 꺼내 놓으면 그것을 불어 풍선을 만들며 킥킥거렸고, 때로는 소주를 마시며 '線의 의미'에 대하여 떠들기도 하였다.

"線은 한번 그어지면 함부로 다룰 수가 없다. 왜냐하면 거기 위엄이 깃들이기 때문이다. 나라와 나라 사이에 線이 그어지면 국경선이 되고, 생각에도 線이 그어지면 이념이 되고 철학이 된다. 이러한 線은 이왕이면 곧아야 한다. 곡선은 결국 제자리를 맴돌게 되지만 직선은 영원히 동경하고 영원을 동경하기 때문이다……"

라고 朴이 말하면

"영원 좋아하시네, 線은 곡선이 아름다워. 이걸봐……"

라고 金이 반박하면서, 늘어진 말자지라든가 개구리의 뒷다리 등을 멋지게 그려 보여서 그들은 흥겨웠고,

"좋아하는 것 좋아하시네, 線은 무슨 線이야? 나 유다처럼 줄을 잡아라, 줄을 잡아……"

라고, 李가 소리치곤 했다.

그러나 이것으로 끝나는 것은 아니었다. 그들은 모일 때마다 원고를 하나씩 가지고 나오기로 되어 있었다. 그 원고라는 것이 설혹 시(詩) 답지도 않은 시, 소설답지도 못한 소설, 때로는 제

법 묵직한 내용의 신학 논문 등도 끼어 있었지만, 여하튼 그런 것들이 솔찮게 모이면 그들은 그것으로 프린트판이나마 잡지 비슷한 것을 만들어 가지고 동료들과 나누어 갖고 교수들에게 우송하는 재미를 만끽하는 것이었다. 그런데 오늘 모임은 예와 달랐다. 지난해 여객기 납북사건으로 朴과 金을 한꺼번에 잃은 그들은 그 동안 월례회도 내리 중단하고 있다가 다행인지 불행인지 金 혼자만이 귀환자 가운데 끼어 있다는 소식을 접하고 무작정 모였으므로 그저 애꿎은 담배만 빨아대고 앉아 있었다.

다방 '안녕'은 언제나처럼 조명이 흐리고, 판이 긁히는 구식 유행가를 경음악으로 들려주고 있었는데 그 템포가 그야말로 하염없이 느렸다. 그들은 때 묻은 커튼으로 가려진 '특실' 안에 앉아 있었다. 특실 안의 한쪽 벽 전면에는 페인트를 칠한 새끼 줄로 수놓은 호랑이 한 마리가 지금 막 대숲 사이로 고개를 내밀며 붉은 입을 벌려 포효하고 있었다. 그 '맹호출림' 속엔 그들만이 알고 있는 비밀이 한 가지 있었는데 그것은 金이 언젠가 사인펜으로 그려 넣은 한 마리의 암호랑이와 '목하 교접중'이라는 화제(畵題)였다. 그러나 오늘은 누구 하나 그것을 가리키며 킬킬대지 않았다.

"화가만 돌아왔다고?"

그들 가운데 하나가 불쑥 말했다.

"그런데 여긴 안 나오는 거야?"

"그래, 전화도 받지 않아."

"집에 있으면서도?"

"그래 이 새끼야, 방문을 안으로 잠가버리고 두문불출……."

"그림을 그리나보군……." 하고, 그들 가운데 시인(詩人)으로 통하는 놈이 한숨 섞어 말했다.

"농담할 때가 아니야"라고, 한 놈이 진지하게 타일렀다. "그는 고민하고 있는 거야……."

"화가가? 화가가 고민을 한다고? 그것 참…… 창 밖엔 봄비만 나리누나."

시인이 이죽거렸다.

"이 새끼가……." 하며, 한 놈이 시인의 머리팍을 쥐어박았다. 그러나 아무도 웃지 않았다.

"金이 이 자리에 나오지 않는 편이 차라리 우리 마음도 편타. 그렇잖아? 그놈을 만난다 해서 우리가 말이지, 넌 왜 혼자 왔느냐고 따질 수 있어?"

시인을 쥐어박은 놈이 마음을 가라앉히며 조용히 말했다.

"맞어"라고, 말하며 두어 명이 고개를 끄덕였다.

"그럼 朴은 어떻게 되는 거지?"

한참만에 시인이 머리를 긁적이며 아주 조심스럽게 말하자 그들은 모두 벙어리가 되었고 침묵이 흘렀다. 참으로 창 밖엔 봄비만 내리고 있었고, 다방 안엔 판이 긁히는 구식 유행가 가락만 그야말로 하염없이 흐르고 있었다.

"유다는 어찌 된 거야……."라고, 이윽고 한 놈이 침묵을 깨뜨렸다.

"내가 말이지, 전화를 걸어봤는데 말이야, 엊그제부터 말이지, 계속해서 말이야, 결근이라더군."

한 놈이 '말이지'와 '말이야'를 번갈아 섞어가며 대꾸했다.

"씨팔"이라고, 누군가가 난 데 없이 욕설을 퍼부었다. 그때 다방 안으로 들어서는 사람이 있었다. 그가 바로 李였다. 그들은 李에게 자리를 내주었으나 그는 앉지 않았고 얼마 동안 말 없이 서 있었다. 그의 머리카락에서는 물방울이 계속하여 탁자 위로 떨어졌다.

"앉어"라고, 마주 서 있던 한 놈이 말했고, 그들은 李를 요모조모로 살펴보고 있었다.

"어머님이 앓고 계시더군……."

李가 드디어 의자에 털썩 주저앉으며 말했다. 어머님이? 어머니라니, 그러나 그들은 그것이 곧 朴의 어머니며, 李는 지금 거기 다녀 오는 길이라는 것을 납득할 수 있었다.

"……그리고 메리는 새끼를 낳았어."

李가 젖은 담배에 불을 붙이려고 애쓰며 말을 이었다. 메리라니, 메리가? 그러나 이번에도 그들은 곧 메리란, 朴이 金에게서 얻어 간 강아지 이름이며, 그놈이 자라서 새끼를 낳은 것임을 깨달을 수 있었다.

"강아지가 자라서 강아지를 낳고……."라며, 다시 기운을 차린 시인이 읊어댔으나 이번엔 누구 하나 그의 머리를 쥐어박는 사람도 없었다.

"……."

"모두 다 나 때문이야, 내가 왜 형님에게 비행기표를 마련해 주었을까, 무슨 인심을 끈다고…… 아니야…… 내가 그때 신학교만 가지 않았어도…… 그것도 아니야, 항공 회사에 입사한 것이 잘못이었어…… 아니야, 그것도 아니야, 애당초 사명감도 없이……."

李가 끝내 불을 못 당긴 젖은 담배를 내버리며 중얼거렸다.

그들 가운데 하나가 담배를 불 당겨 권했으나 그는 마다 하며 탁자 위에 엎드렸다. 그의 어깨가 들먹이고, 둘러앉은 그들도 울고 싶었다.

"가자"라고, 그들 중의 한 놈이 갑자기 자리에서 일어나며 소리쳤다.

"지금?" 하고 용케도 뜻이 통한 한 놈이 반문했다.

“그래 지금 당장……”

“아니, 앉아봐”라고, 하나가 신중론을 폈다.

“우리 말이지, 날을 정해 가지고 말이야, 다시 한번 모이자고. 金도 만나보고 말이야, 그래서 모두 함께 말이지, 어머님을, 그렇지 어머님을 말이야, 어떻게 도울 것인가 말이지, 연구해 본 다음에 말이야……”

“그렇지, 그게 좋겠군……”

그들은 찬성했고, 계획하고 약속했다. 그리고 다방 ‘안녕’을 나온 그들은 서로 인사도 없이 헤어져서 각각 빗속을 걸어갔다. 李만 혼자 남아 다방 문 앞에서 머뭇거리며 뿔뿔이 흩어져 가는 동료들의 뒷모습을 망연히 바라보고 있었다. 가느다란 빗발이 만드는 뿌연 비안개 속에 그들의 모습은 흐려져 갔고, 李 또한 버스 정류장 쪽으로 천천히 걸어갔다.

2

그것은 지난 해 시월 그믐께, 속초 왕복 비행기표 두장을 마련했으니 형님과 함께 설악산 구경이나 다녀오라는 李의 전화를 받고 金이 朴의 집을 찾아갔을 때, 그는 뚜닥거리며 개집을 만드는 중이었다. 그는 안경알을 번쩍거리며 반가워했고, 어디서 메리란 놈이 달려와 金에게 뛰어오르며 꼬리를 흔들었다.

"본래 주인을 알아보는군……" 하고 朴이 웃었고,

"참 주인이야 따로 있지……"라고, 金은 말을 받으며 메리의 머리를 쓰다듬었다.

金은 월남종군(越南從軍)의 경력까지 지니고 있었는데, 어느 여학생과 펜팔을 하는 동안 그가 보내는 편지는 그림 투성이였고, 그가 귀국하는 날 그 여학생은 강아지 한 마리를 안겨 주었던 것이다. 그런데 金의 아내는 개라면 질색이었고, 더구나 개를 대할 적마다 그 여학생을 들먹이면서 구박이 심했으므로 그는 골치를 앓고 있던 참이었다. 그러던 어느 날 朴이 찾아왔고 金은 마침 잘됐다면서 골칫거리를 떠맡겼던 것이다. 朴은 늘상 말하기를, 그의 어머니는 손주 한번 안아 보는 것이 소원이어서 교인 가정의 돌 잔치나 백일 잔치에 다녀 올 때면 으레 남의 아이 사진이나마 꼭꼭 얻어다가 틀에 넣어 걸어 두고는 바라본다는 것이었다. 그러니까 金은 朴에게, 손주 대신 이놈이나 안겨 드리슈, 하는 투의 농담까지 곁들여 건넸던 것이다.

"그새 많이 자랐지?" 하고, 朴이 일손을 멈춘 채 金을 올려다 보았다.

"그런데 갑자기 웬 일?"

"형님, 우리 비행기 타고 설악에나 다녀 옵시다……."

金은 李의 전화 내용을 자세히 전했다.

"……그러니까 나야 길 안내 들러리인 셈이지. 그러나 저러나 유다 그놈, 형님한텐 참 하느라고 하거든……."

"그 친구한테 내가 빚을 너무 지는군 그래……."

朴은 눈을 감고 골을 짚었다. 그는 아마, 자기를 시골서 서울로 끌어오려 정착시키는 일에 친구들 가운데 누구보다 앞장서서 힘을 써 준 李에 대하여 생각하는 모양이었다.

"……그거야 뭐 유다 제놈이 목회를 집어치운 데 대한 보상이죠"라고, 金은 혼자서 지레 생각한 결론을 불쑥 말해버렸다.

"그 일이 왜 나하고 상관 있나? 그리고 또……."

"설교 준비 때문이죠? 형님두 참, 비행기 타고 구상하면 더 좋을 것 아닙니까? 하하하하."

"사람두……."

"어서 일어납시다. 유다 그놈은 의심이 많아놔서 나 혼자 가면 또 어떤 여자라도 꿰차고 어디 유람이나 갈까봐 신용을 안하거든요……."

金은 朴의 팔을 잡아 일으켰다. 그때 朴의 어머니가 들어섰고, 金은 인사를 했다. 심방이라도 다녀 오는 모양이었다. 朴은 어머니에게 다가서서 金의 얘기를 전했다.

"비행기로?" 하며, 朴의 어머니는 눈이 둥그래졌다.

"네, 李군이 비행기표를 준대요."

金이 말을 받았다.

"그렇구만, 우리 이사 올 때 그 애를 쓴……. 그런데 비행기는 위험하지 않은가?"

"어머님두 참, 비행기는 하늘을 떠다니는 걸요 뭐……."

金은 다시 농담이 나오려는 것을 참았고, 朴은 金의 말꼬리에서 그의 의중을 눈치챌 수 있었으므로 빙그레 웃었다.

朴은 세수를 했다. 金은 마루에 걸터앉아 마당가의 세면대 위에 놓인 잘닦인 놋대야와 그 옆에 엎어 놓은 흰 고무신을 바라보았다. 세면대는 朴의 목공 솜씨가 분명했고, 그 위의 정물(靜物)은 아주 청결하고 신선한 느낌을 자아내는 것이었다. 고요 속에 빨려들고 있던 金이 아, 하고 짧은 탄성을 발한 것은 지붕 너머에서 날아와 날렵한 몸매로 마당에 내려 앉은 흰 비둘기 두 마리 때문이었다.

"형님 계신 곳은 어디나 평화로군……."

金이 무심결에 말했다.

"무슨 소릴, 쓸데없이…… 이사 올 때 어머님이 눈을 가려 안고 오신 건데."

朴이 대꾸했다. 그의 어머니가 부엌에서 나와 모이를 던져 주고 있었다. 신앙 하나로 곱게 늙어 가는 소복의 여인과 비둘기와, 그리고 흰 고무신 등은 金이 까맣게 잊고 있던 어릴 적 고향 시절로 그를 몰아갔다.

"가세"라고, 어느새 외출복으로 갈아 입고 나선 朴이 金을 툭 치며 말했으므로 그의 상념은 깨어졌다.

"얘, 내가 뭐 준비할 것은 없니?"

朴의 어머니가 말했다.

"네, 내일 갔다 모레 오는 걸요……."

"그럼 저녁에 백설기라도 좀 찌랴?"

"그만두세요, 어려우신데……."

이번엔 金이 대신 대답했다. 그러나 朴이 곧 이어서,

"어머님 좋으실 대로 하세요"라고, 金의 대신 대답을 정정했다.

"……어머님은 내게 하고 싶으신 대로 하셔야 마음이 편하시니까……."

朴은 金과 더불어 집을 나서서 골목길을 돌아나오며 말을 이었다.

"……내가 신학교를 다닐 때, 어머님은 시골서 콩나물을 길러 읍(邑)에 내다 팔곤 하셨지. 내가 방학으로 시골 집에 내려가면 굳이 내 발을 씻어 주시곤 하셨어. 나는 대야에 발을 담그고

마루에 걸터앉아 있었는데, 그럴 때 어머님은 아주 만족해 하셨고, 그 얼굴이 얼마나 아름다워 보였던지…… 땔나무를 하시느라고 거칠어진 손과 함께 말야.”

金은 묵묵히 듣고만 있었다.

언덕길을 내려와야 했으므로 두 사람은 앞뒤로 갈라서야 했는데 앞서 가는 金의 왼쪽 발이 경미하게 절뚝거리는 게 분명했다. 金은 그것을 월남 다녀 온 표시라고 했으나 그렇다고 무슨 영광의 전상(戰傷)은 아니고, 우습게도 그것은 뱀에 물린 때문이었다. 그것도 다름 아닌 이국(異國)처녀와 살림까지 차려 가지고 죽자사자 미쳐 돌아가던 어느 날, 그는 충동을 못 이긴 대낮의 근무 이탈로 숲길을 달려 가다가였다. 金은 병원에 입원했고, ‘다리를 자를 수밖에 없었는데 그것이 발목이냐 무릎 밑이냐가 문제’라는 소름까치는 선언이 내려지던 날, 고국의 어머니로부터 편지를 받았고 회답을 쓰긴 했는데, ‘몸 편히 잘 있으며 팔다리 성하고 주일 지켜며 좋된 몸으로 경건한 생활을 하오니 유념치 마옵소서’였다. 金은 이때의 자기를 합리화하면서 ‘사실과 진실은 어디까지나 다르다’고 우겨대곤 했다. 그 후 金은 ‘죽으면 죽었지, 내 다리에 톱은 못 댄다’고 버티었고, 다행스럽게도 다리는 그대로 아물어서 그의 거짓 회답은 그야말로 (그의 지론대로라면) 진실된 아들의 효도가 됐고, 뱀에게 물리게 된 사연만은 지금까지 가족들에게 비밀로 지켜지고 있는 것이었다.

　金은 방금 朴으로부터 들은 그의 어머니에 대한 얘기와 자신의 일을 비교해 보고 있었다. 그러자 金의 머릿속엔 언젠가 찾아갔던 서해 바닷가 어느 한촌(閑村)에서의 일이 떠올랐다.

　아물아물 바닷가까지 퍼져 나간 넓디 넓은 들판엔 자운영(紫雲英)꽃이 좌악 깔려 있었고, 멀리 해안선을 끼고 달리는 수인선(水仁線)의 장난감 같은 기차가 기적을 울리며 지나가는 황혼 무렵, 그들은 그 곳에 도착했다. 朴은 그 들판에 나가 있었다. 작은 풀꽃들과 진초록의 이파리들이 어우러져 발목을 덮고 있었고, 朴은 아이들과 함께 놀고 있었던 것이다. 종이 비행기를 날리는 놈, 풀밭을 딩굴며 재주를 넘는 놈, 그리고 그들 틈에 끼어서 이리 뛰고 저리 뛰는 朴의 커다란 체구가 모처럼 찾아간 그들을 웃겼다. 그러다가 그는 아이들을 동그랗게 모아 앉히고 옛날 얘기를 시작하는 것이었다. 그들도 아이들 뒤에 자리잡고 앉으며 미리 묵약(默約)이나 된 듯 서로 눈짓만으로 인사를 대신했다. 아이들 또한 별 동요 없이 얘기에 귀를 기울이는 것이었다. 포구(浦口)에는 고깃배 한 척이 돛대를 삐딱하게 세운 채 개펄 위에 정박해 있었고, 서쪽 하늘엔 자주빛 구름이 물결 무늬를 이루고 있었다. 金은 어느새 스케치였고 시인은 시를 짓는 모양인지 실눈을 뜨고 있었다.

"이건 제기랄 천국 아냐?"

한놈이 소근댔다.

"가만 가만……."

한 놈이 소근대는 놈을 다독댔다. 朴의 얘기는 그들이 너무나 잘 아는 전설이었다. 분명히 그것은 '선녀와 나무꾼'이었는데 얘기는 처음부터 이상하게 시작되는 것이었다.

옛날에 포수가 한 사람 살았습니다. 그는 몇 날 며칠을 두고 온 산을 헤매었으나 토끼 한 마리 구경도 못하고 매일 빈손으로 돌아오곤 하다가, 어느 날 사슴 한 마리를 만나 쫓아 갑니다. 그런데 산등성이에 올라서자 금세 사슴은 온 데 간 데 없고, 거기 나무꾼 한 사람이 서 있는 게 아닙니까?

— 여보세요, 혹시 사슴 한 마리 보지 못했습니까?

— 보았습니다.

— 어느 쪽으로 도망갔습니까?

— 도망가지 않았습니다.

— 그럼 어디 있습니까?

— 내가 숨겼습니다.

— 내 놓으시오.

— 내 놓을 수 없소.

— 내 놓을 수 없다니…….

— 숨기고 또 어떻게 내 놓을 수 있습니까?

— 내 놓아야 하오.

— 내 놓을 수 없소.

— 그건 내 것이오.

— 그런 건 나 모르오.

포수가 드디어 총을 들이댑니다.

나무꾼도 작대기를 꼬나쥡니다…….

"누가 이길까?"

이때, 한 아이가 귓속말로 소근댔다.

"뻔할 뻔자지, 작대기가 총을 당하니?"

한 아이가 대꾸했다.

"임마, 총을 함부로 사람한테 쏴? 법이 있는데……."

또 한 아이가 아는 체를 했다. 이미 朴의 얘기는 중단되어 있었고, 이젠 아이들끼리 왁자지껄 서로의 생각들을 활발히 얘기하고 있었다. 그들도 이제 아이들의 얘기에 귀를 기울였다.

"포수는 부자인가요?"

라고, 한 아이가 갑자기 큰 소리로 朴을 향해 질문했다.

"벼엉신, 가난뱅이면 무슨 총이 있겠니, 응?"

한 아이가 朴에게 대답할 틈을 주지 않고 의기양양하게 응수

했다.

"……그래도 만약에 가난한 포수라면 모처럼 사슴을 한 마리 발견했는데……"

포수의 빈부 여부를 물은 녀석이 뒤통수를 긁었다.

이때 朴이 일어섰다. "오늘은 이만하고 내일 또 계속하자. 손님들도 오셨으니까."

"네."

아이들은 일어나서 분분한 의견들을 교환하고 있고, 朴은 그제야 친구들과 악수를 나누었다.

그들은 풀밭을 밟고 혹은 논둑을 걸어 마을로 향했다. 동구 어귀의 둔덕 위에 朴이 시무(視務)하는 교회가 있는데 그들이 층계를 올라 마당에 들어서자 한 떼의 비둘기들이 날아 오르며 퍼덕였다. 그날 저녁 그들은 朴의 어머니로부터 환대를 받았고, 저녁 식사 후 처마 끝에 지등(紙燈)을 매달았는데 곧 달이 떠올랐으므로 그것은 필요없게 됐다. 무논에서는 개구리가 울었고, 변소 지붕 위에는 일찍 핀 박꽃이 하얗게 웃고 있었다.

밤이 이슥했을 때 그들은 다시 '포수와 나무꾼'을 입에 올렸다. 그들 중의 하나가 아이들의 말을 흉내냈기 때문에 얘기는 시작됐는데 朴이 갑자기 열을 올렸던 것이다.

"……당하고 못 당하고가 문제 아니야. 어디 이 시대를 '말씀'이 당해 낸다고 보나? 우리들에게는 포수의 총 앞에 무력하기 짝이 없는, 나무꾼의 작대기 같은 말씀밖엔 없지만, 그렇지만 말야, 그렇다고 어쩌지? 어쩔 테냐 말야…… 속임수로 다가서는 것을 용케 피해? 안돼, 안되고 말고……."

"애야."

하고 朴의 어머니가 중간에 끼어들었다.

"……꼭 저의 아버지를 닮아서 쯧쯧……."

"내가 너무 흥분했었군, 허허."

朴은 안경을 고쳐 쓰며 공허하게 웃었다.

"……허나 나도 잘 모르겠어. 내가 정말 바르게 線을 긋는 건지는……."

"線이야 곡선이 아름답지……."

라고, 金이 말했고,

"나, 유다는 꼭 작대기에 얻어터진 것 같아서 멍한데."

라고 李가 말했고

"밤은 어둡다."

라고, 시인이 마지막으로 당연지사를 너무 진지하게 말했으므로 그들은 가까스로 활기를 되찾아 다시 떠들기 시작했던 것이다.

3

육실헌 년들, 통통 영글어가지구 여기까지 와 사람 속을 썩혀…….

金은 바지 입고 지나치는 여자마다 힐끔거리며 괜히 신경질을 냈다.

朴은 지난 밤 여관에서 일박(一泊)하면서 고심했으나 풀리지 않는 주일설교(主日說敎) 때문에 머리가 무거웠다.

초행이 아닌데다가, 더구나 재미없었던 것은 멋대가리 없는 당신 때문이라는 듯 金은 박을 흘겨보았고, 朴은 몇 조각 남은 백설기와 성경책을 넣은 비닐 제품의 검정색 가방을 껴안듯이 하고 비행기에 올랐다. 올 때와는 달리 하늘은 쾌청이었다. 칫솔 한 자루 소지하지 않은 金은, 앞자리의 朴을 보며, 저놈의 가방은, 하고 다시 한번 흘겼고, 눈을 감아버렸던 것이다. 그런데 이게 웬일인가? 술렁이는 기내(機內)의 분위기에 金이 눈을 떴을 때, 조종실로 통한는 문 앞에는 한 사나이가 객석을 향해 총을 겨누고 있고, 조종실 안에도 이미 또 하나의 괴한이 들어가 등을 보이며 서 있었다.

방향간(方向干)은 북을 가리키고 있었고, 고도계(高度計)의 바늘은 아래로 처져 있었다. 金은 사태를 직감했고, 지닌 것이라

곤 증명서 한 장뿐임을 감사하며 그것을 발기발기 찢어 씹어 삼
켜버렸다. 불안에 떠는 승객들의 낯빛은 점점 파랗게 질려 갔지
만 비행기는 바른쪽 날개 끝에서 해안선을 뒤로 뽑아내듯 북으
로 날았다.

잠깐이었다. 착륙 후 정신 차릴 여유도 없이 창을 가린 버스
에 분승하여 얼마를 달리고, 회벽(灰壁)의 방에 한 사람씩 배치
된 후 며칠이 지났는지조차 알 수 없었다. 그 동안 수차례에 걸
쳐 본적, 주소, 생년월일, 직업, 가족 관계 등을 물어오고, 출생
지에서 지금까지의 일을 하나 빠짐없이 기록하게도 했다. 金은
철저하게 모든 것을 은폐했고, 필사적으로 아부했다. 그리고 지
쳤다. 그러나 그는 어떻게든 돌아가야 하며 돌아갈 수 있으리라
는 희망만은 버리지 않았다. 그러다가 金은 문득 朴을 생각했
다. 그러자 그는 으스스 몸이 떨려왔다. 돗수 높은 안경을 낀 그
의 눈과 투박한 손과 얼띤 모습이 떠올랐다. 최소한 朴은 자기
같이 비겁하지는 않으리라는 생각에 金은 눈을 감아버렸다.

金은 그 동안 고등학교 동창인 속초의 한 친구 이름을 도용했
는데, 그는 가난한 집안에서 태어난 국민학교 교사였으며, 콩나
물 장수인 가난한 어머니로 朴의 어머니를 훔쳐왔는데 마침 홀
어머니로 착 들어맞았으며, 육이오 때 부역했다고 수복 후 매맞
아 죽은 아버지의 아들이 되어 있었다. 가난한 살림에 산에 땔

나무를 하러 갔다가 독사에게 물려 다리를 절며, 허영심에 들뜬 양조장 사장인 학부형의 부탁을 받아 담임반 아이의 서울 진학 문제를 다루기 위해 비행기를 탈 수 있었다고, 질문과 기록이 반복될수록 신들린 듯 술술 잘도 풀어 나갔다. 그리고 그는 한 번 말한 것은 잊지 않도록 혼신의 노력으로 기억했고, 때로는 무산 계급의 설움 등을 양념같이 가미하여 여유를 보이기까지 했다. 그러나 한 가지 불안은 남아 있었다. 그것은 朴에 관한 것이었으나 실상 朴의 신상에 대한 염려가 아니라, 朴이 만약 金 자신에 대하여 말했다면 어떻게 될 것인가 하는 문제였다. 그러나 金은 그 염려 또한 놓을 수 있었다. 승객 가운데 아는 사람이 있느냐는 질문에 金이 단연 없다고 대답했을 때 불현듯 생각난 것인데, 朴이 아무리 거짓말을 안하는 사람이라 하더라도 자기의 말 한 마디로 친구가 어떻게 잘못될 수 있다면 그 또한 단연 '노'라고 말했을 것이라고 확신하기에 이르렀고, 그래서 안심했던 것이었다.

며칠간의 질문 공세가 끝난 후 계속 잠잠했고, 잠잠한 사이 몇 군데의 도시를 관광하며 연설도 몇 차례 들었다. 그런데 그 동안 金은 朴의 얼굴을 먼 빛으로나마 한번도 볼 수 없었다.

金은 고열에 시달리고 있었다. 그는 눈을 감고 있었다. 朴의 빙그레 웃는 모습이 떠올랐다. 그의 모습이 떠오를 때마다 언제나 그는 웃고 있었다. 노크 소리가 들렸고, 金은 정신을 차리며 눈을 떴다. 방안에 들어서는 사람은 아주 양순하게 생긴 젊은 여자였다.

"당신, 여기 남을 생각은 없소?"

여자가 생김새와는 달리 차가운 목소리로 말했다. 金은 드디어 올 것이 왔구나 싶었다.

"네, 저는 여기거나 저기거나 상관없습니다. 그러나 저에게는 병들고 가난한 홀어머님이 계십니다. ……일단은 싫어도 돌아가야 합니다. 그리고…… 기다려야합니다."

金은 땀을 흘리고 있었다.

(……염병할, 무엇을 기다린단 말인가? 엿이나 먹어라…….) 또 하나의 자기가 자신을 비웃고 있었다. 뒷골이 확확 달아오르고 있었다.

"좋습니다."

라고, 여자가 말하고 방을 나갔다.

"주여."

金은 다시 눈을 감았다.

밤이었다. 혹은 낮인지도 몰랐다. 우뢰가 치고 있었다. 金은 나무의자에 앉은 채 부대끼고 있었다. 커다란 강당 안이었다. 비행기에 함께 탑승했던 사람들이 모두 모여 있었다. 연단엔 어떤 고위층 인사인 듯한 사람이 열변을 토하고 있었다. 저만치 앞자리에는 머리카락이 성글고 굵은 朴의 뒤통수가 보였다. 그는 아직도 비닐 제품의 검정색 가방을 껴안 듯이 하고 앉아 있었다. 장내가 떠나갈 듯이 박수 갈채가 터졌다. 朴이 갑자기 일어서는 것이었다. 그리고 소리쳤다.

"당신들은 거짓말을 하고 있소. 전쟁 때 당신들은 나의 아버지가 목사라는 한 가지 이유만으로 자기가 들어갈 흙구덩이를 스스로 파게 했소. 더 이상 속이지 마시오. 나는 여기 남을 수 없소. 왜냐하면 당신들이 이미 목사인 나를 여기 있지 못하도록 거부했기 때문이오. 당신들은, 당신들은……."

朴의 열띤 음성이 계속되는 가운데 한 병사가 달려와 그의 턱을 주먹으로 갈겼다. 우악스런 병사의 손짓으로 朴의 안경이 떨어지고, 누군가의 발에 밟혀 그것은 깨져버렸다. (저걸 어쩌나, 朴은 안경 없이 눈 앞의 것도 보지 못하는데…….) 金은 안절부절못하고, 몇 명인가의 병사들에게 끌려나가던 朴이 문 앞에서 필사적으로 버티며 강당 안을 돌아보는 것이었다. 그의 검정색 가방은 이미 그의 품안에 없었고, 그의 얼굴은 눈에선가 코에선가 흐르는 피로 짓뭉개진 것처럼 보였다. 무어라곤가 朴이 다시 외치는데 한 병사가 주먹으로 그의 입언저리를 다시 쳐갈기고, 朴은 비틀거리고, 金은 악, 소리를 지르며 꿈에서 깨어났다.

金은 이와 비슷한 악몽에 계속 시달렸다. 그러나 그는 말 없이 끈질기게 무엇인가를 기다렸고, 그것은 마침내 왔다. 어느날 아침 한 사나이가 방을 들어섰는데 그는 몇 장의 서류를 내놓으며 서명할 것을 지시했다. 그리고 金은 사나이가 내미는 손을 잡으며 눈물을 짰던 것이다.

귀환이었다.

귀환 후 관계 당국으로부터 가족에게 인계된 金은 아주 딴 사람이 되어있었다. 그는 가족과도 일절 말이 없었고, 두문불출, 전화도 받지 않았다. 심한 고문으로 혹시 어디 이상이 생긴 것이 아닌가 하여 저명한 목사인 그의 아버지와 교인(敎人)들과 가족들로 하여금 특별 기도회까지 갖게 했다. 그러나 여전히 그는 자기 방안에 틀어박혀 멍해 있었다. 아내의 말에도 대꾸조차 없었다. 그러던 어느날 새벽, 그는 살그머니 방을 나왔고, 경미한 절뚝거림으로 집을 나섰다. 그리고 그는 그의 아버지가 시무하는 교회 앞에 와 한참 동안 서 있다가 찬송가 소리에 소스라쳐 놀라 돌아섰다. 그리고 그는 통금 해제로 차들이 지나다니기 시작한 거리 쪽의 어둠 속으로 사라져 갔다.

4

　朴이 시무하던 교회의 한 신자로부터 朴의 어머니가 위독하다는 소식을 빙빙 돌려 전해 듣지 않았더라도 그들은 일단 모이지 않을 수 없는 차제였다. 그들은 몇 번이나 약속을 미루어 오다가 드디어 만났다. 그것은 李가 항공회사에 사표를 냈다는 것과, 金이 끝내 종적을 감추었다는 소식을 듣게 된 때문이기도 했다. 그들은 잠시 똑같은 생각으로 앉아 있었다. ……직장 때문에 신학교를 지망하고, 골치 썩다가 항공 회사에 입사한 李가, 이제 와서 사표를 냈다는 것은 그의 자살 행위나 진배 없지. 그리고 행방 불명인 金은 어느 거리를 방황하고 있을까. ……어쩌면 다시 비행기를 타고 그쪽으로 가게 되어 자기가 인질로 잡혀서라도 朴을 돌려 보내고 싶어할지도 몰라. 그러나 그게 어디 가능한 일인가…….

　"씨팔 새끼, 개새끼, 병신 머저리 같은 새끼……."
라고, 그들 가운데 하나가 갑자기 누구에게랄 것도 없이 욕설을 퍼부었다.

　"가자."
라고, 모처럼 시인이 선수를 쓰며 자리에서 일어섰다.

　"그래, 가봐야지……."

그들은 호응했고, 다방을 나와 변두리행 버스에 올랐다. 차장
은, 이 노선(路線)의 정류장 사이가 멀고 이용하는 승객도 별로
없기 때문인지 아예 뒷좌석에 앉아 졸고 있었다.

종점에서 내린 그들은 땅거미가 지기 시작한 황토박이 언덕
길을 한참이나 올라가 판자집과 판자집 사이의 골목길을 헤집
으며 朴의 집을 찾았다.

"분명히 이쪽이었는데……."

"그래, 나도 이 골목이었던 것으로 생각해."

그들은 같은 골목을 뱅뱅 돌고 있는 셈이었다. 한참 헤매다
보면 도로 제자리에 와있곤 했다.

"이 집이 맞지 않아? 이 쪽대문이 틀림없어."

"그런데 왜 문이 열려 있을까?"

"글쎄 말이야."

그들은 자그마한 기와집의 삐딱하게 열려 있는 나무 대문 앞
에 와 서성이고 있었다. 그들 중에는 朴이 이사할 때 한번 다녀
간 사람도 끼어 있었으나 그때 기억을 되살려내지 못하고 있었
다.

"어머니!"라고 , 그들 중의 하나가 틀리면 말 셈으로 집안을
향해 소리쳤다.

"……우리들이 왔어요."

그러자 그들은 정말 자기네들의 어머니를 부르는 심정이 되어버렸다.

"······."

"이 집이 틀림이 없는 거지?"

집안에서 아무 대꾸가 없자 방금 소리쳤던 놈이 주위를 둘러보며 확인하는 것이었다.

"그래, 틀림없어. 이 황토박이 언덕 위에 그래도 그나마 기와집이라곤 이것 하나뿐이었어."

"맞어."

몇 놈이 맞장구를 쳤다.

"어머니, 우리들이 왔어요."라고, 이번엔 좀 큰 소리로 자신을 가지고 외쳤다. 그러자 집안에서는 대답 대신 느닷없이 부엌 안에서 커다란 개 한 마리가 쫓아나와 짖어대기 시작했다.

"저것 봐, 저게 메리란 놈야, 새끼를 낳았다던······."

한 놈이 설명을 늘어 놓았으나 그들은 개 짖는 소리에 왠지 다급해져서 집안으로 몰려 들어갔고, 물어뜯을 듯이 덤벼드는 메리를 피하여 신발을 신은 채로 마루 위까지 돌진했다.

"불을 켜 봐"라고, 누군가가 말했고, 그들은 구두를 한 짝씩 벗어 마당을 향해 팽개쳤다.

"불을 켜라니까." 한 놈이 다시 소리쳤고,

“너는 불을 못 켜니?” 하고, 누군가가 신경질을 냈다. 그들은 무엇인가를 예상하고 있었고, 그 예상은 아주 불길한 것이었다.

“어머니!”라고 부르며 한 놈이 방문을 열었다. 누군가가 불을 켰다. 방안에 들어선 그들은 눈을 가느다랗게 떴다. 방안엔 아무도 없었던 것이다.

“어떻게 된거야……”

“글쎄, 분명히 위독하시다는 연락이었는데…….”

“가만 있어봐, 그 동안 일어나셨을 수도 있으니까……. 우리 교회로 가보자.”

“그래 교회에 가셨을 거야…….”

그들은 우루루 몰려나와 신발을 찾아 신느라고 법석을 떨었다. 메리는 계속해서 악을 쓰고 있었다.

“교회가 어느 쪽이지?”

“글쎄다. 교회가 어느 쪽에 가 붙었더라…….”

날이 이미 어두워 있었고, 그들은 또다시 골목을 이리저리 헤집고 다녔다. 가까스로 그들이 납작한 루핑 지붕의 교회를 찾아냈을 때, 그들은 또한 실망을 금할 수가 없었다. 교회에도 어머니는 없었던 것이다. 그들은 교회를 나왔다.

“어떻게 하지?”

“집에 가 기다리는 수밖에…….”

“빙빙 도는구나, 다람쥐 체바퀴구나.”

시인이 푸념같이 투덜댔다. 그들은 다리 힘이 쑥 빠져버려 터덜터덜 골목길을 돌아 나오고 있었다.

“이쪽이야”라고, 뒤쳐졌던 시인이 소리쳤다.

“개새끼, 그렇게 잘 알면 아까 좀 말할 것이지…….”

그들은 다시 집 앞에 왔다.

“불이 켜 있어”라고, 한 놈이 소근댔다. “……돌아오셨나 봐.”

“그건 아까 우리가 켜놓은 거야.”

“아니야, 저 토방에 흰 고무신…….”

사실이었다. 인기척에 개가 다시 짖기 시작했으나 그들은 아까처럼 부산을 떨지 않았다.

“어머니, 저희가 왔습니다.”

그들 가운데 하나가 마루 끝에 다가서며 조심스럽게 말했다. 방문이 가만히 열렸다. 불빛 속에 서 있는 朴의 어머니는 미소를 머금고 있었다.

“어서들 와요.”

그들은 방으로 들어갔다.

“어서들 앉지 않구…….”

그들은 앉았다.

“어머니!”라고, 부르며 그들 중의 하나가 무릎을 꿇었다. 그것은 아주 감동어린 음성이었고, 그들은 숨을 죽였다. 어머니의 머리카락은 반 넘어 희어 있었고, 잔주름 투성이의 얼굴엔 미소가 감돌고 있었으나 두 눈에는 눈물이 돌아 있었다.

"위독하시다더니……."

"뭘, 이제 괜찮은 걸……."

어머니는 다시 빙그레 웃었다.

"……저녁들 안 자셨지?"

"……."

그들은 얼굴도 들지 못했다.

"내 저녁 지을 동안 좀 기다려요."

어머니는 자리에서 일어났다. 그들은 그저 가만히 있을 수밖에 없었다. 朴의 어머니는 너무나 평온한 모습이었고, 조용히 움직이고 있었고, 몸 전체에서 풍기는 자애로우면서도 이름할 수 없는 어떤 위압감에 그들은 옴짝할 수 조차 없었던 것이었다. ……신앙은 저렇게 한 인간을 강하게 할 수 있는 것이로구나, 어머니는 모든 것을 이겨내고 계신 것이다……. 그들은 각각 비슷한 생각을 하고 있었다.

"화가가 이미 여길 다녀갔군."

그들 가운데 하나가 작은 목소리로 말했다.

"……이걸 봐"라고, 그는 말하며 틀에 넣어진 한 장의 그림을 들어 보이는 것이었다. 그것은 金이 즐겨 사용하던 붉은색과 검정색으로 범벅이 된 것이었다. 배경에 찍힌 흰 반점의 집합은 비둘기떼 같기도 했고 십자가처럼 보이기도 했다.

"朴이군, 틀림없는 朴의 얼굴이야."라고, 하나가 말했다.

"기어코 그림을 그리고 말았군, 화가는 역시……."

시인이 한숨 섞어 말했다.

"저녁밥을 먹을 참인가?"

한 놈이 불쑥 말했다.

"그럼 어쩔 텐가?"

"……."

그들은 침묵을 지켰다.

朴의 어머니가 저녁밥을 짓는 부엌에서는 잠잠해진 메리가 새끼들에게 젖을 빨리고 있었는데 그 사이 제법 자란 강아지들이 뒷다리로 바닥을 차며 앞발과 주둥이로는 젖통을 파대고 있었다. 뱃가죽은 벗겨져 피가 스며 나올 정도 였으나 어미는 아주 편안한 자세로 누워 있었다.

마루 벽에는 추가 서버린 구식 괘종이 걸려 있었고, 손때 묻은 오동나무 뒤주 위에는 닦아 놓은 朴의 흰 고무신이 주인을 기다리고 있었다.

방안엔 사진틀이 몇 개 걸려 있었는데 그 중 두어 개에는 백일, 또는 돌맞이 어린아이들이 불알을 늘어뜨리고, 혹은 털옷에 감싸인 채 벙글벙글 웃고 있었다. 그들은 저녁 식사를 했다. 그런데 왠지 자꾸만 목이 메어 와서 음식이 잘 넘어가지 않는 것이었다. 朴의 어머니는 그들이 식사를 하는 동안 시종 미소를 잃지 않고 지켜 보았으며 시중을 들기도 했다.

"참 잘 왔네, 잘들 와주었어. 그렇잖아도 보고 싶었는데……그리고 기다렸다네. 하기야 나는 평생을 기다리며 살아왔지만……."

상을 물린 후에 과일을 내와 그것을 깎아 놓으며 朴의 어머니는 이야기를 시작했다. 그들은 가슴이 답답해 왔다. 무어라곤가 사죄라도 해야 할 것 같았는데 입이 열리지 않았던 것이다.

"어머님, 저희가 너무 무심했습니다"라고 이윽고 하나가 토로했다.

"아니야, 그게 아니라니까"라고, 어머니는 애써 부인하고 나서 다시 말을 이었다.

"……내 몸은 기다림으로 아주 젖어버린 셈이지, 어려서 시집오자마자 남편은 신학공부를 하러 멀리 떠났기 때문에 나의 기다림은 그때부터 시작됐어……. 기다리던 남편은 돌아왔으나 얼마 안돼서 순교하셨고, 유복자인 그애를 키우며 나의 뼈를 깎는 고통과 기나긴 기다림은 다시 끈을 이었어……. 그것은 그

애가 건강하게 성장하여 아버지의 뒤를 이어 '훌륭한 주의 종'이 되기를 비는 것이었네. 서울서 학교를 다니는 동안은 방학을 기다리고, 방학이 끝나 돌아가면 다음 방학을 기다리고, 졸업을 기다리고……. 그래서 지금도 나는 불쑥 그애가 돌아올 것만 같아서 밤에도 대문을 걸어 잠근 적이 없네만……."

朴의 어머니는 이야기를 잠시 끊고 과일을 권했다. 그들은 대문이 열려있었기 때문에 오히려 머뭇거렸던 일을 생각하고 있었다.

"……형님께서 돌아올 때까지 저희들이 모시겠습니다."

그들 중의 하나가 문득 이렇게 말했다.

"네, 저희들이 돕겠습니다. 저희들은 그렇게 의논을 했습니다"라고, 몇이 맞장구를 쳤다.

"고마운 말씀들이지, 고맙구 말구……. 허지만 아들이 없는 동안 내가 자네들의 도움을 받는 것, 그것은 나를 아주 불쌍하게 만드는 일이야. ……. 주위사람들이, 교회에서도 그러는 모양인데, 나더라 아주 박복한 여자라는군……. 그러나 나는 그렇게 생각하지 않는다네. 나는 믿고 있어, 확신하고 있어요. 괴로움을 받는 사람……, 고통 속에 있는 사람, 그 속에 내가 감히 낄 수만있다면, 주님은 그런 사람에게 시방 시선을 주고 계시다는 것을……."

朴의 어머니는 너무 힘주어 말하고 있었으므로 이따금 더듬거렸고 관자놀이에 핏줄이 서고 창백한 얼굴이 상기되는 빛이었다. 그들은 아무런 대꾸도 할 수 없었다.

"……실은 요 며칠 사이 교인 가정을 돌아다니며 나 나름대로 인사를 한셈이지……. 나는 스스로 불쌍해지지 않으려고 이곳을 떠나려는 참이니까……. 저의 부친을 닮은 고집스러움 때문에 어디 한 곳에 정착하지 못하고 목회지를 자주 바꾸며, ……실은 매번 쫓겨난 셈이지만, 그 애가 이리저리 떠돌아다닐 때도 나는 주 안에서 그 애를 믿었으므로 말 없이 쫓아 다녔지……. 내 삶의 지주가 되는 그 애를 어찌 기다리지 않겠나, 이렇게 됐다고 해서 말일세. 그리고 갈 곳도 이미 정해졌으니……. 과일 마저들고, 야심했으니 그애 방에 가 좀 쉬어야지."

그들은 아무 말도 못하고 방을 나와 건넌방으로 모였다. 마당엔 달빛이 깔리고 어디선가 이 밤에 박꽃이 피고 개구리 울음 소리라도 들려올 것 같았다.

"요새 자네들은 어떤 얘기를 하지?" 그들 가운데 하나가 불쑥 얘기를 꺼냈다.

"요새?"

"그렇지, 요새 말이야."

“그야 물론 ‘주의 말씀’이지”

“그렇지, 우리는 그래야 하니까.”

“그래? 그렇다면 다행이군. 허나 자네들의 얘기가 정말일까? 정말로 ‘주의 말씀’일까?”

“……”

그들은 잠잠해졌다.

“……난 이제 자신이 없어”라고 처음 얘기를 꺼냈던 사람이 힘없이 말했다.

“그건 나도 그래”라고, 몇 사람이 동조했다.

“……그렇지만 어쩌지?”

그때 메리가 다시 짖어대기 시작했다. 집에 가봐야 되겠다고 나갔던 동료가 되돌아오는 것이었다. 그들 가운데 하나가 방문을 열어 젖혔다. 적을 먹이다가 쫓아 나온 메리란 놈이 악을 쓰고 있고 어미를 쫓아 나온 강아지들이 비틀거리며 달빛 깔린 마당 안을 돌아다니고 있었다.

“차가 끊어졌어”라고, 돌아온 놈이 말했다.

“개새끼, 하룻밤 마누라 못 안고 자면 큰일나냐?”

한 놈이 이죽댔다.

“정말 개새끼들밖엔 남은 게 없구나.”

시인이 씹어뱉었다.

안방엔 밤새 불이 꺼지지 않았다. 변두리 교회에서 들려오기 시작한 종소리가 또 한 날의 새벽을 알리고, 그들은 앉은 채 혹은 모로 누운 채 졸면서 또는 얕자면서 때로는 웅얼웅얼 기도도 하고 가다가 생각난 듯 작은 소리로 찬송을 부르기도 했다.

"우리들의 線은……." 하고, 문득 한 놈이 잠꼬대를 했으나 누구 하나 대꾸하는 자는 없었고, 안방 문이 가만히 열리며 朴의 어머니가 성경책이 든 검정 손가방을 들고 나와 빗장이 달려 있을 뿐인 대문을 빠져 나갔다.

아마 새벽 예배에 나가는 모양이었다.

칼침_針

알려진 바에 의하면 사건 경위는 다음과 같다.

녀석이 K 섬유 공업 주식회사에 입사한 것은 이년 전, 그리고 그가 같은 회사 안에 전국 섬유 노동조합 K 섬유 분회를 조직한 것은 지난 해 십이월이었다.

겨울, 그리고 봄이 지나도록 회사측에서는 노조 탈퇴를 종용해 왔다. 그러나 녀석은 버티고 있었다. 갖은 위협과 매수 공작에도 불구하고, 그는, 이젠 나 혼자만의 일이 아니라고 굴하지 않았던 것이다.

사건 당일, 녀석은 회사측에 대한 요구 사항이 관철될 때까지 기한부 연좌농성을 주도하고 있었다.

식당 안에는 저녁 식사 준비가 진행되고 있었다. 창 밖엔 비가 내리고 있었다. 식당 문이 열리며 누군가의 안경알이 번쩍하더니 돌아 나갔다. 배식구에 주걱을 든 뚱뚱보 아주머니가 다가섰다. 밥통에서 김이 무럭무럭 솟아 올랐다. 그러나 아무도 그 쪽으로 시선을 돌리지 않았다.

비는 억수로 쏟아지고 있었다. 식당 안의 벽시계는 일곱 시를 지나고 있었다. 텔레비전에서는 신나는 쇼 프로가 진행될 시간이었다. 그러나 누구 하나 텔레비전을 의식하는 사람은 없었다. 그것은 꺼진 채로 선반 위에 놓여 있을 따름이었다.

식당 문이 열렸다. 세 명의 청년이 들어섰다. 낮이 익었다. 며칠 전부터 출근하는 사람들이었다. 그들의 입에선 술 냄새가 풍겼다. 그들은 벌개진 얼굴로 식식거리며 서부의 사나이들처럼 다가서고 있었다. 그들의 손에는 공구용 드라이버와 망치 그리고 연탄 집게가 들려 있었다.

여공들이 움찔했다. 맨 가에 앉은 한 처녀의 궁둥이를 한 놈이 점잖게 쓰다듬었기 때문이었다.

몸 좋은데, 라고 그 놈이 씩 웃으며 말했다. 배식구에 서 있던 뚱뚱보 아주머니의 짧은 목이 밖으로 내밀어졌다가 쏙 들어갔다. 다른 한 놈이 가에 앉은 또다른 처녀의 머리통을 쓸어안고 뽀뽀를 했기 때문이었다.

녀석이 일어섰다. 그리고 세 명의 청년 앞으로 걸어갔다.

넌 뭐야, 응? 건방진 새끼, 라고 말하며 세 명 가운데 한 놈이 녀석의 따귀를 후려쳤다. 코피가 터졌다.

왜 이러십니까? 우리는 정당한 요구를 하고 있는 것입니다, 라고 녀석이 침착하게 말했다.

한 처녀가 일어서며 녀석에게 손수건을 내주었다.

“얼씨구, 자알 노시는군.”

“정당한 요구? 좋아하지 마.”

“증뿔나게, 좆같은 새끼가 지랄허네.”

세 명의 청년들이 모두 한 마디씩 했다.

“왜 이러시죠? 당신들은 뭐예요?”

“돈을 받았죠? 공장장이 시켰죠?”

“대장부가 돈에 매수돼서 비겁하게스리.”

처녀들도 일어나 한 마디씩 했다.

“뭐 이런 쌍년들이 있어!”

“이 새끼 물건 맛이 그렇게 좋아?”

“그러지 말구 나하구 한번 하자야.”

그리고 수라장이 됐던 것이다. 비명이 울리고 녀석은 쓰러졌던 것이다.

청년들은 싹 자취를 감추고 처녀들이 울음을 터뜨렸다. 뒤늦게 수위와 경비원이 쫓아 들어왔고 회사 직원의 지시에 의하여 K 섬유의 지정 병원으로 녀석은 옮겨졌다.

"자신이 없는데요, 다른 병원으로 가시는 게 좋겠습니다."

의사가 말했다.

회사 직원은 안경을 한번 콧잔등 위로 밀어 올리고 입맛을 쩝쩝 다시다가 녀석을 업고 온 경비원에게 다시 업으라고 지시했다.

택시를 잡아 탔을 때 녀석은 이미 축 늘어져 있었다.

통금이 임박한 시간에 S 종합 병원에 도착한 회사 직원은, 술 마시고 저희들끼리 지랄하다가 머리를 좀 다친 것 같다고 당직 의사에게 말하며 담배를 권했다.

당직 의사는 안심하고 응급 처치만 했다.

이튿날 J 목사(牧師)가 외과 과장을 만났을 때, 과장은 이 같은 회사측의 진술에 따라 회복되기를 기다리고 있다고 대답했다.

"그게 아닙니다. 드라이버에 찔린 것이 확실합니다. 빨리, 빨리 서둘러야 합니다."

J 목사는 사건 전말을 말하고 다그쳤던 것이다.

외과 의사들이 긴급히 수술을 시작했다. 수술 도중 후두부 3 센티 깊이에서 기름 묻은 헝겊 조각이 묻어 나왔을 때 의사들은 경악했다.

"왜 진작 사실을 말하지 않았습니까? 이미 두부 전체에 염증이 퍼졌습니다. 어젯밤에만 수술을 했더라도 이렇게 번지지는 않았을 텐데……."

수술 종료 후 과장은 땀을 흘리며 말했다.

지난 밤부터 내리던 비는 계속이었다. 장마였다.

그 후 이십여 일이 지나도록 녀석은 혼수 상태였다. J 목사는 그 동안 자기가 소속돼 있는 Y 도시 산업 선교회를 중심으로 여러 기독교 사회 단체들과 공동협의를 통해 대책을 강구했다. 그리고 녀석의 후두부에서 나온 기름 묻은 헝겊 조각과 피 묻은 드라이버 등이 증거물로 채택되어 노동청과 검찰에 동시 고발됐다. 이때 무엇보다 중요한 자료가 된 것은 세 청년의 자백이었다.

그들은 뉘우치는 심정으로 머리를 삭발하고 J 목사를 찾아왔던 것이다. 그리고 공장장에게 매수되어 어떤 일이 있어도 책임진다는 내용의 각서까지 받았다고 진술했던 것이다.

당일 석간 신문엔 사인펜으로 갈겨 쓴 공장장의 각서와 함께 사건 전말이 상세히 보도됐다.

그러나 녀석은 사건 발생 후 삼십여 일 동안 의식 한번 회복하지 못한 채 늙은 홀어머니와 어린 여동생을 남겨두고 세상을 떠나고 말았다.

그의 죽음은, 피서지 및 관광 안내가 대대적으로 보도된 휴가
철 특집 신문 귀퉁이에 단신으로 취급됐다.

1

찬호(贊浩)가 죽었다.

녀석이 결국 죽고 말았다.

그런데 그것이 나하고 무슨 관계가 있단 말인가.

아내 지숙(池淑)의 말대로, 녀석의 죽음은 결코 우리의 여름
휴가와 아무 관계도 없는 일이었다. 그런데도 명준(明俊)은 잠
이 오지 않는 것이다.

명준은 자리에서 가만히 일어나 응접실로 내려왔다. 담배 생
각이 났던 것이다. 밤중에 일어나 담배를 피우면 용케도 알아차
리고 간섭을 하는 아내였다.

"당신 몸 생각을 하셔야지요. 당신 이젠 홀몸이 아니란 말예
요."

그날 아침에도 아내는 넥타이를 매고 있는 명준에게 약봉지
를 들고 다가섰던 것이다.

"아, 하세요."

명준은 입을 벌렸다. 아내는 한 움큼의 알약을 털어 넣어 주고는 한 손에 들고 있던 물컵을 내밀었다. 명준은 물컵을 받아 마셨다. 영양제라는 것이었다.

그때 문 밖에서 클랙슨 소리가 빵빵 두 번 울렸다.

"차가 왔나봐요."

"다녀올게."

"자, 잊었어요?"

아내는 눈을 감고 입술을 내밀었다. 명준은 아내에게 뽀뽀를 했다.

"아기에게두요."

명준은 두 살 난 아들놈에게도 뽀뽀를 했다. 출근 수속도 복잡하지, 명준은 현관에 나와 구두를 신고 대문 밖으로 나왔다. 장모가 아침 저녁으로 보내 주는 까만 세단이 기다리고 있었다. 아기를 안고 아내가 따라 나섰다. 운전기사가 가방을 받아 들며 뒷자리의 문을 열어 주었다.

"일찍 들어오세요."

아내가 말했다. 필요없는 인사다. 퇴근 시간이면 또 시간 맞추어 장모는 차를 보내 주고 아내는 전화를 거는 것이다.

"빠이, 빠이."

아내가 웃고 서 있다. 아기가 손을 흔든다. 놈은 아직 세발 자

전거도 제대로 못 탄다. 그래서 명준은 정시에 퇴근하면 놈을
세 발 자전거에 태우고 핸들에 맨 줄을 잡아 끌어 준다. 잔디 깔
린 정원을 지나 마을 공터에 나와 마냥 끌고 다니면 아기는 홍
이 나서 어쩔 줄을 모른다. 동네 사람들이 부러운 시선으로 쳐
다보게 마련이다. 아내는 가정부 아이에게 대강 반찬 만들 것을
지시해 주고 행주치마를 두른 채 공터로 나온다. 그리고 남편이
아기와 노는 것을 바라보고 서 있다.

휴일이면 고궁엘 간다. 고궁엘 가면 아기는 좋아한다. 비둘기
를 쫓기도 하고 흙장난도 치고 원숭이를 보고는 깔깔대기도 한
다. 명준은 그 모습을 천연색 필름에 담아야 된다. 전람회장을
돌다가 아내가 멋진 그림을 손가락질하는 모습도 찍어야 된다.
그것들을 사진첩에 끼우며 날짜를 기입하는 즐거움도 강요 당
한다. 때로는 외식을 즐긴다. 그리고 아기의 발도장을 찍으며
육아 일기를 쓰는 일도 아내는 잊지 않는다. 잠든 아기의 발도
장을 찍기 위해 발바닥에 먹을 칠할라치면 놈은 자다가도 간지
러워 작은 발을 꼼지락거린다. 그것이 귀여워 못 견디겠다면서
아내는 명준에게 와 매달리는 것이었다. 또 뽀뽀다.

회사에 들어선다. 사원들이 일어서 꾸벅꾸벅 인사를 한다. 명
준은 안다. 그들이 속으로는 비웃고 있으리라는 것을. 그러나
한편으로는 부러워하는 놈도 있으리라. 처갓집 덕에 걸터앉은

부장 자리 회전의자……. 명준은 의자를 빙 돌려 앉으며 구두를 벗고 왕골 슬리퍼를 신는다. 그리고 사무실 안을 한번 쓱 훑어본다. 출근하여 의자에 앉으면서 느끼는 가벼운 흥분, 그것을 천천히 조금씩 음미한다는 것은 얼마나 즐거운 일인가.

명준은 담배를 태워 문다. 싹수가 노란 놈들, 나는 이미 산전수전 다 겪은 노장이란 말야. 풋내기 너희놈들이 뭘 안다고……. 그 담배 맛 한번 좋다.

그때 전화가 걸려 왔던 것이다.

"부장님, 전화입니다. 여잔데요."

"바꿔."

명준은 책상 위의 수화기를 들었다.

"여보세요, 선생님이세요?"

"그래, 그런데 누구지?"

못 듣던 목소리였다.

"저는요, 저는……. 여기 병원인데요……."

"병원?"

"네, 찬호가 저의 오빠구요."

"찬호라구? 찬호가 오빠라구?"

"네."

"그런데?"

"오빠가 이 병원에 입원했어요. 그런데 선생님을 좀 만나뵙구 싶어서요."

"무슨 일인데, 어느 병원이지?"

"S 종합 병원이예요, 오실 수 있으시겠어요?"

"알았어, 내 곧 가지."

"또 제자입니까, 부장님?"

조금 전 전화를 받아 넘겨준 안경잡이가 물었다. 그는 소위 일류 대학을 나온 놈이다. 그러나 거만하지 않고 싹싹하기가 참 배 맛이다.

"제자는 제자인데, 그 제자의 여동생이 전화를 걸었군. 오빠가 입원을 했다구."

"부장님은 참 훌륭한 선생님이셨던가 봐요. 웬 옛날 제자들이 그렇게 전화를 해싸요? 조금 전엔 저쪽 방으루 전화가 왔었는데요, 조회 때마다 전화 거는 그 남자 말예요. 부탁한 거 어떻게 됐느냐구요."

여학생 사환 애가 종알거렸다.

"부탁한 거? 아, 취직 말이군. 그게 그리 쉬운가? 나 다방에 가 있을 테니 전화 오면 적당히, 응?"

명준은 의자에서 일어섰다.

"왜 또 어떤 친구가 월부책이라두 사라고 왔나보죠?"

참배가 장단을 맞춘다.

"잘도 아는군."

명준은 맘대로 생각하라고 대꾸해 주고는 아래층 다방으로 내려왔다.

"담배 드려요?"

미스 김인가 박인가가 담배갑을 꺼내 들고 다가온다. 명준은 주머니에 담배갑을 넣고 다니지 않는다. 회사에서는 책상 서랍에, 그리고 다방에서는 아가씨에게 맡겨두고 다닌다. 아내의 극성 탓이다.

"앉아, 우유 한 잔 들지 그래."

"웬 일이세요?"

"네가 예뻐서 그런다."

"아이 좋아라, 저 주스 할게요, 아 참, 진급하셨다구요? 축하합니다."

"이제사 인사냐? 좋았어."

진급, 그것도 아내가 친정 어머니를 졸라대고, 친정 어머니는 자기 남편을 졸라대고, 그래서 된 진급이었다.

그 날 아내는 낯설지 않은 수선을 또 한바탕 떨었던 것이다.

"당신, 이제 당신은 어제의 당신이 아니란 말씀예요, 알았죠? 그 시덥잖은 친척들이나 구질구질한 가난뱅이 친구들 생각 딱 그만두시라구요. 이젠 옛날 제자들두 찾아오거나 전화질하면 적당히 따돌리시란 말씀예요. 부장님 채신머리 없이 거렁뱅이 같은 족속들과 어울리지 마시구요. 알았죠? 약속하시죠?”

사실 솔직히 말하면 귀찮은 일이었다. 사돈의 팔촌도 넘는 먼 친척까지 찾아와서는 취직 부탁, 소식이 끊어졌던 친구들이 용 케도 찾아와서는 내놓는 것이 월부책 계약서, 그리고 옛날 제자 들의 뻔질난 전화질…….

전화는 집으로도 걸려 오는 모양이었다. 아내는 그런 것이 모 두 딱 질색이었다. 이제 그만 딴 사람이 돼서 우리끼리만 알공 달공 살자는 것이었다.

“선생님, 참 바쁘신가 보죠?”

“엄처시하에 안됐네.”

“자네 좀 변한 것 같아.”

비웃는 친구도 있었다. 서운한 눈치로 돌아가는 제자도 있었 다.

“변했지, 변하고 말구…….”

명준은 때마다 씁쓸히 웃었다. 그리고 장모가 보내 주는 세단 으로 출퇴근이었고 아내가 털어 놓어 주는 영양제를 꿀꺽꿀꺽 삼켰다. 그리고 제발 어서 빨리,

“선생님은 딴 사람이 됐다.”

"그 녀석 계집에게 쥐어서 꼼짝 못해."

"그 사람 아주 변했어."

이런 소문들이 나돌아 주었으면 싶었다. 그래서 아내의 극성과 그들의 기억으로부터 해방되고 싶었다.

때로는 흐뭇한 일도 없진 않았다. 옛날 가르친 제자가 검정고시로 대학까지 졸업하고 이젠 어엿한 공무원이 되어 제 아들놈 백일 잔치에 초대하기도 했다. 외항선을 타는 놈도 있어서 양주를 들고 찾아온 놈도 있었다. 그러나 아내는 이런 것까지 못마땅해 했다. 집에 양주가 없느냐는 것이었다.

"집에 있는 것과는 의미가 다르잖아."

명준은 좀 불쾌해서 말대꾸를 했던 것이다.

"다르기는 뭐가 달라요, 똑같은 양주죠. 집에 있는 것은 삼십 년대 제품이예요."

명준은 시끄러워 그만두었다.

명준은 담배를 세 대째 태우고 있었다.

찬호 녀석이 무슨 일일까. 명준은 방금 전에 받은 전화에 대하여 생각하고 있었다. 녀석은 그 동안 가끔 전화를 주었다. 그러나 녀석의 전화는 취직 부탁 같은 용건이 있어서가 아니었다.

"선생님께서 가르쳐 주신대로 열심히 살고 있어요. 선생님 댁 내 두루 안녕하시죠? 지난번엔 아버님 산소에 다녀 왔어요. 학

교두 돌아보고요. 선생님 생각을 하면서 더 열심히 살기루 결심
했어요."

그저 이런 내용이었다. 그런데 무슨 일로 입원을 하고·그 여
동생은 또 만나자는 건가. 만나보고 싶으면 제가 올 것이지, 이
더운 날씨에 나더러 오라니…….

"당신은 어제의 당신이 아니란 말씀예요."

아내의 목소리가 생각났다. 어쩌면 나는 선생질을 잘못했나
봐. 아니지, 너무 잘한 탓이지. 명준은 혼자서 고개를 끄덕였다.

"그래, 참으로 그때는 훌륭했었어."

명준은 혼잣말로 중얼거렸다.

"네, 뭐라구 하셨어요?"

미스 김인가 박인가가 주스를 빨대로 빨아올리다가 눈을 치
뜨며 대꾸했다.

"귀두 밝군. 아냐, 내 혼잣소리야."

"그래요?"

여자는 영문도 모르고 따라 웃었다.

그 날 명준은 병원에 가지 않았다. 얼쩡거리다가 결재 서류에
도장을 찍고 담배를 피우다가 장모가 보내 준 세단을 타고 퇴근
했던 것이다.

"당신 오늘 회사에서 별일 없으셨죠? 또 누가 찾아오진 않았

어요? 전화두 없었구요?"

"없었어. 아무 일도 없었어."

아내는 이같은 대답을 요구하고 있는 것이었다. 명준은 고개를 끄덕여 주었다. 그래야 편했던 것이다.

명준은 담뱃불을 끄고 응접실을 나왔다. 그리고 가만히 정원에 나서 보았다. 조용하기 그지없는 집안이었다. 이층 침실의 커튼 사이로 희미한 불빛이 새어 나오고 있었다. 명준은 얼핏 이 안일의 구렁텅이에서 도망치고 싶다고 생각했다. 때마침 옆구리에 심한 통증이 왔다.

사월이었다.

당시 명준은 나 영(羅影)의 집에서 기거하고 있었다. 육이오 때, 명준의 집은 지주였다는 한 가지 이유만으로 풍비박산이 났다. 그리고 명준은 아버지의 친구였던 나 박사(羅博士)의 도움으로 그의 집에서 성장했고, 그때는 이미 대학에 재학 중이었다.

나 영은 며칠째 집에 돌아오지 않고 있었다. 앞뜰의 목련이 꽃잎을 떨구고 있었다. 목련이 지는 모양은 이른봄의 때늦은 함박눈송이 같았다. 명준은 얼핏 불길한 상념에 휩싸였다.

나 박사는 안절부절 못했다. 그는 목련 주위를 서성이며 연신 담배를 피우고 있었다. 명준은 자기 방에 앉아 유리창 밖으로 그 모습을 지켜보고 있었다.

책상 위에 놓인 작은 사진틀 속에는 나 영이 목련 옆에 앉아 웃고 있었다. 그녀는 지난해 사월 M대학의 목련제(木蓮祭)에서 과퀸으로 뽑힌 바 있는 미인이었다. 과(科)퀸이란 말을 명준이 '꽉퀸'이라고 발음해서 그녀를 깔깔거리며 웃게 만들기도 했다. 그녀는 그때 콧노래를 부르고 있었다.

    목련꽃 그늘 아래서

    베르테르의 편질 읽노라…….

명준은 그녀의 콧노래를 듣는 듯했다.

"오빠 왜 그렇게 용기가 없죠? 꽉퀸? 이깟 나 영이가 뭐 그리 대단하다구……."

축제에서 돌아온 날 밤 그녀는 앞뜰 목련 옆에 뾰루퉁해 서 있었고 명준은 돌아앉아 밤하늘을 올려다보고 있었다.

그날 명준은 끝내 그녀를 가볍게 한 번 안아볼 수 있었다.

"오빠 왜 그렇게 용기가 없죠?"

명준은 들여다보던 사진틀을 세워놓고 유리창을 드르륵 열었다.

"아버님, 제가 거리에 나가 보겠습니다. 꼭 만날 수 있을 거예요……."

명준은 뜰 아래로 내려서며 나 박사에게 말했다. 그리고 서둘러 구두를 찾아 신고 거리로 나왔던 것이다.

그는 뛰고 있었다. 물결치는 노호의 젊은 대열을 끼고 뒤에서부터 앞으로 살피며 달리고 있었다. 그러다가 그는 총소리를 들었던 것이다. 삽시간에 혼란이 왔다. 아우성 소리 속에서 그는 자기를 외쳐 부르는 그녀의 목소리를 들은 것 같았다.

"오빠아."

그러나 그는 이미 돌아서서 골목길로 거꾸러질 듯 뛰어들고 있었다. 그러다가 정말로 거꾸러졌던 것이다.

얼음 조각이 옆구리를 스친 것 같은, 섬뜩한 느낌 속에 땅 속 깊이 잦아들고 있었다. 꿈결같이 아우성 소리가 멀어져 갔다.

명준이 눈을 떴을 때 단발머리의 한 소녀가 그를 내려다보고 있었다. 그는 처음에 그녀를 나 영으로 착각했다. 그러나 아니었다. 낯선 집 방안이었고 그녀는 처음보는 얼굴이었다.

"움직이심 안돼요, 그대로 계셔야 해요."

깊은 물, 호수 같은 눈의 단발머리 소녀가 명준의 가슴을 가볍게 누르며 말했다. 그리고 베개를 고쳐 주는 것이었다.

"천만다행이예요, 총알은 옆구리를 가볍게 스쳤을 뿐이예요."

소녀는 명준의 이마에 솟은 땀방울을 하얀 수건으로 찍어내며 말했다.

거기는 안국동이었고, 단발머리 소녀의 이름이 지숙이었다.

며칠 지났던가.

하루는 지숙이 밖에 나갔다가 뛰어들어오며 소리쳤다.

"호외예요, 대통령이 하야했대요."

그러나 명준은 실상 관심 밖의 일이었다. 그런데 지숙이 펼쳐 준 대통령 하야 성명이 게재된 신문지의 뒷면에서 나 영의 이름을 발견했을 때 명준은 튕긴 듯 일어나 앉았다. 그러다가 그는 옆구리를 감싸쥐며 엎어졌다. 아픔이, 숨이 막히는 아픔이 슬픔과 함께 북받쳐 올랐다. 어쩌면 지숙은 그것을 감격의 울음으로 알았으리라. 그래서 소리 없이 방을 나가 주었을 것이다.

그 날 밤 명준은 지숙의 집을 도망쳐 나왔다. 너는 모른다. 너는 아무것도 모른다. 명준은 '그 동안 참으로 고마웠습니다'라는 쪽지만 남기고, 지숙의 집을 나오며 수없이 되뇌었다.

그리고 명준은 나 박사댁 앞뜰의 목련이 꽃잎을 떨구고 있던 며칠 전 일을 생각했다.

목련꽃 그늘 아래서

베르테르의 편질 읽노라…….

나 영의 콧노래가 들리는 듯했다. 명준은 갈 곳이 없었다. 그날 밤 그는 나 박사댁 문 밖에서 서성이다가 이튿날 새벽 서울을 떠났다. 그리고 고향에 돌아왔으나 역시 찾아갈 곳이라곤 마땅치 않았다.

망설이다가 찾아간 곳이 교회 옆의 토담집. 옛날 소작인이었던 장준학(張準學)씨는 이미 저 세상 사람이 된 지 오래고, 꼽추인 그의 부인 이 권사가 명준을 따뜻이 맞아 주었다.

외아들 인규(仁圭)는 서울에서 신학을 공부한다고 했다. 이 권사는 명준의 손을 잡았다.

"북새통에 어찌 됐나 싶어 연일 기도하면서 매일같이 전보를 띄웠지 뭔가. 무사하다는 편지를 조금 전에 받았지……."

이 권사는 아들의 편지를 만지작 대며 울먹였다. 옛날에 어렸을 적에 버섯된장을 끓여 놓고 명준을 자기 무릎에 앉히고는 밥을 떠먹여 주던 여인, 이 권사는 콩나물을 길러 시장에 내다 팔고 있었다.

명준은 생전 처음 삶에 관하여 고민했다. 고민하면서 그는 입대했고 제대할 무렵 그는 이미 수복 지구의 주둔지에서 교회당을 빌어 '오뚝기학원'을 시작하고 있었다.

그는 제대했으나 그곳에 눌러 앉았다. 그리고 온 정열을 쏟아 학원을 꾸려 나갔다.

그 무렵, 삼남 지방을 휩쓴 한수해로 가재도구를 날리고 수복 지구의 값이 헐한 땅을 찾아 온 이재민들은 초토에 묻힌 탄흔을 뒤적이며 겨우 입에 풀칠을 하고 있었다. 이들은 호구지책에 쫓겨 자녀 교육 같은 것은 생각할 겨를이 없었다. 아이들은 사격장에서, 거리에서, 미군 부대 주변에서, 비행장 활주로에서 초토같이 황폐해 갔다. 명준은 이들을 돌보기로 했던 것이다.

낮에는 엿장수가 됐다. 리어카에 엿목판을 싣고 돌아다니며 고철을 수집했다. 밤이면 아이들과 만나 열을 올렸다. 그들의 눈빛이 별빛을 닮아갔다.

틈틈이 흙벽돌을 찍었다. ‘우리들의 교실’을 짓기 위함이었다. 수십 명의 개미 역사는 집채만한 벽돌 더미를 쌓아 놓기에 이르렀다. 수백 장이었다. 아니 수천 장이었다. 아이들은 저희들 손으로 만들어진 땀의 결정을 눈 앞에 보며 밤이면 학습에 더더욱 매달렸다.

이제 문틀만 마련되면 이차 작업을 시작할 단계였다.

“선생님, 리어카 좀 빌려주세요.”

한 녀석이 눈물을 질금거리며 명준을 찾아왔다. 어머니는 전방 귀농선(歸農線) 가까이 품팔이 나가고, 며칠째 몸져 누워 있던 아버지가 사뭇 때굴때굴 뒹굴고 있다는 것이었다. 그래서 리어카에 싣고 병원에 가볼 참이라 했다.

　　명준은 아이를 앞세우고 뛰어갔다. 그리고 환자를 업고 병원으로 달려갔다. 그러나 병원에서는 입원비를 내놓으라는 것이었다. 명준은 돌아섰다. 다른 병원도 마찬가지였다.

　　명준은 복중의 땡볕 아래 환자를 업고 이십여 킬로를 걸어 군(軍) 이동외과병원을 찾아갔다. 그리고 사정했다. 천만다행, 그 밤으로 수술을 받을 수 있었으나 밤 사이 내린 폭우로 수천 장의 흙벽돌이 모두 흙범벅이 되어 떠내려갔다.

　　명준은 주저앉았다. 사격장의 포 소리만 그의 가슴을 쿵쿵 울려 주고 있었다. 그러나 어찌 예상이나 했으랴. 며칠 후 군부대와 지방 행정기관에서 시멘트와 목재를 한꺼번에 트럭으로 실어 오게 될 줄이야.

　　학교를 세우는 과정에서 명준은 거의 미친 사람의 형상이었다. 밤중에도 달 빛 속에 일을 했다. 그러나 기쁨만은 아니었다.

　　맹장을 도려 내고 일주일만에 군 이동외과병원에서 퇴원해 나온 그 노인이 말리는데도 듣지 않고 운동장을 닦다가 폭사한 것이었다.

　　"선상님 좀 쉬시지요."

　　노인이 다가서며 명준의 손에서 곡괭이를 빼앗는 것이었다.

　　"내 막걸리 한 잔 저쪽에 갖다 놓았으니 어서 가 한 잔 하시지요."

마침 명준은 목이 타던 참이었다. 명준은 그만두시라고, 함께 자시자고, 노인의 손을 잡아 끌었으나 막무가내였다.

명준은 목도 말랐지만 무엇보다도 소변이 마렵던 참이라 노인에게 곡괭이를 넘겨 준 채 그 곳을 떠났다.

면모를 갖추어 가는 학교 건물 모퉁이에서 소변을 보고, 주전자를 막 들어올려 한 모금 마시려던 참인데 갑자기 천지가 진동하는 폭음과 함께 흙먼지가 달빛을 가리고 돌멩이가 날아와 건물 지붕에 떨어지고 굴러내렸다. 그리고 다시 조용해졌다.

"찬오 어르신네요, 찬호 아버지요."

명준은 소리지르며 뛰어갔다. 그러나 찍어도 찍어도 뽑히지 않던 덤불 더미와 흔들리지 않던 바위 덩어리는 모두 날아가고 커다란 웅덩이만 패여 있을 뿐 노인의 모습은 보이지도 않았다.

아카시아숲에서 다리 한쪽을 찾아냈다. 그리고 자루 부러진 곡괭이를 발견했을 뿐이었다.

찬호는 자꾸 벗겨지는 자기 어머니의 검정 고무신을 집어들고 언덕을 올라왔다. 무덤은 학교 바로 뒤에 만들어졌다.

그 이듬해 가을이던가. 명준은 향토 문화상을 수상했다. 시상식에서 그는 감격의 눈물을 뿌렸다. 그것은 아주 묘한 감격이었다. 어째서 나에게 이런 상이 돌아오는가. 내가 무엇을 했는가. 내가 무슨 상 받을 일을 했는가……. 식장을 빠져 나오는 명준에게 꽃다발을 안겨 주는 여인이 있었다. 설상가상이었다. 그녀는 지숙이었다.

"신문을 보고 뛰어왔어요. 그런 법이 어디 있어요? '그동안 고마웠습니다' 한마디로 돼요?"

지숙은 이제 단발머리 소녀가 아니었다. 그녀는 명준의 일을 도왔다. 방학이었고 졸업반이라 했다. 명준은 그녀에게서 나 영의 모습을 찾고 있었다.

"은혜 입었음 갚을 줄 아셔야죠, 이제 선생님 차례예요. 제가 이번엔 환자거든요, 호호……."

지숙은 매달리고 있었다.

대학을 졸업한 지숙은 어느날 정색하고 진의를 피력했다.

"이젠 아주 나꾸어 채가려고 왔어요. 서울로 가요, 이만큼 하셨으면 됐어요. 직장이 기다리고 있어요."

명준은 고개를 끄덕였다. 그는 자기가 지금까지 해온 일이 왜 그런지 시답잖게 생각됐다. 무엇인가, 누구에겐가 짊어진 빚을 갚는 심정으로 일해온 것이 스스로를 기만한 것은 아닌가. 교활하게도, 돌아서서 도망친 비겁자가 본색을 감추고, 탈을 쓰고 갈채를 받으며 사람들 앞에 나서서 그들을 속여온 것은 아닌가. 그럴수록 덮씌워지는 영예와 부추겨 세우는 주위 사람들, 그리고 그들의 감당할 수 없는 시선들…….

명준은 지방의 유지 몇에게 모든 것을 간단히 위임했다. 그리고 실로 조용히 손을 털고 일어선 것이었다.

명준은 수복 지구를 떠나기에 앞서 찬호 아버지의 무덤을 찾았다. 찬호네는 이미 서울로 이사한 후였다. 그는 잡초를 뜯다가 망연히 앉아 있었다.

"차가 기다리고 있어요."

지숙이 말했다.

복은, 호박이 덩굴채 굴러 들어와서 예쁜 양옥이 기다리고 있었고, 장(長)자리 의자가 기다리고 있었고, 출근 시간이면 안국동 장모가 보내주는 까만 세단이 문 밖에 기다리고 있었다.

영양제가 기다리고, 물컵이 기다리고, 아내는 눈을 감고 뽀뽀를 기다렸다. 회사에 나가면 승진이 기다리고, 결재판이 기다리고, 퇴근시간이면 아내로부터 기다린다는 전화가 걸려 오고, 그 무렵이면 수위실에서 차가 와서 기다린다는 전갈이 온다.

다방에서는 월부책 장수가 된 옛 친구가 기다리고, 다과점에서는 선생님을 뵙고 싶어 찾아왔다는 옛날 제자가 기다리고, 친척이 며칠 전 찾아와 부탁하고 간 취직이 되기를 기다린다는 편지가 책상 위에서 기다리고…….

명준은 기다림과 기다림 사이에 끼어 오도 가도 못하고 허둥대다 지쳐서 어느 누구도 기다리지 않는 다방에 가 줄담배를 피우고 앉아 있기 일쑤였다.

이 무렵에 사건은 터졌던 것이다. 그 사건 또한 처음엔 그를 기다리는 데서부터 시작됐다. 그런데 차츰 그는 그 사건 속으로 빨려들고 있었다. 아니, 뛰어들고 있었다. 그리하여 아내의 기다림을 모처럼 거부했던 것이다.

2

"제가 찬숙이예요."

그녀는 가슴이 빈약하고 손이 크고 거칠었다.

"목소리로는 모르겠더군. 고생 많이 하지?"

명준이 아는 체를 했다.

"도대체 어찌된 일이지?"

명준은 예사롭게 물었다.

"오빤 살아나지 못할 것 같아요."

찬숙이는 눈물을 닦으며 울먹였다.

"살아나지 못하다니, 뭐가 어떻게 됐기에? 지금 병원으로 가볼까?"

"네, 그런데 이미 늦었대요. 그때 선생님께 처음 전화를 드린 이후 죽 혼수상태예요. 사람두 못 알아보구요."

"자초지종을 얘기해 봐, 우선 얘기를 좀 듣자구……."

명준은 다방 아가씨에게 볼펜과 메모지를 부탁했다. 취재라도 하려는 양.

"오빠 참 바보였어요."

이것이 그녀의 첫마디였다.

"……저희 집은 선생님께서 서울로 나오시기 전에 그 곳을 떠났지요. 저는 그보다도 먼저 서울로 나왔고요. 처음엔 남의 집에 있다가 스웨타 짜는 공장에 직공으로 일하구 있었어요. 아버지가 돌아가신 후 엄마와 오빠두 서울로 나오시구, 우리 세 식구는 제가 얻어 놓은 셋방에서 살게 됐어요. 엄마는 광우리 장수, 오빠 또한 회사는 달랐지만 스웨타 짜는 공장에 직공으로 들어갔구요."

찬호는 제 동생과 자기가 다니는 공장, 그리고 모든 공순이와 공돌이에 대한 작업환경, 임금 실태, 퇴직금 및 생활 보장 제도 등을 조사하고 기업주들에게 최소한 인간 대우를 촉구하기 위해 우선 근로기준법, 노동법 등을 밤새워 읽어가면서 노동 운동을 시작했던 것이다.

꼬쟁이라고 불리우는 요꼬공들은 하루 십육 시간 이상을 혹사당하고 있었다.

밤 두 시경, 불면제를 복용해 가며 시간 외 중노동을 하면서
도 생활 보장이나 퇴직금 같은 것은 생각조차 할 수 없는 실정
이었고, 불만을 표시하면 부당해고가 자행됐다.

찬호는 노동조합을 조직했다. 한 사람 한 사람 붙잡고 설득하
면서 조합에 가입시키고 겁에 질려 떨고 있는 공원들에게는 차
근차근 소위 의식화 작업을 펴 나갔던 것이다.

"우리는 부당한 대우를 받고 있는 것이다. 기업주들이 근로기
준법을 지켜 일을 시킨다면 우리들은 이렇게 잠을 제대로 못 잘
리도 없고 일당이 이렇게 적을 수도 없다. 우리들은 기계가 아
니다. 우리도 퇴직금을 받을 수 있고, 그래서 안심하고 즐겁게
일할 권리가 있다. 우리들이 여럿이 한 뭉텅이가 돼서 정정당당
하게 요구하면 법이 있으니까 그들도 어쩔 수 없게 된다. 한두
사람이 잘못하면 내쫓길 수도 있지만 수십 명이 한 덩어리가 되
면 함부로 다를 수가 없게 된다. 사회가 바라보고 있기 때문이
다. 우리들은 일을 할 수도 있고 안할 수도 있다. 두 손이 있을
뿐 다른 아무런 힘이 없다. 그러나 여럿이 뭉치면 힘이 된다."

찬호는 근무 시간만 끝나면 매점으로 화장실로 동료를 찾아
다니고 옥상에서 기숙사에서 쉴 줄 모르고 공원들을 설득했던
것이다.

"그러다가 변을 당한 거죠. 그 전날인가는 선생님을 무척 만

나고 싶어했어요. 어딘가 불려 가서 조사를 받고 온 눈치였어요. 오빠는, 이럴 때 선생님을 만나면 약해지려는 마음을 고쳐먹을 수가 있겠는데…… 하면서, 그 밤을 꼬박 지새웠어요. 아마 그 이튿날 선생님께 전화를 했을 거예요."

"글세, 내가 자리에 없었던 모양이군."

"그리구 그날 저녁 때, 회사측에 매수된 세 명의 깡패에게 칼침을 맞은거죠."

"칼침이라구? 그래, 범인은 잡구?"

"잡긴 잡았나봐요, 그런데……."

"그런데?"

"뻔하잖아요? 회사측에선 요리조리 책임을 회피하구 있구……. 그래서 선생님을 만나뵙구 싶어 전화를 했는데, 그 후로도 몇 번 전화를 올렸는데, 번번이 자리에 안 계시다구 해서……."

"가자구, 그 동안 회사측에서 사람은 왔었나?"

"모르겠어요, 지금 와 있는지두요."

"어서 가보자구……."

그들이 다방에서 나왔을 때 안경잡이가 지나치면서 명준을 툭 쳤다.

"부장님, 제법 미인인데요."

"사람두 참 실없기는……."

명준은 쓸쓸하게 웃었다.

찬숙이가 택시를 세웠다. 명준이 뒷자리에 올랐다. 병원까지 오는 동안 그들은 아무 말도 나누지 않았다. 한여름의 폭양이 아스팔트를 녹일 듯이 내리쪼이고 있었다.

복잡한 문제야. 내가 병원엘 찾아가서 어쩌겠다는 건가. 골치 아픈 문제에 부닥치고 있어, 지금 나는…….

명준은 담배를 피웠다.

병실엔 아무도 없었다.

찬호 혼자 머리통을 붕대로 감고 침대 위에 죽은 듯이 누워 있었다. 그의 콧구멍에는 투명한 비닐 제품의 가느다란 호스가 반창고로 고정된 채 끼워져 있었다. 그 호스의 한쪽 끝은 산소 통에 연결돼 있는 모양이었다. 그리고 팔뚝에도 링거 침이 꽂힌 채 반창고로 고정돼 있었다.

명준은 가까이 다가서서 녀석의 손을 잡았다. 링거 병에서 주 사약이 한 방울씩 떨어지듯, 가냘픈 맥박이 뛰고 있었다. 약간 부기가 있는 찬호의 얼굴은 평화로웠다. 그러나 명준은 머리가 복잡했다. 녀석은 할 일을 하고 잠을 잔다. 그런데 나는 지금 부 대끼고 있다. 꼬집어 이름지을 수 없는 고통에 짓눌려 명준은 땀을 흘리고 있었다. 찬호의 차가운 손을 쥔 채로 명준은 가만

히 서 있었다. 잊고 있던 옆구리의 통증이 쿡, 하고 왔던 것이
다.

그때 문을 열고 들어서는 사내가 있었다.

"안녕하세요?"

찬숙이가 가볍게 그 사내에게 인사했다.

"장 목사 안 오셨습니까?"

사내가 찬숙에게 물었다.

"당신 누구요?"

명준이 얼결에 말했다.

"이 분, 회사에서 오신 분예요."

찬숙이 대신 대답했다.

"잘됐시다. 그렇잖아두 만나려던 참인데 나하구 얘기좀 합시
다."

명준은, 실로 자기 자신도 모르게 엉뚱한 방향으로 내달리고
있다고 생각하며 한편으로 당황했다.

"누, 누구신지……."

사내도 어리둥절하니 서 있었다.

"오빠의 옛날 선생님이세요. 그리구 지금 신문사에 계시
구……."

찬숙이 설명했다.

“네, 그러십니까? 몰라봤습니다.”

사내가 고분고분해졌다고 명준은 생각했다. 신문사라고? 하기야 신문사는 신문사지. 영업이 됐건 사업이 됐건……. 차라리 잘됐다 싶었다.

“밖으로 나가실까요?”

사내가 병실 문을 열며 말했다.

“그럽시다.”

그들은 병실 밖으로 나왔다. 찬숙이만 병실에 남아 있었다. 그들은 병원의 지하 다방으로 들어갔다.

“여동생 되는 분이 선생님께 알렸습니까? 신문사로 말입니다.”

“그렇소.”

“네, 그러시군요. 그래, 진상은 알아보셨습니까?”

“대강 들어서 알고 있소.”

“그래 어떻게, 어떤 생각을 하고 계신지…….”

“뭘요?”

“아, 그게 아니구……. 우리 회사측으로선 최대의 관심을 기울이고 있는 중이구, 실은 조용하게 해결짓고 싶다는 거죠. 신문에서 떠들고, 그렇게 되면 일만 복잡해지고……. 이왕 이렇게 된 바엔 서로 좋은 게 좋지 않습니까? 우선 치료를 하구 보상 문제도 쌍방에서 원만하게……."

"허어, 나는 아직 상세한 내용도 모르고 있는 사람이구……. 서둘지 마십시다. 차차 좀 알아보구 의논합시다."

명준은 말을 딱 가로막고 담뱃불을 붙였다. 그때 찬숙이가 다방 안으로 들어섰다.

"여기 계셨군요. 장 목사님이 오셨기에."

찬숙이 뒤에 도수 높은 안경을 낀 점퍼 차림의 사내가 서 있다가 앞으로 나섰다.

"찾아뵈려구 왔습니다."

사내가 일어섰다.

"그래요? 내가 장 목사요."

점퍼 차림의 사내가 손을 내밀었다. 명준의 눈이 크게 떠졌다. 점퍼 차림의, 도수 높은 안경을 쓴 사내는 명준을 의식하지 못한 모양이었다.

"여보게, 자네 인규 아닌가?"

명준이 자리에서 엉거주춤 일어섰다.

"누구신지……."

"나, 명준이야, 날 몰라?"

"명준이, 그래 명준이야! 여기서 자넬 만나다니……."

두 사람이 얼싸안았다.

찬숙이도, 회사측에서 온 사내도 어리둥절하니 서 있을 수밖
엔 없었다.

명준이 인규를 처음 만났을 때의 모습은 짱구배의 배뚱뚱이
소년이었다.

땀을 연신 닦아내며 물레에 명주실을 감고 있는 그의 어머니
곁에 벌거숭이로 쪼그리고 앉아서 길다란 대나무 젓가락으로,
누에 고치가 곤두박질치며 끓고 있는 남비 속에서 계속 골라 내
놓는 번데기를 날름날름 집어 삼키던 소년.

그러다가 그 소년은 퇴비장 곁에 가 똥을 누다가 어기적거리
며 기어 와서는 울음을 터뜨렸던 것이다.

"두꺼비 파리 잡아 먹듯 하더니만 미주알이 빠졌지 뭐."

마을 아주머니가 말했다.

꼽추인 그의 어머니가 버선목을 따뜻하게 불에 굽더니 소년
의 항문 밖으로 뒤집혀 나온 벌건 늘옴치근 덩어리를 자꾸자꾸
밀어 넣고 있었다.

소년은 손등에 사마귀가 덕지덕지 돋아나 있었다. 낙숫물에
세수를 한 탓이라고 했다. 어느 날 소년은 잔디밭에서 놀다가
사마귀를 먹는다는 징그러운 벌레를 한 마리 잡아 들고는 손등
의 사마귀를 하나하나 뜯기우고 있었다. 그 벌레는 목이 길고

두 눈만 커다랗게 튀어 나왔을 뿐 대가리는 아주 작았다. 몸통과 배만 불룩한 그 징그러운 벌레는 소년의 손등에 돋아난 사마귀를 두 개밖에 갉아 먹지 못했다. 소년은 배부른 벌레를 버리고 또 다른 한 마리의 벌레를 잡아 다시 사마귀를 뜯기우며 상을 찌푸리고 앉아 있었다.

소년은 또 뒷간동이란 별명을 가지고 있었다. 그 별명은 그가 변소에서 태어난 데서 연유했다.

해방되기 전전 해였다던가, 난데없이 대꽃이 피고 그 밖에도 상서로운 징조가 나타나 사람들이 쉬쉬 하고 있을 무렵이었다고 했다.

그 해 봄, 바람이 몹시 불어 왔는데 사람들은 그 바람을 가리켜 해방풍이라고 귓속말을 했고, 그 해방풍이 집 앞의 아름드리 미루나무를 둥치채 뽑아 눕히고 지나갔다. 그런데 그 바람이 둥치채 뽑아 눕힌 아름드리 미루나무는, 소년을 뱃속에 넣은 지 만삭이 된 그의 어머니가 들어가 있는 뒷간을 눌러버렸고, 꼽추인 그의 어머니는 기절초풍 뒷간 밖으로 나뒹굴며 소년을 이 세상에 쏟아놓았다는 것이었다.

여하튼 명준이 소년을 처음 만났을 때 그는 사마귀 먹는 벌레를 닮은 짱구배의 배뚱뚱이였고, 명준은 그와 너무나 다른 세계에 사는 나비 넥타이의 도련님이었다.

명준은 대청마루에서 유성기를 틀고 앉아 꿀에 버무린 약과를 먹고, 소년은 늙은 오이를 대칼로 저며 먹으며 뜰 아래 서 있었다.

그러나 명준과 소년은 같은 학교에 입학이 됐다. 소년은 명준보다 한두 살위였으나 명준이 입학할 나이까지 놀고 있었고, 명준의 아버지 배려로 함께 입학시킨 것이었다.

소년은 학교 등하교길에 명준에게 뽕나무 열매를 따주기도 했고, 예쁜 새가 새끼를 깐 둥지를 알려주기도 했으며, 죽순의 달콤한 맛과 잔대 뿌리의 고소한 맛도 가르쳐 주었다.

보리수 열매를 따먹으러 갔다가 명준이 왕텡이에게 머리통을 쏘였을 때 소년은 명준을 업고 실로 쏜살같이 집으로 달려왔는데, 소년은 잘못한 일도없이 장딴지에서 피가 나도록 매를 맞기도 했다.

명준은 그 후 얼마 동안 소년의 어머니 등에 업혀 학교에 오갔는데 등 복판에 솟아 나온 커다란 혹의 감촉을 지금도 잊을 수가 없다.

그러던 어느날 명준은 소년의 어머니 등에 업힌 채 그의 집에까지 갈 수 있었다. 그의 집은 언덕 위에 있었는데 토담집이었고, 방바닥엔 해진 갈자리가 깔려 있을 뿐 툇마루조차 없었다.

방안 벽에는 빈대피가 댓잎을 그리고 있었고, 봉창 문턱엔 작

은 사기 등잔이 하나 놓여 있을 뿐 소년의 책상조차 보이지 않
았다.

명준은 소년의 어머니 무릎에 앉아 송이버섯을 넣은 된장찌
개에 비빈 밥을 받아 먹고 있었고, 소년은 그때 쇠꼴을 베러 가
기 위해 구럭을 메고는 퍼렇게 날이 선 낫을 빗겨들고 사립문
밖으로 나가며 휘파람을 불었던 것이었다.

켄터어키 옛집에 햇빛 비치어
여름날 검둥이 시절…….

"찬호 이 녀석 가망 없지?"
명준이 찬호의 손을 잡은 채 말했다.
"글쎄, 난 도시 정신이 없네. 무엇보다 찬호 그 녀석이 자네의
제자였다는 것을 알게 됐을 때 나는 놀라지 않을 수 없었어. 그
놈 참 훌륭했어. 자네는 훌륭한 제자를 키웠어."
장 목사는 창 옆에 앉아 있었다.
"아니야, 이놈 자신이 훌륭했을 뿐이야. 아니야, 그것도 아니
야. 왜 이놈이 지금 이렇게 죽어가고 있어야 되는지……."
"그건, 그건 말야, 내게두 책임이 있지. 결국 우리 둘이 이놈
을 이렇게 만들어 놓았는지도 몰라. 나도 이놈을 뒤에서 지도한

장본인이니까……. 그러고 보니까 우리는 참으로 못난 스승이
었구먼."

파리가 한 마리 날다가 유리창에 부딪치곤 했다. 병실 안은
덥다. 칠월의 햇볕은 병원 뜰 앞의 새빨간 칸나꽃이 늘어지게
쏟아지고 있었다.

"자네 생각 나나? 고향 마을의 그 연못과 그 해 여름의 농익
은 밀 냄새를……."

문득 장 목사가 다시 명준의 기억을 이십여 년 전으로 몰아
갔다.

고여서 썩고 있던 연못, 그리고 바닷가까지 퍼져 나간 넓은
들판의 자운영 풀꽃들…….

소년은 그 연못 속에서 개구리헤엄을 치고 있었다.

"물이 더러워 안돼, 어서 나와."

한 소년이 물가에서 소리치고 있었다.

"아니야, 게를 잡고 싶어. 커다란 물게를 잡아야 돼."

"나오라니까, 너의 어머님 보시면 나무라실 거야. 내가 잡아
주지……."

물 밖에 서 있던 소년이 옷을 벗고 들어온다. 그리고 연못 안
에 있던 소년의 등을 밀어 내보내고 있었다.

소년은 몇 번이고 흙탕물 속에 물구나무를 서듯 자맥질을 하

다가 엄지발가락에 털이 부숭부숭 난 묽게 한 마리를 잡아내어 손을 번쩍 쳐들어 보였다.

"이걸 봐."

옷을 주워 입고 물 밖에서 기다리던 소년이 손뼉을 치며 기뻐하고 있었다.

"그래, 내가 어릴 적부터 자네는 내게 있어서 항상 앞장서고 있었고……. 나를 항상 앞에서 이끌어 주었어. 그런데 그 해 여름 전쟁이 터졌지. 아버지가 지주였다는 한 가지 이유로 돌아가시고 어머님마저 세상을 떠나신 후 나는 나 박사의 보살핌으로 성장했지……."

"자네 부친이 지주였다는 이유만으로 돌아가신 것처럼 내 아버님은 지주가 아니었다는 한 가지 이유만으로 돌아가신 셈이야. 그러나 내겐 나 박사 같은 분이 없었어. 나는 신문팔이와 우산 장수를 하면서 고학을 했지. 신학이었어……."

"알고 있어."

"아니야, 모르고 있어. 나는 찬호네들과 마찬가지로 공장 직공 노릇도 했고, 그들과 똑같은 대우를 받으면서 말이지……."

"동기야 다르지만 나 또한 고생 좀 했지."

"알고 있어. 자네가 자랑스러운 사일구 세대로서 향토문화상을 수상했다는 기사를 신문에서 읽었을 때 나는 이 친구가 이렇게 될 수 있을까 생각했었지."

"아니야, 모르고 있어. 그것은, 그것은 말이야, 내가 받을 상이 아니었지. 세상이란 참 묘해서 말야."

명준은 말하고 싶었다.

비겁하게도 천방지축 돌아서서 도망치다가 거꾸러진 일, 안국동 집에서 대통령의 하야 성명이 게재된 호외를 받아보다가 '사월의 꽃' 속에 끼어 그중 한 송이로 숨져 간 나 박사의 외동딸 나 영의 이름을 발견했을 때의 옆구리 통증……. 그러고 보니 그 이후 나는 나 박사의 집 근처에도 가본 적이 없구나…….

"여하튼 이놈이 살아나야 할 텐데, 다시 살아나야 할 텐데……."

명준은 여전히 찬호의 손을 잡고 있었다.

내가 왜 찬숙이의 처음 전화를 받고 달려오지 못했던가? 나는 그 날 아침에도 영양제를 먹었고, 장모가 보내 준 세단을 타고 거들먹거리며 출근했고, 며칠 전 부장 승진한 흥분을 다방 아가씨와 잡담을 나누면서 조금씩 천천히 음미하고 있었지.

"우리 시원한 것 한 잔 마시자구."

명준은 따라 일어섰다. 머리가 핑 돌았다. 왁자지껄 떠드는 소리가 들려왔다. 귓속에서였다. 그리고 그의 코 끝에서는 탄약 냄새가 물씬 풍겼다. 눈 앞을 안개 같은, 연기 같은 불투명한 막이 가로막았다. 찬호 아버지의 통일화 신은 한쪽 발이, 자루가 부러진 곡괭이가 춤을 추듯 어른대고 있었다.

"이봐, 왜 이러지?"

장 목사가 명준의 몸을 부축하며 말했다.

"괜찮아, 좀 어지러웠을 뿐야……."

3

명준은 악몽에서 깨어났다. 아내가 근심스런 표정으로 내려다보고 있었다. 옷이 모두 땀에 젖어 있었다.

꿈은 모두 죽음과 관계있는 것들이었다. 미국의 어느 신흥 종파에서 행해진다는 기독교의 성찬 예식을 모방한 듯한, 이상스런 의식에 명준은 참여하고 있었다.

외부와 일체의 인연을 끊은 채 몇 주간 계속되는 그 의식은 죽음에 대한 강의에서부터 시작된다는 것이었다.

죽음을 주제로 한 동서고금의 문학 작품 소개와 감상, 같은 주제의 미술 작품과 음악 작품의 소개와 감상 등, 모든 것이 죽음 투성이였고 그런 분위기 속에서 장송곡을 들으며 강의를 듣는 것이었다.

냄새도 맡아야 됐다. 각국의 죽음을 상징하는 빛깔과 의상에 대해서도 강의를 듣고 직접 만져보고 입어보아야 했다.

상여 나갈 때의 소리도 들었다.

신학적인 측면에서, 철학적인 측면에서 죽음을 고찰하기도 했다. 그리고 마지막 단계에 이르면 의식에 참여한 모든 사람들의 몸뚱이에서는 끈적거리는 죽음의 냄새, 죽음의 분위기, 귓속에서는 죽음의 소리가 들리게 마련이었다.

묘혈을 파고, 유서를 쓰고, 묘비명을 스스로 새기고, 실제로 똑같은 운명을 연출하는데 목사는 마지막 기도를 올리는 것이었다.

명준은 호곡 소리를 들으며 입관됐다. 그리고 관 뚜껑이 닫히고 땅땅 못치는 소리를 듣다가 소리쳤던 것이다.

무어라고 소리쳤는지, 묘비명을 어떻게 썼는지는 생각나지 않았다.

"당신 안되겠어요, 병원에 가봅시다. 차를 오라고 할께요. 아니 우선 약을……."

아내는 허둥거리고 있었다.

"관둬요. 병원엔 그렇잖아도 가봐야 되니까…… 그래, 병원엘 가봐야겠어."

명준은 일어나 옷을 갈아 입었다.

아내가 전화통 앞으로 다가서고 있었다. 명준은 말 없이 전화선 코드를 뽑아 놓았다.

"찬호라고, 내 옛날 제자가 기어코 죽고 말았어. 거길 가봐야 돼……. 당신, 염려하지 말라구, 난 정상이야. 더더욱 정상을 회복하구 있어. 그 약 봉지 치우라구, 나 다녀 올게."

'찬호라구요? 그 사람 죽은 게 당신과 무슨 상관이 있죠?'

아내는 이렇게 말하지는 않았다. 명준은 그 소리가 아내의 입에서 나올까 싶어 후다닥 집을 뛰쳐나왔다.

시내 버스를 타고 병원에 도착했을 때 갈아 입고 나온 옷은 몽땅 땀에 다시 젖어 있었다.

대합실에서 찬호 어머니를 만났다.

"어머님, 면목 없습니다."

명준은 찬호의 늙은 어머니의 손을 잡고 같은 소리를 수없이 되뇌었다. 녀석의 동생 찬숙이가 울면서 매달렸을 때도 명준은 같은 소리를 연발했다. 그녀에게서 열 아홉의 처녀티라고는 찾아볼 수 없었다. 야위었고 손은 여전히 크고 거칠었다. 명준은 양쪽 손에 어머니와 찬숙이의 손을 쥐고 서 있었다.

"선생님, 우리는 이제 어떻게 살아요, 우리는 이제 어떻게 살아요, 네?"

찬숙이는 흐느끼고 있었다.

“병실로 가봐야지.”

명준이 층계를 오르려 했을 때 찬숙이가 손을 잡아 끌며 말했다.

“오빤 병실에 없어요, 지하실루 옮겼어요.”

찬숙이 앞장섰다.

시체실 안은 냉기가 돌았다.

“찬호는 어디 있지?”

보이는 게 없었던 것이다.

“저 속에 있어요, 냉동기 속에 들어 있어요, 장 목사님이…….”

찬호는 죽어서도 기계 속에 들어가 있구나. 저 소리, 뼈를 깎고 피를 말리는 재봉틀 소리를 닮은 기계 속에 들어가 얼고 있구나. 찬호는 꽁꽁 얼고 있구나, 냉동기 속에서.

명준은 복받쳐 오르는 울음을 씹어 삼켰다.

명준은 공원들에 대한 몇 가지 생각이 떠올랐다. 양쪽 관자놀이를 후벼 파는 것 같은 재봉틀 소리에 불면제를 먹고도 견딜 수 없는 졸음에 쓰레기통, 변소 안에 앉아 잠을 자다가 감독에게 들켜 따귀를 맞는다는 얘기, 그리고 또 어느 해 여름엔가 피서지에서 돌아오는 배 위에서 귓결에 들었던 처녀들의 말.

“돌아가봤자……. 우리 죽어버릴까?”

명준은 시체실을 나왔다.

날이 저물고 있었다. 명준은 구내 공중 전화 앞에 섰다. 대합실은 좀 한산한 느낌이었다. 진료 시간이 끝난 모양이었다.

명준은 동전을 찾다가 매점에서 담배를 한 갑 사고 잔돈을 바꾸었다. 다시 공중 전화 앞에 선 명준은 망설이고 있었다. 집 전화 번호를 돌리다가 명준은 그만두기로 했다. 동전이 딸그랑, 바닥에 떨어졌다.

명준은 무서웠다.

'그게 당신하고 무슨 관계가 있죠?'

기관총같이 쏘아댈 아내의 목소리가 들려올 것만 같았기 때문이었다. 그리고 또한 통화가 되기만 하면 그게 아니라도 집에 돌아가지 않고는 배겨날 자신이 없다는 것을 너무 잘 알고 있었다.

명준은 전화통 앞에서 물러섰다.

"당신 요즘 건강이 좋지 않아요. 좀 쉬셔야 되겠어요. 우리 올여름 휴가 때는 아주 멀리 떠나요. 어머니가 차를 빌려 주기루 했어요. 아니 이젠 아주 달라고 할 작정이지만 말예요. 당신이 운전하고 우리 산으로 바다로 돌아다녀요. 당신 운전 배운 것 참 잘했지 뭐예요. 우리만의 즐거운 시간에 운전기사를 달구 다닐 수 있어요? 그래요, 맨날 들볶아대는 잡동사니는 깡그리 집어 팽개치구 훌쩍 떠나요. 거지 같은 옛날 제자들, 친척들, 친구들 성화에 당신 신경 쇠약이지 뭐예요. 우리 애기 수영복도 샀다구요, 얼마나 깜찍하니 귀여운지. 그리고 제 것두요, 작년보다 허리 군살이 빠진 것 같지 뭐예요."

아내의 들떠 있던 모습이 눈 앞에 어렸다. 명준은 담배를 한개비 뽑아 물고 대합실 나무 의자에 기대 앉았다.

비가 내리기 시작했다. 오랫동안 가뭄이 계속되다가 며칠 전부터 오락가락 하던 빗발이 본격적으로 쏟아질 기세였다.

병원 앞뜰의 만개한 칸나 꽃잎이 비를 몰고 오는 바람에 몸부림치고 있었다. 붉은 꽃잎은 땅거미와 전등불빛에 얼비쳐 검붉은 핏빛이었다.

"자네, 여기 있었군. 집에 돌아가야지 않겠나?"

장 목사가 비를 함빡 맞은 채 눈 앞에 와 서 있었다.

명준은 고개를 흔들었다.

"괜찮겠나?"

"그럼, 괜찮지 않구. 내가 어때?"

"아니, 그게 아니구……."

장 목사는 명준의 곁에 앉았다.

"놈이 기어코 죽고 말았군."

명준이 혼잣소리로 말했다.

"지금도 많은 찬호가 죽어가고 있지. 우리가 무관심하고 있을 뿐이야."

장 목사는 혼잣소리처럼 중얼거렸다.

"면목이 없군."

명준은 또 다시 중얼거렸다. 장 목사가 명준의 손을 꼭 잡았다. 젖어 있는 그의 손은 따뜻했고, 명준의 손에 비하여 월등 크고 두터웠다.

"자네 저녁 먹었나?"

"저녁은 무슨……."

"아냐, 밤샘하려면 먹어둬야 돼. 나는 지금 막 회사측 사람과 먹고 오는 길이야. 어머님과 찬숙이 데리고 갔다 오겠나? 요 앞 골목에 식당이 있더구만."

"아냐, 나 혼자 다녀오지. 그런데 회사측에선 어떻게 하겠대? 내가 알아봐야 소용없지만."

"왜, 알아야지. 여전히 책임 회피야. 그러나 해내고 말 걸. 이쪽 결의를 보여주기 위해 찬호를 냉동실에 넣은 거야. 장기전이라두 불사하겠다는……. 자네도 함께 싸우자구, 응?"

장 목사가 명준의 손을 다시 잡아 흔들며 말했다. 명준은 눈물이 왈칵 쏟아졌다. 그래서 고개를 흔들었다.

"나, 밖에 좀 다녀 올게."

그리고 명준은 일어섰다.

"그래, 다녀 오게나."

장 목사도 일어섰다. 그의 얼굴에서는 슬픈 빛 따위는 찾아볼
수 없었다. 다부진 표정에 오직 불의와 대결해 싸우겠다는 결의
가 번뜩이고 있을 따름이었다.

명준은 그와 반대로 풀이 죽을 대로 죽어 있었다. 그는 병원을
빠져 나왔다. 거리는 비에 쫓기는 행인들로 붐비고 있었다. 비닐
우산을 사들었다. 그리고 손바닥만큼씩한 굴과 멍게와 꼼장어를
안주로 팔고 있는 노점에서 막소주 석 잔을 거푸 마셨다.

드디어 나는 외박을 하는구나. 드디어 나는 아내의 품 속을
벗어났구나. 명준은 이런 생각이 들어 씁쓸히 웃었다. 얼굴을
들고 포장 밖으로 밤하늘을 올려다보았을 때 그의 눈 언저리와
양 볼따구니로는 빗물이 떨어져 흘러 내렸다. 울고 있는지 웃고
있는지 자신도 알 수 없었다.

다시 옆구리에 뜨끔하니 통증이 왔다.

"정말 비 참 잘 쏟아집니다 그려."

노점 주인 사내가 한 마디 했다.

사람 죽고 돈을 받아 무엇하랴. 그러나 장 목사는 끝까지 버
티었고, 찬호가 죽은 지 이십여 일만에 K 섬유 공업 주식회사

사장은 모든 책임을 지기로 했다. 장례비 및 보상금 일체를 유가족측에 지불함으로써 장례식을 치르게 됐던 것이다.

"……그는 가난한 농부의 아들로 태어났습니다. 그는 국민학교를 졸업하고 가난에 쫓겨 고향을 떠났습니다……. 그의 늙은 어머니는 광우리 장수였습니다. 만원 버스 안내양에게 떠밀려 길바닥에 넘어진 그의 어머니는 병석에 누웠습니다. 단 하나 그의 여동생은 중노동에 시달려 야위어만 갔습니다……. 그는 삼 년 동안 근로기준법을 읽었습니다. 모르는 것이 많았지만 그에겐 대학생 친구도 없었습니다……. 그는 이 땅의 근로자를 위해 혈서를 쓰기도 했습니다. 그러나 그 결과는 곤봉 세례와 구류 처분이었습니다……. 그는 참으로, 참으로 바보였고 여기 서 있는 우리들은 너무나 영리하였습니다……. 우리는 그를 위하여 무엇을 해 왔습니까?"

장 목사는 피를 토하듯 외치고 있었다. 공원 묘지엔 많은 사람들이 모여 장례식에 참여하고 있었다.

하늘 가는 밝은 길이 내 앞에 있으니
슬픈 일을 많이 보고 늘 고생하여도
하늘 영광 밝음이 어둔 그늘 헤치니
예수 공로 의지하여 항상 빛을 보도다

찬숙이가 몸부림치고 있었다. 그의 어머니는 기진하여 쓰러
져 손톱으로 뗏장을 후벼 파고 있었다.

　　악이 비록 성하여도 진리 더욱 강하다

　　진리 따라 살아갈 때 어려움도 당하리

　　우리 가는 그 앞길에 어둠 장막 덮쳐도

　　하나님이 함께 계셔 항상 지켜 주시리

군중은 계속 찬송을 부르고 있었다. 이어서 메시지가 낭독됐
다.

"교회들이여 참회하라"

"가난한 사람, 저임금 노동자의 울부짖음에 귀를 기울이라"

"경영은 경영자만의 특권이 아니다"

"붓이 약하여 꺾이는 사회는 어두울 수밖에 없다"

"부패한 노동조합 지도자들은 나약한 근로자들을 더 이상 울
리지 말고, 근로자의 권익 옹호와 근로 조건 향상을 위해 바르
고 참되게 일해 줄 것을 강력히 촉구한다"

"우리는, 노동법을 위배하며 노동자들에 대한 장시간 노동을
강요함이 마치 애국적인 행위인 양 합리화하는 비양심적인 기

업인들을 규탄하며, 행정 당국은 근로자들의 생존권을 지켜줄
것을 촉구한다"

명준은 지난날 사월의 함성을 연상했다. 욱신거리는 옆구리
의 통증이 아는 체 대답을 했다.

명준은 가만히 자리를 떴다. 이 길로 어디론가 떠나야겠다고
생각했다.

공원 묘지 입구까지 걸어 나왔을 때 마침 시내로 들어가는
버스가 왔다. 명준은 버스에 올랐다. 찬호가 맞은 칼침이 어찌
내 옆구리를 아프게 하는가. 명준은 한 손으로 옆구리를 만져
보았다.

잠시 후 실로 오랜만에 나 박사의 집 앞에 서 있었다. 그는 초
인종을 누르고 나서 문이 열리기를 기다리면서 속으로 다짐하
고 있었다. 많이 늙으셨을 거야, 아버지라고 불러야지. 암, 아버
지라고 불러야지. 그리고 용서를 빌어야지.

명준은 하늘을 올려다보았다. 여름 하늘은 맑게 개어 있었다.

명준은 심호흡을 했다. 그리고 아내에게 전화를 걸 내용도 생
각하고 있었다. 나는 정상을 회복하구 있어……

탈향 脫鄕

소년은 마당 가운데 앉아 있다. 태양은 중천에 와 있었다. 소
년은 콧노래를 부르며 조금씩 자리를 옮겨 앉는다. 소년은 한
마리의 개미를 쫓아가고 있다. 죽은 벌레 한 마리를 물고 뒤뚱
거리며 움직이는 개미를 소년의 눈이 쫓고 있다. 소년은 작은
단추 한 개를 쥐고 있다. 그 단추로 개미의 궁둥이 뒤를 톡톡 두
들기며 몰아가는 것이다. 그러나 개미의 진로를 방해하지는 않
는다. 개미가 구멍 속으로 들어간다. 소년은 어느새 토담 밑에
와 있음을 깨닫는다. 소년은 무릎을 짚고 일어난다. 정오가 가
까웠으므로 그림자가 거의 없다. 소년은 토담집 안으로 들어간
다. 집안엔 아무도 없다. 있을 턱이 없다. 어른들은 모두 삽을

들고 공사장에 나갔거나, 깡통을 들고 동냥을 나갔을 것이다. 마을이 거의 텅 비어 있다. 소년은 부엌에 들어가 솥뚜껑을 열어 본다. 녹이 발갛게 슬었다. 소년은 소댕을 밀어 닫는다. 그리고 집을 나선다. 소년은 개암나무, 떡갈나무, 오리나무 등 잡목들이 들어 서 있는 숲속을 향해 뛰어오른다. 그 숲속을 개울이 흐르고 있다. 가재를 잡을 참이다. 소년은 돌을 제쳐내기 시작한다. 그러다가 소년은 깜짝 놀란다. 후다닥, 숨어 있던 산토끼가 한 마리 도망치고 있다. 소년은 토끼가 도망친 가랑잎 속에서 서너 개의 산토끼 똥을 줍는다. 동생 생각이 난다. 지난 봄 동생이 홍역을 앓을 때는 그렇게 찾아 다녀도 눈에 띄지 않던 똥, 산토끼 똥과 산가재를 삶아 먹이면 열이 꺼진다고 엄마는 말씀하셨다. 그러나 동생은 자꾸만 까무라쳐 쌌더니만, 성근체를 얼굴에 씌우고 식초를 뿜어도 뿜어도 종내 깨어나지 못하고 죽고 말았다. 소년은 동생의 무덤이 있는 곳으로 간다. 대가리가 빨간 뱀 한 마리가 돌무더기 속에서 고개를 내밀고 혀를 날름대고 있다. 머리 위 오리나무 가지에서 작은 산새 한 마리가 포르르 날아 오른다. 소년은 돌무더기를 헤쳐내기 시작한다. 대가리가 빨간 뱀이 동생의 해골을 파먹으면 어쩌나. 소년은 돌무더기를 자꾸만 헤쳐낸다. 그러다가 소년은 동생이 죽어 대가리 빨간 뱀이 됐을지도 모른다고 생각한다. 소년은 돌무더기를 다시 쌓기 시작한다. 소년은 돌무더기를 처음 모양대로 쌓아 놓고 그 곁에 돌아서서 오줌을 눈다. 소년은 또 동생 생각이 난다. 소년의 등에 오줌을 자주 싸던 동생이었다. 오줌에 젖은 옷이란 옷의 등받이는 누렇게 색깔이 변했다가 해지곤 했다. 허리띠도 몇 개가 중간에 말리다가는 끊어지곤 했다. 소년은 숲 속에 턱을 고이고 앉는다. 눈 앞에 빨갛게 익은 산딸기 한 송이가 소년의 눈길을 잡아 끈다. 소년은 손을 가져간다. 오르르, 손바닥에 쏟아지는 산딸기 알알이 오리나무 이파리 사이로 내리 비치는 햇빛에 윤기가 자르르 흐른다. 소년은 딸기 알을 입 안에 털어 넣는다. 그리고 다시 산딸기를 딴다. 그러나 이번엔 먹지 않는다. 떡갈나무 이파리에 따 모은다. 그리고 숲속을 빠져 나온다. 초가집 지붕은 이엉을 덮은 지 오래 되어 골이 패이고 억새풀이 몇 오라기 자라 꽃까지 피웠다. 예배당이다. 소년은 예배당 모퉁이에 매달린 포탄 껍질을 건드려 본다. 종이다. 조금 흔들렸을 뿐이다. 종을 매단 기둥에 망치가 걸려 있지만 아무 때나 종을 치면 안된다. 종을 매단 기둥 밑둥에 이름 모를 버섯이 두어 송이 자라고 있다. 소년은 예배당 모퉁이를 돌아 나온다. 예배당 문지방 앞에는 검정 고무신 한 켤레가 놓여 있다. 여자 고무신이다. 가마니를 깔아 놓은 예배당 안에 누나가, 아니 선생님이 무릎을 꿇고 앉아 있다. 누나는, 아니 선생님은 기도하고 있을 것이다. 소년은 검정 고무신 옆에 떡갈나무 이파리에 싼 산딸기를 놓는다. 그리고 집으로 온다. 집에는 여전히 아무도 없다. 소년은 학교로 간다. 학교 역시 텅 비어 있다. 소년은 운동장 가의 시소에 걸터앉는다. 토끼를 한 마리 키워 봤으면, 아이는 갑자기 이런 생각을 한다. 아니야, 한 마리는 심심하니까 두 마리를 키워야 돼, 그리고 닭도 키우고 염소도 키워야지. 소년은 생각에 잠기다가 소르르, 졸음이 온다. 소년은 염소와 함께 숲속을 돌아다닌다. 풀을 뜯는 염소 고삐를 놓아둔 채 소년은 토끼풀을 뜯는다. 클로버 잎새가 네 개다. 책갈피에 끼워 말려야지. 소년은 즐거워진다. 그런데 소년의 몸뚱이가 둥실 떠오른다. 소년이 눈을 뜬다. 시소의 맞은편에 누나가, 아니 선생님이 앉아 웃고 있다. 입술 사이에 빨간 산딸기 한 송이를 물고 웃고 있다. 소년은 부끄럽다. 눈 줄 곳을 찾는다. 소년은 벌떡 일어나 교실 쪽으로 달려간다. 흙벽돌로 지은 작은 교실이다. 책걸상도 없다. 학교라지만 칠판이 하나씩 걸려있는 알바닥 교실 두 개뿐이다. 소년은 교실 안으로 들어가 칠판 앞에 선다. 몽당 분필을 집어 그림을 그린다. 돼지를 그렸다. 토끼도 그렸다. 황소도 그린다. 누나가, 아니 선생님이 등 뒤에 다가선다. 소년은 다시 몸을 돌려 달아난다. 교실을 빠져나와 운동장을 마구 달린다. 누나가, 아니 선생님이 소년을 쫓는다. 긴 머리카락이 바람에 날린다. 소년은 어지럽다. 학교가 빙빙 돈다. 운동장 가의 미루나무가 하늘을 쓴다. 까치집이 쏟아질 것만 같다. 소년이 쓰러진다. 누나가, 아니 선생님이 달려와 소년을 일으켜 안는다.

"누나, 아니 선생님……."

소년은 미아(奇美娥)의 가슴에 머리를 묻는다.

"괜찮아, 누나라구 해두 괜찮아……."

어디선가 쓰르라미가 울고 있었다.

1

기욱(葛起旭)이 그 외지고 작은 산 속 마을을 처음 찾아간 것은 그 해 가을도 깊은 어느 일요일 오후였다. 배(裵) 사장과 동행이었다. 세상이 하도 개떡같이 돼버려 가장 은밀하게 전달해야 할 '사랑의 선물'을 가지고 가는데도 그 사장님은 삼류 주간지 기자인 기욱과 동행하기를 원했던 것이다.

"어, 갈 기자, 어서 와요."

배 사장이 말했다. 동행은 여럿이었다. 방송국 지하 식당에 모여 앉은 사람들을 배사장이 소개할 때 기욱은 질려버렸다. 무슨 무도회에라도 참석하는 사람들 모양으로 현란하기 짝이 없는 옷차림을 하고 있는 그들은, 모두 어떤 오페라에서 아무개 역을 맡았던 아무개, 독창회 경력도 찬란한 성악인들이었고, 발레리나도 두 명이나 끼어 있어 여자가 일곱 명. 방송국 기자도 한 사람 끼어 있었는데 그는 나이가 어려 보였으나 대머리였다.

물방개 같은 세 대의 검정색 세단이 포장된 도로를 쌩쌩 달렸다. 기욱은 비서와 대머리와 맨 뒷차에 타고 있었다. 계속하여 담배를 태우고 있었다. 두 시간쯤 달렸을 때 사장과 발레리나가 탄 맨 앞차가 샛길로 꼬부라졌다. 노면이 울퉁불퉁한 자갈길이었다. 여자들 전용차가 엉덩방아를 찧을 때마다 여러 가지 불협화음의 탄성이 차창 밖으로 쏟아져 나왔다. 때마다 목 언저리를 어깨까지 판 옷을 입은 여자들의 뒷모습이 얼핏 보였다가는 등받이에 가려 사라지곤 했다.

차는 논틀 밭틀 사이로 뚫린 좁은 길을 가다가 언덕을 기어 오르기 시작했다.

"차하고 길이 영 어울리지 않는군."

대머리가 말했다.

"공기가 참 맑군요."

비서가 말 했다.

차창 밖으로 수수단을 세워 놓은 언덕받이 밭이랑에 헐렁한 적삼을 걸친 키 큰 허수아비가 하나 서 있는 것이 보였고, 새 떼가 이리저리 날고 있었다. 산 언덕에는 들국화가 군데군데 무더기로 피어 있었고 단풍 든 옻나무 이파리가 잔바람에 팔랑이고 있었다. 길은 험했다. 복판에 황소만한 검은 바위가 엎드려 있기도 했다. 덜컹 하고 엉덩방아를 찧은 앞차가 멈추어 서더니 기사 양반이 모자 차양을 올려 쓰며 내려서서 뒷바퀴 밑을 들여다보고는 다시 올라 탔다. 여자들은 노래를 부르고 있었다.

"우리 오줌 누고 갑시다."

대머리가 말했다.

"그럽시다."

대머리가 먼저 내려 오줌을 누었다. 비서도 오줌을 누었다. 기욱은 그냥 앉아 있었다. 앞차가 언덕을 올라가고 있었다. 앞차가 올라가는 방향의 산 언덕 위에 교회의 뾰족탑과 십자가가 보였다.

"저 높은 곳에 마을이 있습니까?"

대머리가 바지춤을 여미면서 말했다.

"그렇습니다. 거기 문둥이들이 삽니다."

비서가 대답했다.

"천국이 가깝겠군요."

대머리가 말했다.

"우리 아예 걸어갈까요?"

기욱이 뒤늦게 차에서 내려서며 말했다.

"그럽시다."

대머리가 동의했다.

"그래두 타고 가시는 게 낫죠."

비서가 말했다.

"그럼 그럽시다."

대머리가 번의했다.

"저는 걸어가겠습니다."

기욱은 천천히 걸었다. 아이들이 몰려 내려왔다. 기욱은 더욱 천천히 걸었다. 아이들이 차를 쫓아 올라간다.

마중 나온 사람들이 사장 일행과 인사를 나누고 있었다. 여자들은 차 안에서 손거울을 꺼내 들고 콧잔등을 토닥거렸다.

"먼 길까지 오시느라고 수고 많으셨습니다. 제가 김(金)목삽니다."

김 목사만 넥타이를 매고 있었다.

산 언덕을 까뭉개고 지은 오십여 가호의 간이 주택이 우중충한 빛깔로 줄지어 들어서 있는 마을은, 서해 바닷바람을 곧바로 받고 있었다. 모래가 날렸다. 교회는 커다란 바위들이 여러 개 붙어 서 있는 주봉(主峰)아래쪽 둔덕 위에 서 있었다. 지은 지 얼마 되지 않은 듯한 붉은 벽돌 건물, 안에서는 찬송가 소리가 들려 나왔다. 유리창이 번쩍거렸다. 내려다보이는 마을의 간이 주택 지붕은 회색 기와였다. 울타리도 없이 벽은 헐어빠진데 비하여 웅장하게 새로 들어선 예배당만이 위풍당당해 보였다.

예배당 안에 들어섰을 때 시멘트 냄새가 확 풍겼다. 그리고 나무의자에 칠한 니스 냄새도 풍겼다. 손님들이 앞자리로 안내됐다. 의자에는 수놓은 방석이 깔려 있었다. 여자들 몸에서는 짙은 화장품 냄새가 풍겼다.

"얼굴이 형편없는데요? 손가락두 문드러졌어요. 눈썹도 없구요……."

대머리가 계속 뒤쪽을 힐끔거리며 마을 사람들의 용모를 귓속말로 알려주었다. 기욱은 뒤를 돌아볼 자신을 잃고 있었다. 그리고 거북해지기 시작했다. 왠지 모르게 코가 성하고 손이 곱고 눈썹이 가지런한 자신이 찬란한 차림새의 여자들과 동행하여 앞자리에 앉아 있는 것이 미안했다. 기욱은 견딜 수 없이 거북해져서 똥 마려운 개처럼 옴지락거렸다. 여자들도 불안하게 앉아 있었다. 그들은 옷자락 한 군데라도 의자에 덜 닿도록 여며 잡고 있었다. 기욱은 눈을 감았다. 여자들이 풍기는 화장품 냄새는 코가 맵고 취할 지경이었다. 갑자기 종소리가 들리기 시작했다. 예배가 시작될 모양이었다. 마을 사람들이 손뼉을 치며 부르던 찬송가 소리가 멎었다.

"참으로 귀하고 귀한 선생님들을 우리에게 보내 주셨습네다. 전생에 무슨 몹쓸 죄를 지었관대 외딴 섬에 쫓겨가 살다가 다행히 치료는 되어 돌아왔건만 이미 수족과 얼굴은 흉하게 일그러져 세상에 버림받는 저희들은, 저희들은 오직 주님만 의지하여 밤낮 없이 기도와 찬송으로 살고 있습네다. 이처럼 외딴 산동네에 끼리끼리 모여 사는 저희들을 주님만은 버리지 않으시고, 오늘 귀한 선물을 들려 보내 주신 주님이여, 감사하옵네다. 감사, 감사하옵네다……."

코가 문드러져 구멍만 두 개 얼굴 복판에 빵 뚫린 마을 대표가 기도하고 있었다. '사랑의 성금' 전달 순서가 끝나고 서울서 온 손님들을 소개할 차례였다. 그 다음은 보나마나 춤과 노래 잔치가 있을 것이었다. 기욱은 예배당을 빠져 나왔다.

담배 생각이 났다. 기욱은 예배당 모퉁이를 돌아 잡목이 우거진 숲속으로 들어갔다. 숲속에 개울이 흐르고 있었다. 개울을 건너 뛰어 작은 언덕을 넘었다. 머리 위에서 새 소리가 들렸다. 기욱은 담배를 피우며 숲을 빠져 나왔다. 마을에서 외떨어진 골짜기의 평퍼짐한 곳에 슬라브 지붕의 건물 한 채가 자리잡고 있었다. 모퉁이를 돌아서니 운동장이었다. 국기 게양대도 서 있었다. 학교였다.

기욱은 담배 한 대를 새로 당겨 물었다. 그때 꿈결같이 올갠 소리가 들려왔던 것이다. 기욱은 올갠 소리에 끌리듯 복도로 들어섰다. 교실이 두 개, 그리고 교무실인 모양이었다. 기욱은 교무실 안을 기웃하다가 담뱃불을 비벼 꺼야만 했다. 하얀 저고리에 검정 치마를 입고 풍금 앞에 앉아 있는 처녀…….

"서울서 오신 손님이시군요."

여자가 풍금 뚜껑을 덮고 일어서며 아주 자연스럽게 말했다. 스무나믄 돼 보이는 그녀는, 기욱이 어렸을 때 다니던 시골 국민 학교의 담임 선생님을 연상시켰다.

"선생님인가 보죠?"

"네, 그렇지만 선생님은 따루 한 분 계셔요."

"혼자 계신데 방해가 되지 않았는지 모르겠습니다. 그저 무심코 들렀을 뿐인데……."

"괜찮아요, 앉으시겠어요?"

"네, 감사합니다."

기욱은 의자에 앉았다. 창밖으로 까치 집을 지은 운동장 가의 미루나무가 보였다.

"학생이 몇 명이나 되나요?"

기욱은 일반적인 질문밖에는 떠오르지 않았다.

"오십 명도 못돼요. 육학년까지 모두요. 참 작은 학교지요?"

"그렇군요. 서울에는 한 학년만 이십여 반까지 있는 학교두

있다는데……. 그것두 교실이 모자라서 오전 오후반으로 갈라
서 공불 하구……."

"그런 학교 어린이들보다는 우리 분교장의 어린이들이 복이
있네요."

여자가 웃었다.

"그런데 말씀입니다……."

기욱은 망설였다.

"…… 담배를 피워두 됩니까?"

"네."

"실은 말씀입니다. 실례가 될지 모르겠습니다만, 선생님께서
는 왜 여기 오늘같은 날 혼자 와 계시지요?"

"선생님은 무슨……. 전 그냥 보조역이에요. 선생님은 따로
한 분 계셔요. 아주 훌륭한 분이에요……."

여자는 대답을 피하고 있었다. 그리고 자리에서 일어섰다. 그
녀가 창가로 걸어갔다.

"저쪽을 보세요. 언덕 위에 천막이 하나 쳐져 있지요?"

여자가 가리켰다.

"네, 보입니다."

"거기 다른 교파 사람들이 들어와 또 교회를 하나 짓구 있어
요. 이 마을 사람에게 렌드레스라는 신품종 돼지 새끼를 세 마

리씩이나 나누어 주구요. 그래서 마을 사람들 반수 이상이 지금 저기 가서 교회 터를 닦고 있어요."

기욱은 고개를 끄덕였다.

"정부에서 학교두 이렇게 훌륭하게 지어 주구, 마을 사람들두 전보단 훨씬 잘 살게 됐는데 왠지 사람들이 이상해졌어요. 얼마 전에 서울 사람들이 와서 이쪽 언덕에 있던 상여집 같은 예배당을 헐어버리구 붉은 벽돌로 새 예배당을 지은 다음부터, 목사님들이 오셨다가는 되돌아가기가 일쑤고, 또 다른 목사님이 선물 보따리 둘러메구 오셨다가는 되돌아 가시구. 옛날에 목사님두 못뫼시구 지낼 때는 한 마을이 똘똘 뭉쳐 화목했는데, 교회가 커다랗게 들어서면서 또 하나 다른 교회가 들어와 서로 마을 사람들을 끌어가려고 애를 쓰구, 서로 욕을 하구, 아주 이상스럽게 돼가요. 이젠 이 분교장에 다니는 어린이들까지 싸움질을 해요. 다 같은 문둥이들끼리 무슨 짓인지 몰라요."

기욱은 할 말이 없었다. 그녀는 분명이 문둥이라고 말했다. 그리고 얼굴을 붉혔던 것이다. 자학 같았다. 기욱은 다시 담배를 한 개비 불당겼다.

"차가 내려오는 모양예요."

여자가 말했다.

"사람들 소리가 들리잖아요? 오실 때는 길을 잘못 드셨어요.

이쪽으로 올라오는 다른 길이 있는데…… 고생들 하셨지요?"

"저희들 올 때 보셨습니까?"

"……."

여자는 웃으며 고개만 조금 끄덕였다.

"……."

이번엔 기욱이 또 웃으며 고개를 끄덕일 차례였다.

"가보세요, 제가 괜히 처음 뵌 분한테 별 얘길 다하구……."

"네, 틈내어 다시 한번 오겠습니다. 수일 내로 꼭 다시……."

"어서 나가 보세요. 그리구 그렇게 하세요. 오셔서 우리 학교 선생님두 만나시구요……. 늙은이와 애들만 사는 동네에 자청해서 오셔서 고생만 하시는 분예요."

2

기욱은 정말 다시 가고 싶었다. 그래서 아이들에게 서로 사이 좋게 지내야 한다고 말하고 싶었다. 그리고 그런 내용의 동화도 들려주고 싶었다. 그리고 또 솜씨는 신통치 않지만 풍금을 치며 아이들과 노래하고 싶었다. 그리고 또 여자와 함께 숲길을 거닐고 싶었다. 그녀와 헤어질 때만 해도 분명히 그랬다. 그러나 돌아오면서 이미 그런 생각은 사위어가고 있었는지도 모른다.

"난 그 마을 대표라는 사람과 악수를 했는데 섬뜩하던 걸. 하하하하하."

서울로 돌아오며 배 사장은 말했던 것이다.

"세상에 그렇게 사는 사람들도 있어요?"

한 성악가가 말했다. 그리고 서울에 도착하여 기욱은 그들과 함께 손을 씻었던 것이다.

"이번 공연 여행의 결과가 어떻습니까?"

식사를 하면서 기욱은 이렇게 물었다. 우울증이 엄습해 와 그걸 뿌리치고 있었다. 그리고 그 해 겨울은 몹시 추웠다. 그렇지 않아도 서울이라는 곳은 실속없는 약속 같은 것은 잊기 편리하게 되어 있었다. 그런데 수세식 변기가 얼어버려 마려운 것을 회사까지 참고 와 다방 변소를 이용하려고 휴지를 마련하는데 배 사장으로부터 전화가 걸려 왔던 것이다.

"갈 기자? 갈기긴 뭘 갈겨, 하하하하. 나야 나, 그 말이지, 그때, 지난 가을 우리 함께 갔던 그 마을에 말야, 그 내 친구 김 목사 기억하지? 그 친구가 왔는데 말씀야, 당신 그때 가서 엉뚱한 짓을 했더구만, 취재는 안하구설라무니……. 그게 아니구, 당신 그때 어떤 여자 만났지? 그런데 무슨 약속이 있었다면서? 그래 그 약속 지켰어? 아, 내 얘길 들으라구. 못 갔지? 안 갔지?

못써요, 못써. 다름 아니라 그 여자가 새 이불 사다 놓구 기다렸다네, 이 사람아. 문둥이 덮던 이불이야 줄 수 있나베? 정든 님 오시는데, 하하하하."

배 사장은 껄껄거리며 웃고 있었다. 똥이 쏙 들어가 버렸다.

기욱은 그 길로 달려갔다. 마침 토요일 오후였다. 산숲에는 눈이 쌓여 있었다.

마을 입구엔 전에 왔을 때 못 보던 입간판들이 서 있었다.

'내집손님 이웃손님 간첩인가 다시보자'

'소득증대 자립마을 나라발전 초석된다'

'때려잡자 김일성 쳐부수자 공산당'

마을은 조용했다. 누구 하나 내다보는 이 없었다. 지나다 보니 마을엔 슬레이트 지붕에 블록으로 지은 돈사(豚舍)와 계사(鷄舍)가 여러 채 눈에 띄었다. 그리고 건너편 언덕에는 골조까지 돼 있는 새 교회가 공사가 중단된 채 서 있었는데 아마 내년 봄을 기다리는 모양이었다.

예배당은 텅 비어 있었다. 목사관도 자물쇠가 채워져 있었다. 기욱은 다시 마을로 내려왔다. 그러나 갈 데가 없었다. 기욱은 너무 성급하게 달려온 자신을 자책했다. 도대체 무엇 하러 왔는지를 알 수 없었다. 기욱은 학교로 향했다. 코를 풀고 볼을 부비며 언덕길을 내려가다가 기욱은 풍금 소리를 들은 듯했다. 환청이었다. 그러나 그게 아니었다. 학교가 가까워지면서 분명히 풍금 소리를 들었다. 기욱은 걸음을 빨리 했다. 하늘은 짙은 회색으로 낮게 내려앉아 있었다.

기욱은 교무실로 뛰어갔다. 그러나 아무도 없었다. 풍금 소리는 숙직실에서 들려오고 있었다. 옛날 사용하던 교사를 창고겸 개조한 곳이었다. 말집같이 지은 초가 지붕 위엔 눈이 쌓여 있었다. 그것은 신축 교사 모퉁이에 있었다. 기욱은 문 앞에 섰다.

"계십니까?"

"……."

기욱은 문을 잡아 당겼다. 한쪽 귀퉁이가 떨어진 비닐 조각이 펄렁했다. 다시 한번 잡아당겼다. 문이 열렸다. 문 안엔 또 문이 있었다. 그리고 기욱의 시선을 잡아끈 것은 방문 앞에 벗어 놓은 엄청나게 커다란 헌 군화였다. 기욱은 노크했다. 풍금소리가 멎고 문이 열렸다. 거기 서 있는 것은 낯선 사내였다. 기골이 장대했다. 구레나룻이 시커먼 사내가 눈을 멀뚱거렸다.

"실례합니다, 이 학교 선생님이신가요?"

기욱은 실망한 기색을 감추며 정중하게 인사했다.

"네, 제가 독고 준(獨孤 俊)입니다. 어떻게 오셨는지요……."

독고 선생이 문지방을 내려서며 말했다.

"지난 가을에 한 번 다녀간 일이 있습니다만……."

기욱은 명함을 꺼내 건넸다.

"네, 그런데…… 우선 들어가십시다."

독고 선생은 기욱을 방안으로 안내했다. 침침한 방안에 책이 가득했다. 삼면 벽을 완전히 채운 책들을 훑어보며 기욱은 생각을 정리했다. 틀림없었다.

"시를 쓰시는 독고 선생님입니까?"

"네, 그렇습니다만……."

독고 선생은 커다란 체구에 어울리지 않게 뒤통수를 긁적거리며 면구스러워했다.

"그러시군요, 그러시군요."

기욱은 훌륭한 선생님이라던 여자의 말이 되살아났다.

"겨울을 이 곳에서 지내십니까?"

"아뇨, 그렇지는 않고 그냥……."

그는 얼버무렸다.

"담배, 피우시겠습니까?"

"네."

그는 쌂세 내딥헀디.

"우리 술 한잔 할까요?"

독고 선생이 생각난 듯 말했다.

"네."

이번엔 기욱이 짧게 대답 했다. 독고 선생이 밖으로 나갔다. 기욱은 오늘밤 이 곳에서 그와 함께 지내야겠다고 마음먹었다.

기욱은 본래 좀 정상을 벗어난 인물에 대하여는 심한 호기심을 갖는 버릇이 있었다. 이를테면, 고등학교 때의 K 선생 같은 분에 대해서는 흠모의 정까지 감출 수가 없었다. K 선생은 물상 담당이었는데 그의 별명은 스프링이었다. 그런데 그는 때때로 학생들에게 엉뚱한 이야기를 해주곤 했다. 예를 들면 이런 것이었다.

"……완스 어픈 어 타임……."

그날 K 선생은 분명 물상 시간이었는데 얇다란 영어 원서 한 권을 들고 들어와서는 이야기를 시작했던 것이다.

"……. 옛날 옛적 호랑이가 담배 피우던 시절 한 마리의 개가 살고 있었네……."

스프링은 이야기를 계속했다. 그는 학생들이 앉아 있는 책상 사이를 오락가락하며 연신 발뒤꿈치로 마루바닥을 톡톡 굴러 장단 맞추며 이야기를 계속했다. 그래서 그의 별명이 스프링이었다.

"……두 개의 언덕은 하나의 골짜기를 만들고, 하나의 골짜기는 두 개의 언덕을 만들지. 두 개의 언덕 위에는 각각 절간이 하나씩 있었고, 그 두 개의 언덕이 만드는 하나의 골짜기에는 한 마리의 개가 살고 있었네. 두 개의 언덕 위에 있는 절간에서는 끼니 때마다 종을 울렸고, 때마다 골짜기에 사는 한 마리의 개는 종소리가 먼저 울리는 절간으로 올라가 밥을 먹었네. 밥 먹기에 정신이 팔린 한 마리의 개는, 맞은편 언덕에서 들려오는 종소리를 듣지 못했지. 이쪽 언덕 위의 절간에서 밥을 먹을 때는 저쪽 언덕 위의 절간에서 들려오는 종소리를 듣지 못하고, 저쪽 언덕 위의 절간에서 밥을 먹을 때는 이쪽 언덕 위의 절간에서 울리는 종소리를 듣지 못하고……. 그런데 어느 날의 일이었네. 뻐꾸기 울음 소리 낭자한 두 개의 언덕이 만드는 하나의 골짜기에서 깊은 잠에 빠져 있던 한 마리의 개는, 요란하게 들려오는 종소리에 놀라 잠이 깨었지. 그런데 그 날의 종소리는 이상하게도 두 개의 언덕 위에 있는 어느 한 쪽의 절간에서 먼저 들려오는 것이 아니라, 두 개의 언덕 위에 있는 두 개의 절간에서 한꺼번에 울려오고 있었다네. 전에 없이 한꺼번에 울려오는 두 개의 종소리 사이에 낀 한 마리의 개는, 오도 가도 못하고 갈팡질팡하다가 그 끼니를 굶고 말았네. 그 다음 끼니 때도, 그 다음 다음 끼니 때도, 두 개의 종소리는 한꺼번에 들려왔고, 두 개의 종소리 사이에 낀 한 마리의 개는 번번이 오도 가도 못하고 갈팡질팡하다가 그 끼니를 굶을 수밖에 없었네. 굶고 굶고 또 굶다가, 배고파 허기진 한 마리의 불쌍한 개는, 두 개의 언덕이 만드는 하나의 골짜기에서 다시는 깨어날 수 없는 깊은 잠 속으로 빠져들어가고 있었네. 뻐꾸기 울음소리 낭자한, 두 개의 언덕이 만드는 하나의 깊은 골짜기 속으로, 속으로……."

스프링은 교단 위로 올라가 안경알을 번쩍이며 학생들을 둘러보았다. 그리고 K 선생은 그 날로 학교를 그만두었던 것이다.

도대체 스프링은 그 날 왜 학생들에게 그런 밑도 끝도 없는 얘기를 불쑥 던져 주고 학교를 떠났던 것일까. 그 후 소문을 들으면 K 선생은 아주 타락해 버려 끝내는 어느 술집 작부의 구멍 속에다 고춧가루를 한 줌 쑤셔 넣고는 추태를 부리다가 잡혀가고 말았다는 것이었다. 그 얼마 후 4·19가 일어났던 것이다.

왜 갑자기 스프링 생각이 났을까. 기욱은 담배를 당겨 물며 서가에서 책 한 권을 골라 뽑았다. 그때 문 밖에서 인기척이 났다. 기욱은 책을 다시 꽂았다.

"눈이 많이 오는데요?"

독고 선생이 문 밖에서 말했다. 기욱이 문을 열었다. 정말 함박눈이 쏟아지고 있었다.

"저 오늘 여기서 묵어 가도 되지요?"

기욱이 불쑥 말했다.

"그럼요, 벌써 그렇게 생각하고 있었습니다."

독고 선생은 웃으며 봉투 속에서 소주 병 두 개와 무 세 개, 그리고 마른 오징어 한 마리를 부뚜막에 꺼내 놓고 있었다.

"저녁 밥을 지어야겠는데요, 우선 한 잔 하시겠습니까?"

독고 선생이 말했다.

"아뇨, 있다가 함께 하지요."

기욱은 밖으로 나서며 말했다.

"불은 제가 때지요."

"뭘요, 그냥 계시지요."

"아녜요. 밥값을 해야지요,"

"밥값이 되나요? 하하하하."

독고 선생이 커다랗게 웃었다.

장작이었다. 연기를 내며 나무는 칙칙거리다가 이내 불이 붙었다. 기욱은 아궁이 앞에 앉아 불을 지피며 옛날 어렸을 적 시골에 살면서 소여물 솥에 불을 때며 감자를 구워 먹던 생각이 났다. 불은 탁탁 소리를 내며 활활 잘도 탔다.

"우리 여기서 한잔 할까요?"

"좋겠는데요."

기욱은 히죽 웃었다. 아주 딴 나라에 온 기분이었다. 눈은 여전히 내리고 땅거미가 구석을 찾고 있었다.

"좋은데요."

기욱이 다시 한 마디 했다.

"가끔 산토끼도 잡게 됩니다만……. 조금 남아있는 것을 뎁힐까요?"

"좋지요."

독고 선생은 뚝배기를 찾아내더니 등걸불을 긁어 내놓고 그 위에 얹어 놓았다. 기욱은 홀짝홀짝 잔을 비우고 있었다.

"선생님 시는 잘 모르겠던데요?"

기욱이 말했다.

"그깟 거 무슨 소용이 있습니까? 나도 잘 모르는데요 뭘, 하하하하."

독고 선생이 또 잔을 홀짝 비웠다.

"여기 오신 지는 오래 되셨나요?"

"한 삼 년 되지요."

"그 전에는?"

"대갈통 큰 놈들을 가르쳤지요."

"중학교?"

"네, 그보다 더 큰 놈들두……."

"고등학교?"

"네, 그 놈들보다 더 골치 아픈 놈들두요……."

"대학생들?"

"그런데 모두 그만뒀어요. 어디 가르쳐 먹을 수가 있어야지요. 전 애들이 좋아요, 그런데 이제 이 녀석들까지 원⋯⋯."

"뭘 가르치셨는데요? 시를?"

"시야 뭐 가르치는 건가요? 가르칠 것은 가르치기가 어렵구, 뭐가 뭔지 잘 모르겠습니다. 어른들은 맨날 그놈의 회의(會議), 회의 투성이고⋯⋯. 그래서 전 애들이 좋아요, 산수·국어·자연·음악·미술⋯⋯. 그런데 말씀야, 사회 생활 책에 이런 게 나옵디다⋯⋯. 에이, 그만둡시다."

독고 선생이 또 잔을 홀짝 비웠다.

"⋯⋯."

"이거 너무 제 얘기만 했나 봅니다. 밥을 지어 놓구 마냥⋯⋯."

독고 선생은 저녁상을 차리기 시작했다. 감자를 척척 이겨 푼 정부미 밥과 무생채, 그리고 졸아 붙은 토끼 고기를 상 위에 올려 놓았다.

"마을엔 전기가 이미 들어왔습니다만, 이 방에는 아직 선을 잇지 않아서⋯⋯."

침침한 방안이 자기 책임이나 되는 듯 송구스러워하며 독고 선생은 상을 들고 일어섰다. 완전히 어두워진 밖에서는 여전히 눈이 내리는 모양이었다.

기욱은 오줌이 마려워 밖으로 나왔다. 그때 문 밖의 어둠 속에서 불쑥 커다란 보퉁이가 들이 밀어지고 이어서 키 작은 소년이 들어섰다. 기욱은 보퉁이를 받아 방에 들여 놓았다.

"안녕히 주무세요."

소년은 되돌아서더니 어둠 속으로 달려가 버렸다.

"저 녀석, 그냥 도망치는군. 감자 두 개 남겨 놓았었는데……."

독고 선생이 방안으로 들어갔다.

"소변입니까? 문 밖에 아무데나 깔기세요, 하하하하."

기욱은 오줌을 누었다. 목 언저리에 눈낱이 떨어져 차가웠다. 기욱이 다시 출입문을 닫아 걸고 방안으로 들어서는데 독고 선생은 등잔불이 꺼지지 않도록 조심하며 이불 보퉁이를 풀고 있었다. 두꺼운 카시미롱 이불인데 그것은 아직 비닐 봉지 속에 들어있는 신품이었다.

"술 한잔 더 하시겠습니까?"

기욱은 이불을 보자 지피는 게 있어 병마개를 이빨로 따며 말했다.

"이 학교에서 선생님을 돕던 그 처녀는 마을에 지금 없습니까?"

기욱은 단숨에 소주 두 잔을 비우고 따져 묻듯이 말했다. 그리고 독고 선생의 얼굴을 바라보았다. 독고 선생의 얼굴은 흐린 불빛 탓인지 모르지만 고통으로 일그러진 듯했다.

"젊은이라고는 그 처녀 하나가 남았었는데, 참 좋은 아이였는데……. 그런데 이 마을에도 그놈의 회의가 생겨났습니다."

독고 선생이 이불을 펴며 던진 말이었다. 그 회의(會議)라는 말이 기욱에게는 회의(懷疑)로도 들렸다.

창 밖은 여전히 함박눈이 내리는 밤이었다.

3

독고 선생은, 그 음성 나환자촌에 찾아갔던 기욱을 만난 이후 여름과 겨울 방학 때마다 한 차례씩 상경하여 전화를 걸곤 했다. 그는, 나이는 많으나 신출내기 시인이었으므로 때마다 기욱은 그와 동행하여 신문사나 잡지사 같은 곳을 들르기도 하고, 술을 마시다가 헤어지곤 했다. 그런데 그는 만나는 횟수가 거듭될수록 점점 추하게 늙어가는 것 같았다. 그리고 그의 늙어감은 그가 기욱을 찾아와 들려 주는 그 마을의 발전상과는 반비례하는 것이었다. 마을이 발전 할수록 그는 늙어가고, 마을이 살기 좋아질수록 그는 살기 어려워지는 느낌이었다.

그러던 독고 선생이, 이미 겨울 방학은 지났고 여름 방학은
아직 멀었는데, 그야말로 이 화창한 봄날 느닷없이 상경하여 기
욱에게 전화를 걸어온 것이다.

기욱이 오늘 아침 출근할 때 아내는 일찍 들어오시라는 부탁
을 세 번이나 했다. 월급날이고 마침 토요일이었기 때문이었다.
그런데 출근하자마자 기욱은 그 전화를 받았다.

"나 독곱니다. 어젯밤에 상경했지요."

"선생님 안녕하세요? 웬 일이시죠? 지금 어딥니까?"

"네네, 바쁘시지요?"

전화 상태가 고르지 못해 그는 엉뚱한 말을 하고 있었다. 차
소리가 들렸다. 길가의 공중 전화인 모양이었다.

"좀 만나십시다."

"네네, 오후에나 시간이 나는데요."

"네, 그럼 열 두 시에 귀거래에서 기다리겠습니다. 아래층입
니다."

전화가 끊어졌다.

토요일, 더구나 그것이 월급날과 겹치고 보면 일이 손에 잡히
지 않는다. 종교계 주간지의 몇 안되는 기자들은, 점심 약속이
라든가 그렇고 그런 전화질을 해대다가 아래층 다방에 우르르
내려가 노닥거리고 앉아 있었다. 기욱은 몇 건 안되는 기사를

손질하려다가 경리과에서 월급 타가라는 전갈을 받고 자리에서
일어났다. 월급을 타서 가불금을 떼어 주고는 얄팍한 봉투를 저
고리 안주머니에 넣고 사무실로 돌아왔다. 마침 어린 것의 그림
책 값 수금 사원이 기다리고 있어 일금 삼천 원을 또 빼 주었다.
그리고 손질하려던 기사 자료를 책상 위의 고무 깔창 밑에 밀어
넣고는 골이 땅해 와 의자에 앉아 있었다.

기욱은 바로 어젯밤 고향의 고등학교 동창생들이 모이는 재
경학우회(在京學友會)에 참석해서 과음을 했던 것이다. 그리고
그 자리에서 기욱은 옛날의 K 선생에 대한 이야기를 들었던 것
이다. K 선생은 자살했다는 것이었다. 고향에 가면 지금도 파
다하다는 그 고춧가루 사건의 장본인인 스프링, 그가 언젠가 들
려 주었던 개의 이야기에 대하여 토론을 벌이기까지 했던 것이
다. 그 개의 이야기를 기억하고 있는 놈은 기욱이 외에도 또 있
었다.

"나는 말씀야, 개가 깊은 골짜기 속으로 속으로 빠져든다고
말했을 때, 문득 복상사(腹上死)를 연상했었다고……."

학창 시절부터 연애 대장이었던 친구가 말했다.

"개새끼, 순전히 네 골통은 만사가 그 곳으로만 통하는구나."

"그 곳이야말루 생명 샘이 아니냐?"

"허긴 그려. 그런디 그 얘기가 시사하는 의미, 다시 말해서 그

얘기가 지니는 상징성의 궁극적 의미는 뭐시냐? 이것이 문제의
주안점이 아녀?"

한 친구가 제법 유식하게 나왔다.

"다시 말해서 두 개의 언덕이 만드는 한 개의 골짜기와 거기
살고 있는 한 마리의 개의 죽음, 그리고 종소리가 시사하는 상
징성의 궁극적 의미가 뭐시냐, 다시 말해서……."

"좆까네, 골백번 다시 말해봐야 그것이 시사하는 궁극적 의미
는 복상사야, 이 새끼야. 그러니께 임마 스프링이 고춧가루를
집어 넣었잖여…….".

"개뿔이나 의미가 어디 있냐? 개발 도상을 벗어나 바야흐로
이제 경제 우의의 가치관이 판치는 현 상황 속에서 수단 방법을
가리지 않구 그저 잘 살면 되는 게야. 이 새끼들아, 좆 같은 개
똥철학 댓진이나 발라두구 술이나 처먹어."

비 오는 날 우산 장수, 개인 날 얼레빗 장수로 출발해서 지금
은 평화 시장에 미싱 삼십 대를 놓고 아동복을 만드는 회사의
사장이라는 친구가 말했다.

오랜만에 만난 친구들은 출세했다고 나타나지 않는 놈을 욕
하면서 삼차까지 가고, 종내는 곤죽이 되어 헤어졌던 것이다.

기욱은 아래층 다방으로 내려가 커피를 한 잔 마시며 속을 달
랬다. 시간은 아직 열한 시도 못 됐다. 그러나 기욱은 다방을 나

왔다. 거리는 이미 인파로 붐비고 있었다.

실비집 안에는 술꾼들이 모여들기 시작했다.

"이젠 그만 일어서지요."

기욱이 말했다.

"그럽시다. 또 다녀봐야죠."

독고 선생은 일어나며 주머니를 뒤졌다. 기욱은 담배를 꺼내며 딴전을 피우고 있었다. 저고리 안주머니에는 월급봉투가 들어 있었으나 아내의 얼굴이 스쳐 지나갔으므로 참는 수밖에 없다고 생각했다. 안경잡이는 주머니 사정이 어떤지 알 수 없었으나 그 또한 머뭇거리며 기욱의 눈치를 살피는 눈치였다. 독고 선생이 계산대 앞에 가 섰다.

"자네 돈 없나?"

기욱이 안경잡이에게 소근댔다.

"있으면 좀 꾸어주게나."

"없어, 꾸어 줄 돈 있으면 내가 술값을 치르지 뭐……."

안경잡이의 대꾸는 단호했다.

"죄송합니다."

기욱은 독고 선생의 뒤를 따라 나오며 말했다.

"무슨 말씀을……."

독고 선생이 웃었다.

“감사합니다. 그런데 이제 어디루 가죠? 우리는……”

안경잡이가 말했다.

“여하튼 좀 걸읍시다.”

독고 선생이 앞장서며 말했다. 그의 구두는 헐어빠져 있었다. 바지는 홀쭉했다. 그러나 그는 앞장서서 당당하게 걸어갔다. 그런데 그의 걸음은 왠지 술기운을 빌린 허세 같기만 했다.

“우린 지금 어디로 가는 거죠?”

잰걸음으로 따라오는 안경잡이가 기욱에게 말했다.

“글쎄요, 낸들 압니까?”

기욱은 히, 웃었다.

세 사람은 오후 내내 서울 시내의 잡지사란 잡지사, 신문사란 신문사는 모두 헤더듬고 쏘다녔던 것이다. 독고 선생의 수첩에는 잡지사와 신문사의 이름이 거의 모두 적혀 있었다. 그는 가는 곳마다 허리를 굽신거리며 편집자를 만났다. 어느 잡지사에서는 그가 원고를 건네 주기도 했고, 어떤 신문사에서는 그의 원고를 되돌려 받기도 했다. 아마 우편으로 이미 보내 놓았던 것 같았다. 청탁되지도 않은 원고를 받아든 편집자는 다 같이 한약을 잡수시는 표정이었다. 또한 책상 서랍이나 캐비넷을 뒤져 원고를 찾아내어 먼지를 훅 불거나 탁탁 때려 건네 주는 편집자의 얼굴은 벌레를 떼 던지는 모습 같기도 했다. 때로는 원고를 되돌려 주면서 미안하다는 뜻에서 커피를 한 잔 시켜주는 이도 있었지만, 함께 마주 앉아 이야기를 나누는 것이 아니라 자기의 소임은 이미 끝났다는 듯 전화를 걸며 웃고 떠들거나 먼저 일어나 사무실을 빠져 나가는 친구까지 있었다. 생전 처음 찾아가는 잡지사나 신문사에서는 기욱이 나서서 손을 맞부비면서, 독고 선생의 연세가 금년 쉰 넷인데 서해안 어느 음성 나환자촌에서 미감아들을 가르치는 훌륭한 분이라는 등 주섬주섬 그의 소개 말을 늘어놓곤 했다. 그러면 어떤 편집자는 몰라 뵈어 죄송하다는, 그렇고 그런 투의 뻔한 인사말과 비슷한 표정을 지어 보이고, 어떤 편집자는 마침 펑크난 면을 때우기 위해서 다행이라면서 즉석에서 일금 삼천 원에 원고를 사서 책상 위의 고무 깔창 밑에 끼워 넣는 것이었다. 그렇게 그의 원고를 딱 한 편 사준 잡지사가 '월간 食堂과 旅館'이었고, 지금 동행하고 있는 안경잡이가 바로 그 잡지의 편집장이었다. 그러니까 세 사람은 그 삼천 원의 원고료에서 장국밥과 소주 두 병 값을 방금 축내 준 셈이었다.

"갈 곳이 생각났습니다."

독고 선생이 지하철 종각 정류장 입구에 멈추어 서서 두 사람이 다가오기를 기다렸다가 말했다. 그러나 세 사람은 그 자리에 있어야만 됐다. 독고 선생이 갈 곳은 길 건너편에 있는 모양인데 통과해야 할 지하철 정거장 입구에서는 사람들이 꾸역꾸역 계속 쏟아져 나오고 있어서 비집고 들어갈 틈이 없었다. 사람들은 자꾸 밀리고 있었다.

"꼭 구더기 같군."

안경잡이가 말했다.

"웬 사람이 이렇게 많지요?"

기욱이 말했다.

"그 중에 우리들도 끼어 있습니다."

독고 선생이 말했다. 그때 교통 순경이 뛰어왔다. 도로를 그냥 횡단하라는 것이었다. 그리고 교통 순경은 도로 복판으로 나가 오가는 차를 세우고 길 양쪽 사람들에게 신호했다. 인파가 우루루 몰려 종로를 건너오고 건너갔다. 독고 선생은 어떤 함지를 인 아주머니와 딱 마주쳐 비틀거렸다. 기욱은 그의 손을 잡고 뛰었다. 뛰면서 기욱은 언젠가 그와 함께 여인숙에서 자고 새벽 바람에 거리로 나왔을 때 생각이 났다.

신새벽의 서울 거리는 사람도 없고 지나다니는 차도 없었으며 밤안개만 깔려 있었다. 그러나 그는 건널목에서 파란 불이 켜지기를 기다렸던 것이다. 기욱은 그의 손을 잡고 길을 건너 뛰며 웃었다.

"여깁니다."

독고 선생이 말했다. 거기는 종로 뒷골목의 어느 허름한 양복점 앞이었다.

"함께 들어가실까요?"

독고 선생이 양복점 문 앞에서 머뭇거리며 말했다.

"아뇨."

안경잡이가 고개를 흔들었다.

"그럼 여기 잠깐 계시지요. 잠깐이면 됩니다."

독고 선생은 혼자서 양복점 안으로 들어갔다.

"양복을 맞추시러?"

안경잡이가 말했다.

"에이 무슨……."

기욱이 고개를 흔들었다.

독고 선생은 곧 나왔다. 그리고 그의 뒤를 이십대의 곱상하게 생긴 청년이 따라 나왔다.

"이 청년은 옛날 저의 제자입니다. 이 양복점의 재단사인데 아주 근면성실하구, 공부도 잘했지요……."

독고 선생은 그 청년의 등을 토닥대 주며 말했다.

"이 분은 잡지사 편집부장님이시구 이 분은 신문사 기자이셔, 인사해라."

독고 선생이 안경잡이와 기욱을 소개했다. 청년은 허리를 구십 도로 꺾었다.

"선생님, 모처럼 오셨는데 차라두 한 잔 대접해야겠습니다."

청년이 말했다.

"아냐, 우리 시방 바쁘게 어딜 가는 길이니 염려 말구 어서 들어가 일하라구, 열심히, 열심히……."

독고 선생이 말했다. 기욱은 하늘을 올려다보았다. 콧날이 찡해 왔던 것이다.

"갑시다."

안경잡이가 말했다.

세 사람은 양복점 앞을 비켜 섰다.

"쐬주 한 잔 더 할까요?"

독고 선생이 말했다.

"아니지, 마시더라두 어디 좀 다른 곳에 가서 마십시다."

독고 선생은 금방 생각을 바꾼 모양이었다.

"지하철을 한번 타 봅시다. 전 아직 한 번도 못 타봤거든요."

몇 발자국 옮기다가 독고 선생이 다시 말했다.

"그럽시다."

"그러죠."

세 사람은 지하철을 탔다. 그리고 동대문에서 내렸다. 세 사람은 서울 운동장 앞까지 걸었다. 날이 저물고 있었다. 안경잡이가 시계탑 아래 노점에서 담배를 샀다. 독고 선생은 담배를 피우고 있었다. 기욱은 복권을 한 장 살까 하고 망설이고 있었다. 그러다가 돌아섰는데 안경잡이가 보이지 않는 것이었다.

"이 양반 싹 꺼졌는데요?"

독고 선생이 좀 야하게 말했다.

"집으로 도망쳤겠죠 뭐……."

기욱은 심드렁하게 대꾸했다.

"요 근방에서 한 잔 하시죠."

독고 선생이 말했다.

술집마다 사람들이 득실거렸다. 어느 집이나 마찬가지였다. 비집고 들어가 앉은 구석집의 안주는 닭내장볶음과 쇠머리고기, 그리고 채반 위에서 웃고 있는 삶은 돼지 대가리였다. 독고 선생은 골고루 시켰다. 그리고 갑자기 달변이 되어 제법 재미난 얘기를 꺼냈던 것이다. 처음엔 무슨 수수께끼 같기도 했고, 한글 사전을 읽는 것 같기도 했고, 무슨 동화를 듣는 느낌이기도 했으며, 그 얘기 속엔 무슨 의미가 있는 것 같기도 했고, 그저 맹탕 헛 떠드는 것 같기도 했다.

"나는 꿩과(科)에 속하는 새입니다……."

독고 선생은 닭내장볶음을 집어 들며 말했다.

……나는 집에서 기르는 육축(六畜) 가운데 하나로 원종은 인

도네시아, 말레이 등에서 놓여 살던 짐승입니다. 나는 대가리에 붉은 볏이 있고 날개는 짧아서 날기는 그리 능치 못하나 다리는 매우 튼튼합니다. 수컷은 털빛이 썩 아름답고 때를 맞추어 잘 울며, 암컷은 알을 낳습니다. 나는 무엇이겠습니까?

— 꼬끼요, 꼭꼭

— 꼬끼요, 꼭꼭

— 맞았습니다. 나는 닭입니다.

독고 선생은 혼자 묻고 혼자 대답하면서 말의 속도를 점점 더해 갔다. 꼬끼요, 꼭꼭 꼬꼬댁 꼭꼭, 독고 선생은 그 기다란 목을 더욱 길게 뽑아 늘이고 닭의 울음 소리를 내기까지 했다.

……그러나 나는 이제 때를 맞추어 울지도 않습니다. 알을 낳을 필요도 없습니다. 우리는 그저 먹고 싸고 살만 찌면 됩니다. 우리는 밤낮 없이 밝은 전등불 아래서 아주 훌륭하게 가공 처리된 영양가 일백 퍼센트의 식품을 먹습니다. 비좁은 방에 갇힌 채 모래 한 알 쪼아 보지 못하고 홰 한번 치며 뛰지 못해도 소화는 썩 잘됩니다. 사료 가운데 소화제까지 가미돼 있기 때문에 우리는 삽시간에 체중이 늘어 디룩디룩하게 됩니다. 그러면 우리는 무더기로 팔려가 죽는 것입니다…….

독고 선생은 잔을 홀짝 비우고 담배를 한 대 당겨 물었다. 그리고 그는 다시 이야기를 계속했다.

……나는 자칭 만물의 영장이라는 인간들에게 가장 일찍 길들여진 짐승인데 반추류(反芻類)에 속하는 몸이 큰 동물입니다. 나는 다리가 비교적 짧고 몸이 살찌고 뿔이 두 개입니다. 꼬리는 좀 길고 가는 편이며 피부에 짧은 털이 총총이 나 있고 발굽은 둘로 째졌습니다. 윗턱에 앞니가 없으며 풀 같은 것을 먹는데 몸빛은 황색·적갈색·흑색·백색 등 여러 가지입니다. 성질은 순하나 힘이 세기 때문에 논밭을 갈며 수레를 끌기도 합니다. 나는 무엇이겠습니까?

— 움머,

— 움머, 움머.

— 맞았습니다. 나는 소과(科)에 속(屬)해 있는 소입니다. 지루하신 모양인데 저의 애기는 지금부터 시작입니다.

"아닙니다. 어서 계속하세요."

기욱은 담배를 피우며 그의 얼굴을 바라보았다. 독고 선생은 닭 울음소리를 낼 때처럼 목을 늘이고 소의 울음을 한번 더 울었다. 어쩐지 그의 커다란 눈은 소의 눈을 닮은 것 같기도 했다.

……나는 소입니다. 내가 태어난 곳은 두메 산골이었습니다. 내가 태어났을 때 주인 양반들은 무척이나 좋아했습니다. 그러나 암송아지를 낳은 것만큼은 못했을 것입니다. 왜냐하면 나는 수놈이었기 때문입니다. 황소는 새끼를 낳지 못합니다…….

“그걸 말이라고 합니까?”

기욱은 참견을 하려다가 그의 표정이 너무 진지했으므로 포기했다. 그는 쇠머리고기를 씹으며 이야기를 계속했다.

……여하튼 한국에서는 요즘 황소보다 암소를 귀하게 여깁니다. 왜냐하면 황소는 힘이 세지만 새끼를 낳을 수 없기 때문입니다. 그리고 힘센 황소가 별로 필요없는 세상이 되었기 때문이기도 합니다.

“그건 그렇죠. 기계가 일을 하니까요.”

기욱은 술기운에 모처럼 맞장구를 쳤다. 그러나 그는 기욱의 맞장구를 들은 척도 않고 자기 얘기만 끌고 나갔다.

……그러나 나는 무럭무럭 자랐습니다. 잔디밭을 뛰어 다니며 풀도 뜯고, 언덕이나 나무 등걸에 머리통을 부벼 뿔이 나오려고 가려운 자리를 긁기도 했습니다. 공연히 경중경중 뛰기도 했고, 나무 그늘에 누워 낮잠을 즐기기도 했습니다. 나의 똥오줌은 주인댁 논밭에 훌륭한 비료가 됐습니다. 주인 양반은 그래도 거름이 모자라 퇴비를 했고, 겨울날 새벽참에 일찍 일어나 동네 안 골목길을 누벼 개똥도 쓸어 담고 고양이똥까지 긁어다가 퇴비장에 넣었습니다. 그것도 모자라서 주인 양반은 사랑방에 동네 사람들을 모아 놓고는 멀겋게 쑨 시레기죽을 퍼 먹였습니다. 그리고 문 밖에다 오줌통을 마련해 놓고 기다렸습니다.

그러나 마을 사람들은 누구나 다 똑같이 짐승이나 사람의 똥오
줌을 귀하게 여겼으므로 한참 놀다가 오줌이 마려우면 하나둘
부샅을 거머쥐고 자기네 뒷간을 향해 달려가는 것이었습니다.
여하튼 그 때문에 그 마을에서 생산되는 농작물에는 농약 한 방
울, 화학 비료 한 주먹 사용되지 않았습니다. 그런데 어느날 물
방개 같은 자동차를 탄 넥타이 맨 신사들이 찾아와서는 아주 비
싼 값을 치르고 쌀도 사가고, 대추도 사가고, 강낭콩도 사갔습
니다. 그러자 그 마을 사람들은 무엇이나 팔아먹는 데 재미가
붙었습니다. 닭도 팔고, 돼지도 팔고, 소도 팔고, 강아지와 고양
이 새끼까지 팔아먹기 시작했습니다. 그 가운데 나도 한 몫 낀
것입니다.

"잠깐만 실례하겠습니다."

기욱은 오줌이 마려웠으므로 자리를 떴다. 기욱은 술집 밖으
로 나와 변소를 찾기 위해 이리저리 돌아다녔다. 그러다가 기욱
은 놀랍게도 안경잡이를 다시 만났다.

"어디 가셨댔습니까? 도대체……."

기욱이 말했다.

"재수가 옴붙었습니다. 어디 들어가서 얘기합시다……."

안경잡이는 심히 불쾌한 일이 생긴 모양이었다. 술집 안으로
다시 들어왔을 때 독고 선생은 볼 것 없이 자기 얘기를 계속했

으므로 안경잡이 이야기는 뒤로 미루어질 수밖에 없었다. 기욱은 안경잡이에게 술잔을 권하며 독고 선생의 이야기를 들어 주는 일을 거의 강요당하고 있었다.

……우시장에 수많은 황소들이 모여들었습니다. 소 장수들이 우리들의 관상을 보았습니다. 눈깔도 까보고 입을 벌려 이빨을 헤아려 보기도 했으며 발을 들어 발굽 밑을 들여다보기도 했습니다. 어떤 소 장수는 목 언저리의 군살을 만져보고 궁둥이를 철썩 때려보는 사람도 있었습니다. 우리들은 팔렸습니다. 강을 건너 고개를 넘어 우리들이 도착한 곳은, 허허벌판에 슬레이트 지붕과 블록 담벼락으로 지은 창고 같은 커다란 집이 여러 채 늘어서 있는 마을이었습니다. 우리는 그 가운데 어떤 집 울안으로 끌려 들어가 우선 주사를 두 방씩 맞았습니다. 그리고 우리들의 목에는 번호패가 걸리고 그 번호패의 숫자와 같은 숫자가 페인트로 쓰여진 방으로 각각 들어갔습니다. 방은 비좁아 몸뚱이를 돌릴 수조차 없었으며 딱딱한 시멘트 바닥에는 아무 것도 깔려 있지 않았습니다. 코뚜레에 새로 갈아 맨 나일런 줄이 방안 천정에 매달린 도르레에 감겨 올라가자 나는 앉을 수도 없게 됐습니다. 아무 소리도 들리지 않았습니다. 나는 그 날부터 그저 먹고 싸면 됐습니다. 때가 되면 도르레에 감겨 올라갔던 줄이 적당히 풀리고 방 안에는 오 와트짜리 희미한 전등불이 켜졌

습니다. 그리고 벽의 한 부분이 열리며 철제 구유가 자동으로 들어왔습니다. 그 속에는 아주 영양가가 높고 훌륭히 가공 처리된 먹이가 들어있었습니다. 운동을 하지 않아도 일백 퍼센트 소화가 가능하도록 푹푹 삶아진 먹이를 모두 핥아먹고 나면 오 와트짜리 전등불은 깜빡 꺼지고 도르레에 감긴 코뚜레 고삐가 팽팽할 정도로 감겨 올라가 고정되면서 여물통은 싹 빠져 나가서 다시 원상태의 벽이 됩니다. 똥을 싸거나 오줌을 싸면 시멘트 바닥에 참참이 자동으로 흐르는 물살이 빠져나가며 깨끗이 치워지곤 했습니다. 그 곳에는 쇠파리도 등에도 모기도 없었습니다. 그러나 나는 웬 일인지 옛날의 주인 양반네 집이 그리웠습니다. 죽자꾸나 땀을 흘리며 일을 하다가 논둑이나 밭둑에 올라섰을 때 주인 양반은 내 멍에를 풀어 내리고 목 언저리의 군살을 주물러 주었습니다. 쉴 참에 주인댁 아주머니 머리 위에 이어져 내온 거친 여물을 씹으면서 먼 산을 향해 목청껏 소리쳐 울면 움머 하고 되울려 돌아오던 내 울음 소리. 주인집 벌거숭이 어린 놈이 댑싸리 몽당빗자루를 들고 와서 옆구리를 쓸어 주거나 나무 그늘 밑에 누워 있을 때 고무신창을 오려 만든 파리채로 등줄기를 때려 쇠파리를 잡아줄 때 나는 참으로 행복했던 것입니다. 그러나 이런 생각이 무슨 소용이 있겠습니까? 나는 하루가 다르게 살이 쪘으며 일 개월쯤 지난 어느 날 나는 문 밖으로 끌려 나왔습니다. 그러나 나의 눈에는 아무 것도 보이지 않았습니다. 눈이 부셔서 뜰 수조차 없었습니다. 그리고 그 동안 엄청나게 불어난 나의 체중을 부지할 수 없어 나의 다리는 비틀거리고 있었습니다. 이 방 저 방에서 똑같은 모양으로 살찐 우리들 비육우(肥肉牛)들은 차에 실려 도살장으로 옮겨지는 것이었습니다.

"얘기는 끝입니까?"

안경잡이가 방정맞게 물었다.

"……."

독고 선생은 손수건을 꺼내 눈 언저리를 훔칠 뿐 대답이 없었다.

"좋은데요."

안경잡이가 다시 말했다.

"뭐가요?"

"선생님의 얘기 말입니다. 그런데 그 얘기가 의미하는 것은 뭐지요?"

"글쎄요, 낸들 뭘 압니까? 그런데 말입니다. 어떤 사람은 이렇게 말합니다. 하나님께서 세상 만물을 창조하실 때 모든 것은 인간을 위해 만들었으니 아무려면 어떠냐는 겁니다."

독고 선생이 말했다.

"글쎄요, 그럴까요?"

기욱은 곰곰이 생각하고 있었다.

"그러니 쇠고기가 맛이 있을 턱이 있나, 순 한이 맺혀 죽었을 테니……."

안경잡이가 쇠머리고기를 들어 올리며 말했다.

기욱은 독고 선생을 만났던 그 마을 입구의 입간판에 쓰여 있던 문구를 생각하고 있었다. 그러나 기욱은 다른 한편으로 독고 선생의 정신 상태가 좀 이상해진 것이 아닌가 하는 의아심을 품지 않을 수 없었다. 왜냐하면 기욱이 언젠가 출장지에서 구경했던 비육우 단지의 비육우 사육 방법이나 그 시설들은 독고 선생이 방금 표현한 것같이 지독하지는 않았기 때문이었다.

"소의 애길 듣다 보니 갑자기 생각나는 게 있는데요?"

안경잡이가 갑자기 소리쳤다.

"뭐가요?"

"내 친구 중에 말입니다. 마흔이 넘도록 장가도 못 들고 미친 짓만 골라 댕기며 저지르는 팔불출이 하나 있는데 말입니다. 그 놈이 어느 핸가 그 많던 책을 몽땅 팔아버린 돈으루 마리당 오백 원씩을 쳐주고 황소 삼십 마리를 딱 두 시간 동안 빌렸습니다. 그 놈이 황소 삼십 마리를 끌구 어디루 간 줄 아세요? 골프 장이었어요. 이 넓은 초원을 쟁기로 갈아 엎어 밭을 만들라, 이

것이 그놈이 외친 구호였습니다.”

안경잡이가 의기양양하게 말했다.

“그 친구를 위해 건배!”

독고 선생이 좀 생기가 도는 낯빛으로 잔을 들며 말했다.

“좋아요, 건배!”

“건배!”

“그런데 도대체 당신 어딜 다녀온 거지? 갑자기 없어지더니……”

독고 선생이 물었다.

“경찰서요.”

안경잡이가 대답했다.

“경찰서?”

기욱이 눈을 치떴다.

“걔들이 날 범인으로 잘못 짚었어요. 더러워서…… 며칠 전에 어떤 여배우에게 협박장이 날아들었는데 현금 삼십만 원을 가지고 아까 그 시간에 우리가 서성이던 바로 그 장소로 나오지 않으면 얼굴에 청강수를 뿌리겠다는 내용이었대요. 제기랄, 내가 그런 새끼들과 같은 취급을 받다니……”

허허허……

호호호……

하하하…….

세 사람은 함께 웃었다. 웃으면서 그들은 술을 마셨다.

"이제 시간도 꽤 오래 됐는데 어디루 가죠?"

대머리가 잠시 후 정색하며 말했다.

"집에 가셔야죠."

독고 선생이 말했다.

"왠지 집에 들어갈 맘이 없는데요?"

기욱이 말했다.

"왠지 집에 들어가기가 싫은데요? 나두 말입니다."

안경잡이가 말했다.

"우리 그럼 함께 갈까요?"

독고 선생이 말했다.

"어디루요, 또 양복점 같은 뎁니까?"

안경잡이가 물었다.

"갈 데가 있어요. 그런데 오늘 밤 진짜루 댁에 안 들어가셔두 괜찮은 겁니까?"

독고 선생은 믿어지지 않는 모양이었다.

"네, 그래요."

"저두요."

"그럼, 일어섭시다."

독고 선생이 다짐하듯 말했다. 그러자 안경잡이가 맨 먼저 팅긴 듯 일어나 재빨리 계산대 앞으로 나갔다. 술값을 치르는 모양이었다. 기욱은 웃음이 나왔다.

"돈이 없으시다더니……."

기욱이 안경잡이에게 다가가 짓궂게도 귓속말로 소근댔다.

"실은 월급을 탔거든요."

안경잡이는 힝, 웃으면서 역시 귓속말로 대답했다.

"나두 저고리 안주머니에 월급 봉투가 들어 있습니다."

기욱이 또 안경잡이에게 귓속말로 소근댔다.

"오늘 밤 모두 까버립시다!"

안경잡이가 말했다.

"그럴 참입니다!"

기욱이 맞장구쳤다. 그리고 세 사람은 함께 웃으며 어깨동무를 했다. 거리에 나왔을 때 여자들은 남자의 팔을 끼고 궁둥이를 흔들며, 또는 돌리며 걸어갔다. 독고 선생이 용하게도 빈 택시 하나를 잡았다. 셋은 차에 올랐다. 그리고 기욱이 일천 원이 좀 넘는 택시비를 지불하고 내린 곳은 서울시의 낯선 외곽 지대였다. 독고 선생은 보안등이 띄엄띄엄 켜 있어 침침한 골목길을 돌아 모양이 모두 똑같은 연립 주택가로 들어섰다. 그는 이 집 앞에 가서 기웃, 저 집 앞에 가서 기웃, 집을 찾기가 어려운 모양이었다.

"우리, 여관에서 잘까요?"

안경잡이가 따라다니다가 지친 듯 말했다.

"아뇨, 내 딸이 사는 집이 요 근방에 있습니다. 어젯밤에 잔 집을 못 찾다니, 젠장헐……."

독고 선생은 이윽고 집을 찾은 모양이었다.

"기숙아!"

그는 어느 집 대문 앞에 서서 딸의 이름을 소리쳐 불렀다.

"기숙아, 내다."

안경잡이는 담벼락에 대고 오줌을 깔겼다.

"내 딸은 말입니다, 교대(教大)를 졸업하구 발령이 안 나와서 삼년째 방을 하나 얻어가지구 시간제 과외 공부를 시키고 있습니다."

독고 선생이 말했다.

"웬 일이세요, 아버님. 가신 줄 알았는데, 못 가셨어요?"

쪽문이 열리며 기숙이라고 불리어진 그의 딸이 나왔다.

"손님이 계시다. 아이들은 돌아갔니?"

"네, 어서 들어오세요."

"아, 아닙니다. 선생님이나 들어가 보세요. 우리 두 사람은 요 근처 여관에서 묵고 내일 아침 찾아 뵙두록 하지요."

기욱이 말했다.

"그러시지요, 그럽시다, 그게 좋겠군요."

안경잡이가 말했다.

"무슨 소릴 허시는 거요? 날 혼자 남기구 두 분만 가신다구요? 나도 여관으로 함께 갑시다……."

독고 선생이 말했다.

"그럼 함께 가시죠."

안경잡이가 말했다.

"기숙아, 그럼 들어가보려므나. 내 이 분들하구 요 근방에서 자구 낼 아침에 들리마. 아침 식사나 좀 준비하렴……."

"네……."

딸이 대답했다.

"관두세요, 저희들 아침 식사는 준비하지 마세요."

안경잡이가 말했다.

"갑시다."

기욱은 안경잡이의 손을 잡아 끌며 말했다. 세 사람은 비틀거리며 골목을 다시 빠져 나와 버스 종점 뒷골목에서 여관을 하나 찾았다. 독고 선생은 길가 상점에서 또 소주 아홉들이 두 병과 마른 오징어 한 마리를 샀다.

"우리, 오늘 밤, 여자를 살까요?"

안경잡이가 기욱의 귀에 입을 대고 말했다.

"좀 생각해 봅시다."

기욱이 대꾸했다.

"딸네 방에서 끼어 잘 일을 생각하고 좀 걱정했습니다
만……. 잘 돌아나왔지요? 그런데 제가 왜 두 분을 여기까지
모시고 왔는지 알 수가 없구만요……."

독고 선생은 방을 정해 앉자마자 봉투 속에서 술병을 꺼내 놓
으며 말했다.

"저희들이 따라온 거죠 뭐……."

안경잡이가 말했다.

"글쎄요, 그런데 말입니다. 실은 저 이번에 아주 사표를 내고
떠나 온 겁니다. 딸애한테두 아직 말하지 않았습니다만……."

독고 선생이 술병 마개를 이빨로 따며 말했다.

"교감 한 자리 못해 본 평교사로, 남들은 오히려 중학교로 고
등학교로 기어 오르려고 용을 쓰는데, 나는 거꾸로 내려와 이
곳 저 곳 혼자 떠돌아다니다가 이제 얼마 후에 올 정년 퇴직을
앞당긴 거죠 뭐……."

"왜요? 그것이, 그러니까 아까 그 황소 얘기와 무슨 관계라도
있습니까?"

안경잡이가 잽싸게 물었다.

"글쎄요, 그것이 어찌 무슨 이유가 되겠습니까마는, 여하튼 저는 더 이상 견딜 수가 없게 됐습니다. 이를테면, 이것이 아니면 저것이다, 하고 딱 꼬집어 말할 수도 없는, 그러나 더 계속하다가는 필경 갈데까지 갈 어떤…… 여하튼 그렇게 됐습니다. 다시 말하면 소, 돼지를 그렇게 키우는데 아이들을 어떻게, 무엇을 가르치고……."

독고 선생은 횡설수설이었다. 기욱은 가만히 자리를 떴다. 그리고 여관 보이를 불러 여자가 있느냐고 물었다. 있다고 했다. 한 명만 부탁했다.

"손님이 세 분이잖아요?"

보이가 말했다.

"좋아, 그럼 셋이다, 셋!"

기욱은 손가락으로 딱 소리를 내며 소리쳤다. 그러면 방도 세 개라고 보이가 결정해 버렸다. 좋다고 했다. 기욱은 다시 방으로 들어와 안경잡이에게 귓속말을 했다.

"여자를 샀어요, 우리 각방을 씁시다."

"그래요? 선수를 치셨는데?"

안경잡이가 입술에 침을 바르며 씩, 웃었다. 잠시 후 노크 소리가 들렸다. 기욱은 다시 복도로 나왔다. 보이가 방을 지정해 주었다. 뒤따라 안경잡이가 방에서 나왔다. 기욱은 안경잡이에게 방을 지정해 주었다.

"들어가 기다리세요, 내 제일 예쁜 년으루다 골라서 넣어 주리다."

기욱은 안경잡이에게 말했다.

"기대가 큽니다."

안경잡이는 지정된 방으로 순순히 들어가며 기욱에게 윙크했다. 기욱은 일단 변소에 갔다. 손가락을 목구멍에 집어 넣어 토했다. 속이 좀 편해지는 것 같았다. 손을 씻고 변소를 나왔을 때 복도엔 아무도 없었다. 기욱은 방문을 열었다. 그런데 여자가 이미 들어와 있었다. 독고 선생은 곯아떨어져 있었다. 여자는 이불을 펴다 말고 우뚝 섰다.

"절 잠깐만 봐요."

기욱은 여자를 불러 복도로 다시 나왔다.

"저 손님을 잘 모셔야 돼요. 새벽에 무슨 엉뚱한 일을 저지를지도 모르니까요. 잘 부탁드립니다."

기욱은 저고리 안주머니에서 월급 봉투를 꺼내 화대를 곱으로 얹어 주며 말했다.

"엉뚱한 짓이 뭐예요?"

"별 일은 아닙니다. 술을 워낙 많이 마셨기 때문에 혹 몰라서요. 점잖은 분이니까 염려는 놓으세요."

기욱은 여자에게 차살이라는 말을 하지 않았다. 그러나 기욱은 아까부터 불안했던 것이다. 바로 지난 밤에 얘기를 들은 K 선생 생각이 불현듯 떠올랐고, 독고 선생의 이상스런 달변이며 소 얘기라든가 사표를 낸 일들이 겹쳐져서, 어쩌면 밤중에 소동을 벌이게 될는지도 모른다는 느낌에 기욱은 시달렸던 것이다.

"자나?"

기욱은 안경잡이가 들어 있는 방문 앞을 지나며 짧게 소리쳤다.

"자네."

안경잡이가 방안에서 대꾸했다.

"이쁜가?"

"천하 일색일세."

"잘 자게."

"잘 자게."

기욱은 세 번째 방으로 왔다. 역시 여자가 기다리고 있을 것이었다. 기욱은 점잖게 노크했다.

"네, 들어오세요."

기욱은 방문을 열었다. 방 가운데 여자가 우뚝 서있었다.

"앉아요."

기욱은 여자에게 말했다. 그리고 저고리를 벗었다. 여자가 기욱의 저고리를 받아 걸었다. 그런데 이상했다. 아무래도 어디서 본 얼굴이었다. 그러나 얼핏 생각나지는 않았다.

"저좀 보세요."

기욱이 여자의 어깨를 돌려 세웠다.

"네."

여자가 기욱의 얼굴을 올려다 보았다. 그리고 눈을 커다랗게 떴다. 기욱의 귀가 갑자기 막혔다가 뚫린 듯 새 소리와 개울물 흐르는 소리, 그리고 풍금 소리가 들리기 시작했다……. 산 속에 작은 마을이 있었네. 가난하고 불쌍한 사람들이 모여 살았네. 그 작은 마을엔 작은 예배당이 있고 작은 학교가 있었다네. 작은 예배당엔 그 마을 사람들이 모여서 기도하고, 작은 학교엔 그 마을 어린이들이 모여 공부를 하였다네. 그런데 그 마을에, 그런데 그 마을에……. 술 탓인지는 모르지만 기욱은 도시 정신을 차릴 수가 없었다.

미아……. 그녀는 바로 미아였던 것이다.

무귀舞鬼와 읍신泣神

1

　미국에 그 본부를 두고, 방송과 신문, 그리고 잡지까지 내고 있는 천국 복음 선교회(天國福音宣敎會) 한국 지부가 오랜 준비 끝에 개최하는 제1회 월간 '天國의 소리' 독자 수련회의 막이 올랐다. 주변으로 썩은 강이 흐르는 강남의 신개발 지역에 자리 잡은 선교회 중앙 센터에는 아침 일찍부터 전국의 독자들이 모여들고 있었다. 6개월 전부터 이 모임을 준비해 온 직원들은 정작 대회가 시작되기 앞서부터 이미 지쳐 있었다. 그러나 누구 하나 지친 티를 내는 사람은 없었다. 지부장이며 재단 이사장까지 겸하고 있는 이 기관의 총수 주익환(朱益煥) 장로가 손수 진두 지휘를 하고 있는 때문이었다. ……어서 오십시오, 원로에 수고 많으셨습니다……. 이 무더위 속에 참석해 주셔서 감사합니다. 어서 등록하시고 숙소를 배정받아 우선 샤워부터 하세요. 그는 가슴에 꽃을 달고 대회장이란 표찰까지 펄럭이며 일일이 등록자들과 악수를 나누면서 만면에 미소를 잃지 않고 있었다. 현은 찾고 있었다……. 그녀는 왜 아직 오지 않을까. 그녀는 왜 아직 나타나지 않을까……. 현은 현관에 여자만 나타나면 혹시 그녀가 아닌가 했으나 번번이 등록할 때 이름을 보면 아니었다. 유 부장, 인사하시오. 이 분이 바로 갈매기섬의 신 목사요. 우리 선교회의 후원으로 얼마전 새 성전을 봉헌한 구도(鷗島)제일교회의 담임이시고 목양회(牧羊會) 회장이신 신 진태(申進泰) 목사님……. 이 사람은 우리 잡지의 편집장이고……. 주 장로가 말했다. 어서 오십시오. 유현(兪鉉)입니다. 현이 인사 했다. …… 반갑소, 나 신 목사요. 신 목사가 손을 내밀었다. 나이가 젊은 사람 치고 목소리가 굵고, 손바닥이 두터웠다. ……성전 봉헌식 때 제가 외국에 나가 있었기 때문에 참석을 못했습니다. 주 장로가 말했다. ……교통이 불편해놔서 오시기가 어려우셨을 텐데요, 뭘, 괜찮습니다. 제가 시간 내서 보고 드릴 준비를 해왔습니다. 하하하. 신 목사가 주 장로에게 말했다. ……우리 안에 들어가 시원한 거 한 잔 하십시다. 주 장로가 신 목사의 손을 잡은 채 엘리베이터 앞으로 갔다. 현은 그들이 엘리베이터 안으로 사라지는 것과 동시에 자리를 떴다. ……그녀는 왜 오지 않는 것일까……. 분명히 갈매기 섬의 신 목사라면 동행할 가능성이 많은데……. 현은 변소 안에 들어가 앉아 있었다. ……오늘같이 이렇게 눈보라가 치는 날이면 저는 책상 앞에 앉아 아무 일도 못합니다. 커튼 없는 창 밖으로 눈보라 속의 흐린 수평선을 내다보며 갈피 잡을 수 없는 상념에 빠지는 것입니다. 사진 속의 그녀는 웃고 있었다. 숱이 많고 긴 머리를 한쪽으로 풀어 내려 가슴을 가린 그녀의 편지는 계속된다. ……망망대해 위에 떨어져도 떨어져도 쌓일 줄 모르는 눈송이들처럼 저는 신앙과 생활 사이에서 뼈가 서지 못하고 아픈 상념의 바다에 빠져드는 것입니다. 이럴 때 생각나는 분이 우리들의 할아버지, 이 섬 주민들의 정신적인 지주, 주님의 발자취를 따라 말씀을 몸으로 살다 가신 구 목사님의 얼굴입니다. 저는 오늘이 토요일임을 알고 있습니다. 그리고 오늘 제가 해야 할 일이 무엇인지도 알고 있습니다. 그러나 제가 오늘 해야 할 주일학교 일이 단순한 의무 이상으로는 생각되지 않습니다. 저는 제법 많은 책을 읽었습니다. 성서 주해, 기독교 윤리, 신학 개론, 어거스틴의 참회록, 그리고 많은 문학 작품들. 저는 이런 책들을 읽으며 많은 것을 배 있습니다. 신학적, 역사적, 현실적인 예수님 상을 그릴 수 있었습니다. 그러나 구대근(具大根) 목사님과 저의 아버님같이 실제 생활 전선에서 부지런히 일하면서 몸에 밴 신앙은, 남들의 신앙과 사상에 힘입어서 결과된 것 같지는 않았습니다. 그들은, 생의 위험 속에서 하나님을 직접 만나고 고통 속에서 연단되어 생생한 체험에서 우러나 생성된 신앙을 지켜 왔습니다. 요한 웨슬레가 십여년 간 목회를 하면서도 중생을 체험하지 못하고 실의에 빠졌었듯이 오늘날 이론적이고 역사적이며 신학적인 예수님만을 부르짖는 목자들 가운데는 이율배반적인 설교만 외쳐대는 사람이 많은 것 같습니다. 새로 부임해 오신 신 목사님도 그들 가운데 하나는 아닐까, 하는 엉뚱한 생각이 들 때가 있습니다. 신 목사님과는 달리 구 목사님은 그런 분이 아니었습니다. 그분은 애시당초 어부의 아들이었고, 또한 어부였을 뿐 그 이상은 아니었습니다. 그분에게는 우선 예배당이 필요 없었습니다. 다만 교회가 귀할 뿐이었습니다. 그분은 또한 당집을 때려 부수려고 성급하게 서두르지 않으셨습니다. 실제 생활이 있을 뿐이었고 그것은 그분의 속 깊이 뿌리 내린 신앙이 바탕이었습니다. 그분은 평생 고기를 낚는 생업에 몸 바쳐 일했고, 남녀노유를 가리지 않고 자애로우셨으며, 고통받는 자의 친구였습니다. 이 섬에 기독교가 전래된 지 70여 년, 그분의 삶 자체가 기독교의 역사였습니다. 그분은 감옥살이도 남 못지 않게 했다고 합니다. 일제 말, 해방 직후, 6·25 때는 그때대로, 자유당 정권 치하에서도 마찬가지, 그분은 어떤 사람이 정치를 해도 잡혀갈 말만 했었답니다. 그러나 저의 아버지는 조금 달랐습니다. 그래도 구 목사님과 아버지는 참 친한 친구였습니다. ……아버지, 지금 저의 아버지는 어느 바다 위에 계십니다. 아버지는 남들이 거의 나서지 않는 춥고 위험한 겨울 바다 위에서 형용할 수 없이 고통스러운 원양 어업에 순전히 신앙의 힘으로 나선 것입니다. 아버지는 원양 작업에서 돌아오시면 맨 처음 십의 일조를 드리며, 또한 감사 헌금을 십의 일조보다 더 많이, 결국 십의 이조를 바치십니다. 생활 전선에서 현실적인 예수님과 더불어 고통을 감수하며 무언의 설교를 하시는 아버지, 그분을 저는 구 목사님과 함께 존경하지 않을 수 없습니다. 저는 그분을 구 목사님과 함께 육신의 아버지 이상으로 사랑하고 있음을 숨길 수 없습니다. 저는 아직껏 아버지의 생활 속에서 발견한 위대한 신앙만큼 제 영혼이 감동을 받은 적이 없는 셈입니다. 아버지는 내년이면 진갑을 맞으십니다. 평생 신앙의 절개를 지켜 오시며 몇 번인가 풍랑 속에서 기적적으로 살아나오신 아버지, '살면 눈물 흘려 씨를 뿌리고 죽으면 기쁨으로 단을 거두는 것'이 그분의 신앙관입니다. 저는 잡다한 책보따리를 부둥켜 안고 몸부림쳐도 망망

한 바다 위에서 오들오들 떨고 계실 아버지의 신앙은 흉내낼 수 없습니다. 그래서 저는 괴로워하고 있는 것입니다. 이 천형의 아픔을……. 아버지는 엄청난 액수의 건축 헌금을 약속하셨습니다. 그리고 그 약속을 지키시기 위해 저의 수술비를 바쳤습니다. 그리고 괴로워하셨습니다. 그러나 저는 이해할 수 있었습니다. 저는 부끄럽습니다. 낮이면 기름 냄새와 오징어 냄새가 물씬 풍기는 습기 찬 어선의 갑판 속에서 가마니를 깔고 누워 녹슨 석유 곤로를 안고 새우잠을 주무시는 아버지. 추워서, 추워서 더 움직일 수 없을 때 그분은 기도하십니다. 주여, 감사하나이다. 주여, 감사하나이다. 주여, 감사하나이다. 그러나 무엇을 감사한단 말씀입니까? 저는 때때로 이해가 되지 않습니다. 저는 이해가 되지 않습니다. 이해하지 못하는 제가 부끄럽습니다. 일몰이 시작되면 오징어잡이가 시작됩니다. 적나라한 인간의 고통은 수평선에서 밀려오는 파도와 더불어 뱃전을 적십니다. 목마른, 간절한 기도만이 있을 뿐입니다. 그것은 생활을 위한 고통이 아니라 신앙을 위한 생활의 고통이요, 쓰라림입니다. 겨울 바다는 항상 넘실대는 마귀의 혓바닥, 사나운 발톱을 드러내고 위협합니다. 눈부신 어선의 불빛이 밝혀지면 온 밤을 그대로 지새워야 하는 고통, 한 시간에 겨우 한두 마리의 오징어가 잡힌다손 치더라도 온 밤을 아니 지새울 수 없는 것은, 어느 때 갑자기 오징어 떼가 몰려와 많은 어획이 가능하게 되는지 예측할 수 없기 때문입니다. 그것은 마치 어느 때 주님의 재림이 이루어질는지 몰라, 깨어 기도하라는 진리의 말씀을 생생하게 체험하는 시간이 됩니다. 딱딱한 나무 바닥의 깔개, 고막을 찢어내는 듯한 기관 소리, 콧날은 감각을 잃고 매서운 바닷바람과 눈보라를 생채로 호흡하면 심장이 응결되는 듯한 어둠, 빳빳한 육신을 갈겨대는 길고 긴 겨울 밤의 파도……. 바닷물결이 뱃전에 깨어질 때마다 발등을 적시고 암담하게 닫힌 칠흑 하늘에서는 천지를 분간할 수 없이 눈발만 내려쳐 전신이 냉각되어 가는 공포의 공간을 무엇으로 채운단 말입니까? 고통의 연륜을 이야기하는 굵디 굵은 손마디, 어찌나 손이 시려운지 석유 곤로의 불꽃 속에 넣어도 한참이나 뜨거움을 느끼지 못하신다는 이야기……. 인고의 시간 속에 밤중이 되면 견딜 수 없는 추위와 공복감이 전신을 후려칩니다. 기름 냄새로 절여진 찌그러진 라면 냄비를 들고 훌훌 불어 마시는 뜨거움도 한순간, 식은 콧물만 한 줄기 흘러내릴 뿐입니다. 저는 복받쳐 오르는 알 수 없는 서러움을 눌러 참고 아무도 없는 눈보라 속의 해변으로 뛰쳐 나갑니다……. 개발되는 섬의 폭발음이, 성전 건축의 망치 소리가, 물질을 죄악시하는 신 목사님의 마디 굵은 설교 소리가, 파도 소리가, 눈보라를 짓이기며 들려 옵니다. 저는 이 눈보라 속 겨울 바다 한복판에 계신 아버지에 대한 연민의 정과 자식으로서 속죄하는 마음으로 통곡의 기도밖엔 있을 것이 없습니다. 제 영혼을 구원하신 하나님의 사랑보다 그 사랑으로 인하여 아버지에 대한 혈육의 애정이 앞선 것을 용서하소서. 그래서 신 목사님을 증오하게 되는 저의 죄를 용서하소서. 그분이 저의 수술비를 빼앗아 간 것이 아니라, 아버지의 신앙으로 바쳐진 것을 잊지 않게 하소서. 눈보라는 저의 눈물의 기도 소리를 삼키며 세차게 몰아쳐 옵니다. 차가운 바닷물은 제가 꿇어 앉은 해변에까지 밀려와 저의 하반신을 적시고 있습니다. 오, 주여, 이 몸을 용서하여 주소서. 저는 참으로 죄인입니다.

현은 양치질을 했다. 방금 담배를 피웠기 때문이다. 참가 신청서를 낸 5백 명 가운데 30여 명이 불참한 수련회는 진행되고 있었다. 불참자 30여 명 가운데 그녀도 들어 있었다. 개회 예배, 부흥 집회, 아침 기도회, 성경 공부, 강연, 토론, 부흥 집회, 영화 상영, 장기 자랑, 강연, 부흥 집회, 취침, 새벽 기도회, 동화 대회, 간증, 오락회, 성경 공부, 부흥 집회, 간증, 철야 기도회…… 시간은 빈틈없이 짜여져 있었다.

……전국에 계신 동역자님과 성도 여러분, 저희 교회는 산간 벽지에 위치한 개척 교회로서 지난 4월에 설립하여 15평의 주택과 35평의 교회당을 건축하였사오나 그곳이 도로변이고 무

허가 불법 건물이라 하여 계고장을 받고 오늘까지 버티어 오다가 결국 지난 달 부득이 자진 철거를 하게 되어 집을 잃고 교회도 잃고……. 늙은 여전도사가 말했다. 꾸벅꾸벅 조는 사람도 많았다.

……국가 시책에 힘입어 개발이 시작된 섬, 교세도 날로 확장되어 근래에 아름다운 성전을 봉헌할 보고를 드립니다. 신 목사 차례였다. 돌각담집 교회를 쓸어내고 새 성전을 건축하기까지의 내력을 그는 침을 튀기며 설명했다. 성전 건축에 필요한 자금을 바로 이 모임의 주최 기관에서 지원했다는 대목에서 청중들은 박수를 보냈고, 그보다 훨씬 더 많은 액수의 헌금이 교인들로부터 쏟아졌다는 대목에서 청중들은 열광했다. 한 장로가 과년한 딸의 수술비를 바치고, 신혼부부가 금반지를 빼던졌다는 대목에서 청중들은 아멘, 주여, 할렐루야를 외쳤다……. 대지 면적 3백 58평, 연건평 4백 38평, 각층 바닥 면적을 세분하면 지하층 74평, 1층 1백 32평, 2층 1백 20평, 3층 49평, 종각 4평. 구조를 보면 기초 철근 콘크리트, 구조체 철근 콘크리트, 벽체도 외벽은 변색 벽돌, 내벽은 시멘 벽돌과 적벽돌을 썼습니다. 바닥은 철근 콘크리트 슬래브, 지붕은 철근 트라스위 콘크리트. 다음은 시설 내용인데 지하층엔 기도실과 여선교회실, 주방, 친교실, 기관실을 두고, 1층엔 교육관 및 사무실, 당

회장실, 유치원 및 사무실을 두고 성가대실과 화장실과 옥내 창고가 있습니다. 2층엔 대예배실과 자모실, 3층엔 소예배실과 물탱크실을 두었습니다. 중요 공사비 내역을 보면, 노임 청부액이 1천 5백 70만원, 난방 공사비 3백 65만원, 트라스 공사비 2백 60만원, 전기 공사 2백 70만원, 알미늄 샷슈 및 창호 1백 90만원, 돌공사 2백 36만 5천원, 의자 2백 20만원, 휘네스 공사 2백 77만원, 유리 공사 89만원, 천정 공사 2백만 9천 8백 50원이 소요됐습니다. 지난 해 7월 7일 기공한 성전이 만 1년만에 완공되어 지난 7월 7일 준공 봉헌할 수 있었음은 오직 주님의 은혜였으며, 천국 복음 선교회 한국 지부장인 주 장로님의 특별한 배려가 있지 않고서는 불가능했을 것입니다. 청중은 다시 한번 할렐루야를 외쳤다……. 시멘트가 5천 9백 포, 철근 4만 5천 6백 27킬로그람, C형각 약 19톤, 벽돌만도 변색 벽돌이 3만 2천 3백장, 시멘 벽돌 6천 9백장, 적색 벽돌 7만 8천 9백장이 들었으며 자갈이 70여 트럭분으로 3백 50 입방미터, 모래가 80여 트럭분으로 4백여 입방 미터였습니다. 회중은 입이 딱 벌어졌다.

섬이 얼마나 큰지 모르지만 저렇게 엄청난 예배당이 소용 있을까? 누군가가 말했다……. 섬을 아예 국립공원으로 만든다니까 교회도 좀 엄청나게 지어 놔야겠지. 누군가가 대답했다……. 도대체 이번 수련회 경비는 얼마나 들까? 누군가가 소근댔다. 아무려면 어때, 공짜루 서울 구경 허니 좋구, 이 기관은 신청만 하면 미국서 딸라를 보내주니 돈똥 덜어져 좋구, 누이 좋구 매부 좋은 격이지 뭐. 누군가가 아는 체를 했다. 허긴 그려, 핑계 없어서 본부에다 선교 기금 신청 못한다는데 우리네가 좋은 핑계를 만들어 주는 셈이지……. 한 사람이 더욱 아는 체를 했다……. 미국 사람들은 돈두 많지, 기쁨으루다 헌금 한다며? 누군가가 말했다. 주는 기쁨 받는 기쁨, 기쁨 투성이로다……. 누군가가 또 말했다. 그러나 한쪽에서는 진지했다. 몸을 천자 읽듯 흔들대며, 기도하며 우는 아낙네도 있었다. 현은 언젠가 취재차 어떤 모임에 갔다가 젊은 목사들이 작성해 뿌린 전단에서 읽은 내용이 생각났다……. '빵만으로도 살 수 있다'는 세상의 주장에 대하여 '빵만으로는 살 수 없다'고 맞선 것이 예수님의 정신입니다. 그런데 오늘의 교회는 그와 정반대의 길을 걷고 있습니다. 물론 강단에서 기독교회의 물질화를 주장, 변호하는 설교가는 아무도 없습니다. 그러나 가난보다는 부요가, 보이지 않는 것보다는 보이는 것이, 질보다는 양이, 내용보다는 통계 숫자가 우선적으로 추구되고 있음이 바로 오늘 우리의 교회 안에서 현실로써 입증되고 있습니다. 아직도 집 한 칸 없이 헐린 판자집만을 원망하는 가난한 우리의 이웃들이 있고, 그들의 한숨이 새벽 안개처럼 도시와 산골의 구석진 곳을 찾아

들고 있는데 자꾸만 우람하게 솟아 오르는 저 붉은 벽돌의 성전은 무엇입니까? 또한 선교 백 주년을 앞두고 오늘날 한국의 교단들은 마치 서로 경쟁이나 하듯이 교회와 교인수 확장 운동에 열을 올리고 있습니다. 과연 몇 천 교회 몇 백만 신도 운동은 이 나라, 이 민족이 당면하고 있는 오늘의 역사 속에서 그리스도의 몸된 교회에게 부여된 가장 시급하고 중대한 과제인가? 오히려 이 운동은 60년대 이후 가까스로 눈을 뜬 한국 교회의 역사 의식을 다시 잠재우는 역기능으로 평가될 불명예스런 가능성을 안고 있지는 않는가? 현재 이 운동은 어떤 방향으로 추진되고 있는가? 상향식인가, 하향식인가?

현은 강당을 빠져 나왔다. 강변의 수양버들 그늘 밑에 앉아 담배 한 대를 태워 물었다. ……그녀는 왜 오지 않았을까? 그녀는 왜 분명히 참가 신청서까지 보내 놓고 오지 않은 것일까……. 그리고 편지 속에 가끔 밑도 끝도 없이 말한 적이 있는 천형의 아픔, 수술 받아야 할 환부는 어떤 곳일까……. 현의 눈 앞으로는 썩은 강이 흐르고 있었다. 죽은 아내가 저만치 웃고서 있었다. 길다란 머리채를 한쪽으로 빗어 내려 앞가슴을 가린 사진 속의 그녀도 따라 웃고 있었다. ……요즘같이 목회자들이 우대받는 때도 일찍이 없었을 거예요. 무엇보다도 신학대학과 신학교에 지원하는 사람의 수가 날로 증가하고 있음은 목사직이 그만큼 매력이 있다는 증거가 아니겠어요? ……그녀는 편지에 이런 말도 했었다. ……전반적으로 목사의 생활 수준은 상당히 향상되고 있어요. 외형적으로 보면 매우 바람직한 현상이지요. 그러나 내면적으로는 그렇지만도 않아요. 점점 호화스러워져가는 생활 속에 교회 귀족이 돼가는 목사들에게는 점차로 초대 교회의 열심이나 한 마리의 양을 위하는 애틋한 사랑은 식어가고 세속적인 부(富)와 세속적 내지는 교회적 권력을 붙잡으려는 욕망이 불타올라서 자신의 본직이 무엇인지조차 망각해가는 경향도 없지 않으니 말예요. ……주인을 섬기는 자가 종인데 오늘날 교회의 종은 큰 종, 거룩한 종으로 불리워지면서 마치 중세기의 로마 교황을 방불케 하는 권력만을 추구하는 부류가 많은 것 같아요. 우리나라 교인은 민주적인 교회의 치리보다는 카리스마적인 지배를 좋아하고 목회자들도 그것을 이상적이라고 생각하는 전통이 있나봐요. 그 때문에 목사직이 인기 직종에 속하게 된 것 같아요. 인기가 있는 동안에만 목사의 생명이 유지되니까 수단 방법을 가리지 않고 인기 작전에만 몰두하게 마련이지요. 그러나 목사의 사명은 인기 획득에 있는 것이 아니라 영혼을 돌보고 지키는 섬김에 있지 않겠어요? 목사는 목사 자신을 위해서, 혹은 목사직을 지키기 위해서 존재하면 안 된다고 봐요. 목사는 자신이나 목사직을 버려서라도 양떼를 위해 섬겨야 해요. 목사직이 섬기는 종의 직무이기를 그치고 특권을 부여받은 직업으로 착각된다면 어찌 될까요? ……목회자의 윤리는 목회 실적 보고서로 평가될 수 없다고 생각돼요. 목사의 일은 일정한 수의 신자와 일정한 액수의 헌금을 확보하는 데 있는 것이 아니라 잃어버린 한 마리의 양을 위해 자기를 버리기까지 사랑하고 보살펴 주는 데 있는 거라고 생각돼요. 교회에서도 정치적 마키아벨리즘이 지배해서는 안될 거예요.

……카리스마, 마키아벨리즘의 지배, 그녀는 때때로 유식한 말과 유려한 문장을 쓰기도 했다. 그리고 때마다 구 목사와 신 목사를 대조시켰다. 구 목사는 인기가 없었다고, 그는 배우가 아니고 어부였다고, 그리고 그는 외형상으로 아무런 실적도 남기지 못한 채 겨울 바다에 고기를 잡으러 갔다가 풍랑에 휩쓸려 죽었다고 이야기했다. 그러나 신 목사는 인기가 있어 그가 설교하면 교인들은 열광한다고, 반쯤 미친다고 편지에 쓰고 있었다. ……도대체 그녀는 어떤 여자일까, 왜 이 모임엔 참가하지 않은 것일까? ……현은 잡지의 독자란에 게재된 그녀의 글들을 생각하고 있었다. ……신화적인, 제가 생각하기로는 신화적인 존재 구 목사님의 죽음과 함께 개발이 시작된 이 섬은, 새벽부터 해질녘까지 바위를 깨뜨리는 폭발음과 중장비가 움직이는 소리로 들먹이고 있습니다. 그런데 새가, 새섬이라고까지 부르

는 이 섬에, 새가 날아오지 않습니다. 그래서 저는 친구를 잃었습니다. 그래서 저는 친구가 없습니다. 때때로 예배당에 가 풍금을 치는 것이 즐거움입니다. 그런데 저는 시멘트 냄새를 싫어합니다. 그리고 저는 사람들을 싫어합니다. 이 천형의 아픔…….

밤이었다. 수련회의 첫날 밤이었다. 사람들은 침대 위에 앉아 있었다. 침대는 이층이었다. 배를 탄 것 같았다. 현의 옆에는 자칭 시인, 그리고 신학생이 자리잡고 있었다. 현은 침대 위에 비스듬히 누워 있었다.

참 이상하지요?

신학생이 이야기를 꺼냈다. ……저는 밤마다 악몽에 시달리거든요. 언젠가 교통사고로 머리를 좀 다친 적이 있는데 병원 원장실에 들어갔다가 제 머리를 찍은 엑스레이 사진 필름을 보았지 뭡니까? 그러니까 제 해골을 본 셈이지요. 옹문 이빨과 구멍 뚫린 두 눈자리와 콧구멍, 그리고 하얀 골통 바가지를……. 그 후로 밤마다 악몽에 시달려요. 선생은 혹시 읍신(泣神)에 관하여 아십니까?

신학생은 자칭 시인 쪽을 돌아보았다.

읍신? 읍신이라, 읍신이라니…… 절하는 신 말입니까?

시인이 되물었다.

에이, 여보슈…… 차라리 춤추는 귀신, 무귀(舞鬼)라 하슈……. 그게 아니라 읍신, 읍신 말예요. 우는 신 말입니다. 슬퍼서 우시는 하느님 말입니다.

신학생이 말했다.

어서 얘기나 계속 하세요.

현이 채근했다.

……강 둑이 있었어요. 긴 강의 둑이 있었는데 마른 잔디가 깔려 있었어요. 그리고 철조망이 쳐져 있었습니다. 그러니까 철조망 너머에서 일어나는 일이 보이는 거였어요. ……창백한, 파리한 사람들이 걸어가고 있었어요. 그런데 식인수(食人獸)가 한 마리 도사리고 앉아 걸어가는 사람을 모두 잡아먹는 겁니다. 식인수, 이것은 제가 붙인 이름입니다만 그놈은 사람을 잡아먹는 만큼 몸뚱이가 점점 비대해졌어요. 저도 어쩌다 보니 강 둑을 걸어가는 창백한, 파리한 사람들 가운데 하나였습니다. 그런데, 우리들은 앞으로 식인수에게 잡혀먹힐 것을 예상하면서도 강 둑을 걸어가야만 됐고, 그 식인수란 놈은 우리가 힘을 합해 처치할 수도 있었지만 그것이 아무 소용이 없다는 것마저 알고 있었어요. 왜냐면 그 한 놈을 죽이면 그놈의 새끼가 그 자리를 차고 들어앉으니 마찬가지라는 것이었습니다. 철조망 저쪽, 그러니까 방금 제가 서 있던 곳에 신이 서 계셨는데 그 분은 울고

있었어요.

신학생이 말했다.

애기는 끝입니까?

시인이 물었다.

네, 끝입니다.

뭔지 잘 모르겠는데요?

현이 말했다.

결국 개꿈이지요?

신학생이 빙긋 웃었다.

글쎄요, 개꿈인 것도 같고, 그게 아니라 무슨 의미가 있는 것 같기도 하고, 내가 뭐 해몽가나 되나 뭐……. 자칭 시인은 벌렁 누워버렸다. 그의 머리맡에 한 점의 달빛이 창문 커튼 사이로 들어와 자리잡았다.

이튿날 아침 현은 출장 명령을 받았다.

……수련회가 끝난 다음, 아무래도 유 부장이 갈매기 섬에 다녀 와야겠는걸. 신축 봉헌될 그 곳 제일교회를 현장 취재해서 선교 보고서에 삽입할 것, 알았소?

주 장로는 이렇게 말하며 수첩에 기재했던 것이다.

찬송을 한 장 불렀다. 고통의 멍에 벗으려고 예수께로 나갑니다. 자유와 기쁨 베푸시는 주께로 갑니다. 병든 내 몸이 튼튼하고……. 이어서 다음 순서였다. 옛날 옛적, 이라고 안경잡이 교사가 말했다. ……옛날 옛적, 깊은 산속 외딴 마을에 다람쥐 한 가족이 살았습니다. 인정 많고 부지런한 늙은 부모와 아름다운 마음씨의 열두 공주가 평화롭고 화평하게 살았습니다. 도토리 상수리 너도 밤나무, 먹을 것도 많고 기후도 좋아 무엇하나 부족한 게 없었습니다. 아들 하나 없는 것이 아쉬웠지만, 앞 못 보는 큰 딸이 불쌍했지만, 동생들은 언니를 보살펴 주고, 효성이 지극하여 화목했어요……. 청중들은 귀 기울여 듣고 있었다. 그러나 어떤 이는 졸고 있었다. 안경잡이 교사는 이야기를 계속했다. ……봄이면 산 언덕에 진달래 피고, 눈 앞으론 강물이 흘렀습니다. 일하다 더우면 미역을 감고, 열매들이 영글기를 기다리다가 겨우살이 준비에 나섰습니다. 외나무 다리 건너 잣을 따다가 부모님 오래 살게 봉양도 하고, 멧새 우는 달밤이면 춤도 추었죠……. 안경잡이 교사는 노래를 불렀다.

보름보름 달밤에

알밤 줍는 다람쥐

알밤인가 하고

조약돌도 줍고

알밤인가 하고

솔방울도 줍고

우리 마을 복된 마을 먹을 것도 많아……. 삼단 같은 머리채를 흔들거리며 예쁜 처녀 다람쥐들 노래 부르면 바위 위에 걸터앉은 늙은 부모는 흥겨워서 손뼉 치며 웃었습니다. ……안경잡이 교사의 이야기는 계속되고 있었다. ……깊은 산골 이 밤나무골에 어느 날 이목이 수려하고 허우대가 멀쩡한 다람쥐 한 마리가 나타났습니다. 어디서 떠돌아 다니다가 어떻게 굴러 들어왔는지 모를 이 다람쥐는 강 건너 언덕 위에서 몇 날 며칠을 두고 이쪽을 건너다 보며 앉아 있었습니다. 몸뚱이가 커다랗고 기운차게 생긴 이 다람쥐는 수염이 길다랗고 두 눈이 빛났습니다. 쭉 찢어진 입 안에서 길다란 혓바닥이 나오더니 뭉퉁한 발바닥에 침을 발랐습니다. 침 바른 발바닥으로 세수를 하고, 꼬리털을 빗질한 다람쥐는 반지르르 윤기 돌고 알록달록 무늬진 털이 잠자는 늘씬한 허리를 한번 굽혔다 펴며 드디어 행동을 시작했습니다. 강 건너 밤나무 숲 속에서는 이제 열두 마리의 다람쥐들이 강강 수월래를 노래하며 빙글빙글, 손에 손을 잡고 돌아가고 있었습니다. 밤은 깊어 늙은 부모네는 굴 속으로 들어갔는지 보이지 않았습니다. 이때다 싶었습니다. 알록달록 무늬의 이 다람쥐는 침을 꿀꺽 삼켰습니다. 그리고 씩 한번 웃고는 언덕 위에서 뛰어내리며 재주를 넘었습니다. 재주를 한번 넘고 난 다람쥐는 수염을 쓰다듬고 머리카락을 쓸어 넘기며 점잖은 걸음으로 외나무 다리를 건너 갑니다. 다리 아래로는 수은처럼 빛나는 강물이 흐르고 그 속에 달이 하나 가라앉아 있었습니다. 구름도 한 점 흘렀습니다. 꼬리를 곧추 세우고 다리를 건넌 다람쥐는 상수리나무 위로 올라갑니다. 눈 아래서 맴을 돌며 노래하는 다람쥐들이 더더욱 아름답게 보였습니다. 넋을 잃고 그 모양을 내려다보던 다람쥐는 그만 잘못해서 나뭇가지를 부러뜨리며 땅바닥으로 떨어지고 말았습니다. 커다란 몸뚱이가 떨어지는 소리에 놀란 다람쥐들은 그만 혼비백산 모두 흩어져 도망가 버렸습니다. 아이고 엉덩이야, 아이고 허리야……. 며칠을 두고 궁리했던 묘책을 쓰기도 전에 산통이 깨져버린 다람쥐는 자빠진 김에 쉬어 가자는 식으로 아예 엄살을 부리기 시작합니다. 아이고 엉덩이야, 아이고 허리야……. 차라리 어쩌면 잘됐는지도 모른다고 생각했습니다. 아이고, 아이고, 나 좀 살려줘요……. 이때, 다른 다람쥐들은 모두 도망갔으나 아직까지 그 자리에 머뭇

대며 남아 있던 한 마리의 다람쥐가 더듬거리며 이쪽으로 다가오는 것이 보였습니다. 아이고 나 죽네, 아이고 나 죽어……. 다람쥐는 더더욱 죽는 시늉을 했습니다. 이를 어쩌나, 많이 다치셨어요? 가까이 온 다람쥐가 물었습니다. 그것은 바로 눈 먼 언니였습니다. 허리가 부러졌나 봅니다. 아이고 나 죽네……. 다람쥐는 땅바닥을 굴렀습니다. 애들아, 이리 좀 와 보렴, 어떤 분인지 모르지만 많이 다치신 모양이구나……. 눈 먼 다람쥐는 입에다 손을 대고 동생들을 소리쳐 불렀습니다. 나무 뒤에 숨거나 숲속에 몸을 감추고 이쪽을 살펴 보던 동생들이 가슴을 울렁거리며 한 마리씩 모였습니다. 우리 이 분을 모셔다가 간호해 드리자꾸나, 우리들이 너무 수선을 떨어서……. 눈먼 언니가 말했습니다. 동생들은 별 말 없이 낯선 다람쥐를 부축하여 자기네 굴 속으로 데려갔습니다. 그리고 정성을 다하여 간호했습니다. 며칠 동안 누워 있던 다람쥐는 어느 날 벌떡 일어나 일을 돕기 시작했습니다. 그러는 동안 모든 식구들과 정이 들었고, 이제는 하루도 헤어져서 살 수 없이 되었습니다. 늙은 부모네는 결심했습니다. 품 안에 있을 적에나 자식이지 제 길로 다 자라면 다 소용없는 법, 어서들 따라가서 잘들 살아라……. 눈멀어 앞 못보는 큰딸이 걱정이었지만 늙은 부모네는 딸들을 보냈습니다. 신랑은 덥석 큰 딸을 업고 외나무 다리를 건넜습니다. 그 뒤를 열 한 명의 신부들이 줄줄이 따랐습니다. 다리 아래로는 흐르는 물 속에 달이 하나 잠기고, 구름 한 점이 떠 가고, 한 줄로 다리를 건너는 다람쥐네 신혼 행렬이 거꾸로 비쳤습니다.

서두가 좀 긴 편이지? 심사위원 가운데 한 사람이 볼펜을 굴리며 말했다.

그래요, 발전이 느린 감이 없잖아 있어요. 또 한 사람의 심사위원이 맞장구를 쳤다.

주제가 드러나기 시작했지요?

글쎄요, 잘 모르겠는데요?

현은 잠자코 있었다. ……그녀는 왜 오지 않았을까……. 그녀는 왜 오지 않았을까……. 안경잡이 교사의 동화 같지 않은 동화는 계속됐다. ……그런데 그 이튿날부터 신랑은 새색시들을 어떻게 다스리기 시작했는지 굴 파기 작업과 잘 살기 운동이 벌어졌는데 그것은 엄청난 공사였습니다. 커다란 바위 밑에 여러 개의 창고와 거처방을 마련했고, 강 건너 밤나무 숲을 들쑤시어 도토리와 상수리와 알밤을 물어 나르기 시작한 것입니다. 창고마다 가득가득 식량이 들어차도 남편의 욕심은 끝이 없었습니다. 아마도 무척이나 가난한 집안에 태어나서 고생스럽게 자라면서 꽤나 배를 곯았던가 봅니다. 밤나무 골엔 먹을 것이 지천이어서 그토록 극성을 부리지 않더라도 다음 해 식량철까지 먹고 살 수 있을뿐더러 누구 하나 간섭하는 이도 없었으므로 천지가 모두 자기 것인데 모두 다 뒤져다가 창고 속에 집어 넣고 문을 잠가 두어야 직성이 풀리는 모양이었습니다. 예쁜 새색시들은 손발이 터지고 가눌 수 없도록 몸도 지쳤습니다. 단장하고 노래하며 춤추던 일은 옛날 얘기가 됐고, 서로 경쟁을 시켜 책임량을 다 채우기에 진땀을 흘렸습니다. 눈먼 언니도 예외는 아니어서 훨씬 더 고생을 해야 됐지만 썩고 벌레 먹은 상수리나 물어 오기 일쑤여서 그때마다 핀잔을 먹었습니다. 네가 눈깔이 멀어 그런 걸 물어왔으니 따로 두었다가 혼자 처먹어라……. 신랑이 말했습니다. 그러나 누구 하나 아무 말도 못했습니다. 가을도 어느 사이 지나갔는지, 어떻게 밤이 가고 날이 새는지, 언제 하루 해가 저물었는지, 정신없이 시달리다가 아무 구석에나 쓰러져 졸았습니다. 그래도 남편은 다그치기만 했습니다. 겨울이 온다, 추위가 닥쳐 온다. 어서 더 물어다가 창고를 채우자……. 그러나 막상 겨울이 오자 남편은 딴 궁리를 하였습니다. 어떻게 하면 저 년들을 내어 쫓을까? 겨우내 처먹으면 양식이 얼마나 축날 것인가……. 이런 눈치를 채버린 다람쥐들은, 이미 속은 줄이야 알고 있었지만 앞이 캄캄할 수밖에 없었습니다. 매일같이 생트집을 잡아 몽둥이찜질, 두들겨 패기가 일쑤였고, 생주정을 부리며 악을 써서 하루해가 지겹기 짝이 없었습니

다. 다람쥐들은 의논 끝에 집을 나가기로 마음먹었습니다. 어느
날 밤 열 한 마리의 다람쥐들은 토굴 속을 빠져나와 외나무다리
를 건너갑니다. 눈 먼 언니를 두고 가는 것이 안됐으나 어쩔 수
없는 노릇이었습니다. 다리를 건너면서 다람쥐들은 자꾸만 뒤
를 돌아다 보았습니다. 강 건너 밤나무 숲속엔 가랑잎만 날리고
북풍이 몰아치는 밤 갈 곳이라곤 없었습니다. 애를 태우다가,
속을 썩히다가, 늙은 부모네는 간 곳이 없고, 창고는 텅텅 비어
있었습니다. 찬 바람이 부는 토굴 속, 옛 집에 들어앉아 몇 날
몇 밤을 지새운 다람쥐들은 더 이상 살고 싶은 생각이 없었습니
다. 아무런 의논도 없이 둘째 언니가 앞장서서 토굴을 나왔습니
다. 그리고 둘째 언니는 낭떠러지로 갔습니다. 그 뒤를 열 마리
의 다람쥐들이 훌쩍거리며 좇았습니다. 눈 아래로 흐르는 강물,
낭떠러지 위에 나란히 올라선 다람쥐들은 강 건너 언덕 쪽을 바
라봅니다. 중천엔 초겨울 차가운 달이 덩그마니 매달렸고 욕심
쟁이 남편과 눈먼 언니가 남아 있는 강 건너 언덕 위의 작은 소
나무 가지 끝에 이름 모를 산새 한 마리가 슬피 울고 있었습니
다. 언니, 부디 잘 살아야 해요……. 다람쥐들은 한 마리씩 차
례차례로 강물을 향해 몸을 던졌습니다. 한 마리가 첨벙, 물에
빠지면 물방울이 튀어 올라 달빛에 반짝, 그때마다 하늘에는 별
이 한 개씩 돋아나고 있었습니다. 그 밤부터 추위는 몰아닥치,

고, 강물은 꽁꽁 얼어붙었고, 그 위에 눈이 내려 쌓였습니다. 춥고 지루한 산속의 겨울이 시작된 것입니다. 간밤에 동생들이 모두 떠난 날부터 언니는 식음을 전폐하고 몸져 눕고 말았지만 욕심쟁이 남편은 말 한 마디 없었습니다. 부모님은 도대체 어찌 사실까, 동생들은 어디 가서 얼어 죽지나 않았을까……. 언니는 생각할수록 슬펐습니다. 그러나 남편은 눈먼 아내에게 썩고 병든 상수리나 던져 줄 뿐, 혼자서만 알밤을 야금야금 먹으며 지냈습니다. ……배가 고프면 처먹겠지, 지랄하고 자빠졌구먼. 겨우내 남편은 푸둥푸둥 살이 찌고, 겨우내 눈먼 아내는 야위어만 갔습니다.

어디선가 읽은 얘기 같은데요? 심사 위원 중의 한 사람이 여전히 볼펜을 굴리며 말했다.

할머니한테 듣던 옛날이야기 같기도 하고……. 또 한 심사 위원이 대꾸했다.

제한 시간이 넘었잖아요?

그런데 아직 얘기는 끝이 안 난 모양이지요?

현은 잠자코 앉아 있었다. ……그녀는 왜 올 수 없었을까……. 그녀는 왜 올 수 없었을까……. 몇 사람의 청중은 조심스럽게 자리를 떠 뒷문을 빠져나갔다. 얘기가 지루했거나 졸음을 참을 수 없어 숙소로 가는 모양이었다. 여비서가 모기향에 불을 붙여 유리창 가에 꽂아놓고 있었다. 열린 창문으로 밤바람이 들어오며 커튼을 흔들고 있었다. 주 장로가 비서에게 손짓했다. 비서가 그 곁으로 다가갔다. 주 장로의 귓속말을 듣고 난 비서가 한 컵의 콜라를 안경잡이 교사에게 가져다주었다. 그러나 교사는 콜라 컵을 받아 놓았을 뿐, 계속해서 애기를 끌어갔다.

……언덕 위 조그만 소나무 가지 위에 앉아 오들오들 떨며 울어쌌던 이름 모를 멧새 한 마리가 훈풍 감도는 창공으로 기운차게 날아오르고, 가만히 귀 기울이면 어느 골짜기에선가 실개울이 흐르며 소근대는 소리가 들려오고 있었습니다. 때 이른 봄비가 한 차례 내려 땅 속까지 스며들고 , 밝고 따스한 햇볕이 내리쪼여 꽁꽁 얼어붙었던 흙덩이를 풀어 놓아서 풀뿌리들도 이제 수런거리며 새싹을 밀어 올릴 움직임을 시작했는데, 아직도 땅굴 속 욕심쟁이 다람쥐네 집안은 어둡기만 했습니다. 뿐만 아니라 아주 신경질 나는 일이 벌어진 것입니다. 글쎄 병신 마누라가, 기다린 것도 아닌데 용케도 새봄과 함께 달덩이 같은 아들을 하나 낳아 놓더니만, 산후에 기운을 되차리지 못하고 비실대다가 그만 죽어버린 것입니다. ……우리 애기가 어떻게 생겼는지 한 번만 보았으면 한이 없겠어요. ……아내는 며칠을 두고 두고 흰자위뿐인 두 눈을 껌벅거리며 보챘던 것입니다. ……눈 먼 병신이 육갑을 떠네. 남편은 콧방귀를 뀌었던 것입니

다……. 병신 병신 하시지만 정작 눈 뜨고 앞 못 보는 분은 당신이어요……. 아내는 뜻 모를 마지막 말을 남기고 흰자위뿐인 두 눈을 그나마 아주 감아버린 것이었습니다……. 병신 지랄 작작하고 진작 뒈질 일이지. ……남편은 아내를 묻었습니다.

이제 얘기가 좀 돼가지요? 심사위원 중의 한 사람이 드디어 볼펜으로 메모지에다 무엇인가 기록하면서 한 마디 했다. 그런 것 같습니다. 다른 한 사람의 심사위원이 맞장구를 쳤다.

청중 가운데 몇 사람은 앉은 자리에서 졸고 있었다. 타는 모기향 냄새가 창문을 통해 들어온 바람에 실려 현의 코 끝을 스쳐 지나갔다. 겨드랑 밑에서 땀이 흐르고 있었다. 안경잡이 교사의 얘기는 계속 되고 있었다. ……갓난 아기 다람쥐가 숨넘어 가듯 울고 있습니다. ……교사의 이야기는 템포가 빨라지고 있었다. ……아빠 다람쥐는 아기 다람쥐를 품에 안았습니다. 제 어미가 죽었는지 살았는지 알 수 없는 아기 다람쥐는 울음을 그치고 아빠의 가슴을 파고 듭니다. 젖을 찾는 모양입니다. 환장할 노릇입니다. 아무리 더듬어야 물리는 것이 없으므로 배가 고픈 아기 다람쥐는 다시 울음을 터뜨립니다. 아빠는 알밤을 껍질 벗겨 꼭꼭 씹어서 아기의 입 안에 넣어 줍니다. 그러나 아기는 받아 삼킬 줄을 모르고 울기만 합니다. 아빠는 다시 아껴 두었던 잣을 짓이겨 먹여 봅니다. 그래도 금방 토해 버릴 뿐 울음은 그치려 하지 않았습니다. 낮이나 밤이나 잠도 자지 않고 울기만 합니다. 안아 주어도 울고, 업어 주어도 악을 악을 씁니다. 며칠 밤을 뜬 눈으로 지새운 아빠는 아기를 내던져 둔 채 쓰러져 잠이 들었습니다. 자지러지게 울어쌓던 아기도 지쳐 늘어져서 잠잠합니다. 아빠는 침을 흘리며 깊은 잠을 잡니다. 얼마를 그렇게 잤는지 모릅니다. 그러다가 문득 잠이 깼습니다. 천정에서 차가운 물방울이 떨어지며 목덜미를 간지럽게 했던 것입니다. ……봄이로구나, 분명 봄이 왔구나. 그런데 나는 이게 무슨 꼴이람……. 투덜거리며 일어나 앉은 아빠는 아무 소리 없이 누워 있는 아기를 가만히 들여다 봅니다. 그러다가 아빠는 놀랍게도 측은한 생각이 들어 아기를 안아 일으킵니다. 그런데 이상합니다. 보통으로 울다 지쳐서 잠이 든 것이 아닌 모양입니다. 다른 데는 몰라도 그 초롱초롱 빛나던 두 눈만은 자기를 닮았다고 속으론 기특하다 여겼었는데, 글쎄 그 두 눈이 죽은 제 어미의 흰자위 눈을 닮아 있는 것입니다. 아가야, 아가야……. 아빠는 다급하게 아기를 불렀습니다. 그러나 아기는 아빠가 흔드는 대로 흔들릴 뿐 흰자위뿐인 두 눈은 그냥 그대롭니다. 아빠는 아기를 눕혀놓고 급하게 토굴 속을 빠져 나옵니다. 개울로 달려간 아빠는 도토리 껍질에 얼음이 녹아 흘러내리는 물을 가득 담아 들고 다시 토굴 속으로 들어갑니다. 아기 곁에 쪼그려 앉은 아빠는 도토리 껍질에 담아 온 냉수를 아기의 얼굴에 뿌려 줍니다. 그리고 아기의 코를 빨고 입에다가 숨을 불어 넣습니다. 품에 안고 손발을 주무르고 어쩔 줄 몰라 애쓴 보람은 있어 아기는 간신히 숨을 돌렸습니다. 그러나 이제 아기 다람쥐는 그렇게 악을 쓰며 울지도 않고, 온 몸이 불덩이같이 달아올라 열을 내며 앓는 것입니다. 가쁜 숨을 몰아쉬며 끙끙거리고 신음하며 앓다가는 걸핏하면 손발을 허우적대며 두 눈을 흡뜨고 까무러치는 것입니다. 그러다가 아기는 다시 오들오들 떨기 시작합니다. 아빠는 아기를 품에 안고 큰 몸뚱이로 작은 몸뚱이를 덥혀 줍니다. 그러면 이내 또 아기는 땀을 뻘뻘 흘리며 깜짝깜짝 놀라는 것입니다. 아빠는 이것 참 미칠 지경입니다. 아빠는 이러다간 안되겠다 싶어 약초를 구하기로 작정합니다. 가까스로 아기를 재워 놓은 아빠는 가만히 집을 나섰습니다. 그러나 아직 이른 봄이라서 풀이나 나무들은 싹이 나오지 않았고, 그러니 어디 가서 약초 한 뿌리를 찾아내기란 여간 어려운 노릇이 아닙니다. 아빠는 하루 종일 깊은 산 속을 헤맸습니다. 약뿌리 비슷한 냄새만 나면 발톱이 찢어지는 것도 모르고 돌을 집어 던지고 땅을 팠습니다. 몇 차례나 허탕도 쳤지만 어쩌다 재수 좋게 한 뿌리의 약초를 발견해서 뽑아 냈을 때는 두 발톱이 모두 찢어져 피가 흐르고 해는 이미 넘어갔습니다. 아빠는 발톱이 아픈 줄도 모르고 약뿌리를 찾은 것만 다행으로 여기며 어두운 산길을 부지런히 달려 집을 향했습니다. 아빠는 며칠째 제대로 먹지도 자지도 못했지만 아무 다른 정신이 없었습니다. ……어린 것은 그저 제 어미가 길러야 되는데, 내가 못돼서 지가 죽었지. 차라리 내가 대신 앓는 게 낫지, 어린 것 앓는 것은 눈 뜨고 볼 수가 없구먼……. 돌부리에 발이 채여 나둥그러지면 일어나고, 허위단심 고개를 넘어 집으로 돌아왔을 때는 온 몸이 땀에 젖어 목욕한 거나 마찬가지였습니다. 아빠는 착하게도 아직 잠들어 있는 아기 머리를 한번 쓰다듬어주고 다시 굴 밖으로 나왔습니다. 개울가로 나온 아빠는 약뿌리를 깨끗이 씻어 들고 바위 위로 올라갑니다. 달빛 아래 아빠는 돌멩이로 약뿌리를 절구질해서 약즙을 만듭니다. 도토리 껍질에 약즙을 짜 담아 놓고, 아빠는 굴 속으로 다시 들어가 아기를 안고 나왔습니다. 달빛 아래 아기를 안고 앉은 아빠는 아기의 얼굴을 들여다 봅니다. 아기는 분명히 엄마 다람쥐의 고운 얼굴을 닮았습니다. 아주 양순하고 예쁘게 생긴 엄마 다람쥐의 얼굴을 닮은 아기 다람쥐는 두 눈만 초롱초롱 아빠 다람쥐를 닮았습니다. 그런데 지금 아기는 잠들어 있었으므로 눈먼 엄마의 모습을 빼닮은 것같이 보였습니다. 아빠는 이제사 죽은 아내가 예쁜 얼굴을 갖고 있었다는 것을 생각해 냈습니다. 그러나 어찌 보면 아기는 언젠가 개울물 속에 비취었던 자기 얼굴을 닮은 것 같기도 했습니다. 아빠는 아기에게 뽀뽀를 하며 꼭 껴안아 주었습니다. 아기 다람쥐가 그 바람에 잠이 깼습니다. 잠이 깬 아기는 다시 아빠 품을 파고 들며 가슴을 더듬어 옵니다. 또 젖을 찾는 모양입니다. 아빠는 아기에게 도토리 껍질에 담아 놓았던 약즙을 먹입니다. 그러나 아기는 약즙을 삼키는가 했으나 잠시 후 콜록콜록 기침을 하면서 그만 약즙을 모두 토해 버리고 울음을 터뜨리는 것이었습니다. 아빠는 그만 화가 나서 아기의 궁둥이를 세게 몇 대 갈겼습니다. ……귀찮게 굴지 말고 아예 죽어 버려라, 죽어 버려! 아기는 자지러지게 울다가 숨이 컥컥 막히는 소리를 냅니다. 아빠 다람쥐는 목 쉰 소리로 울어대는 아기 다람쥐를 내려다 보다가 맥이 풀린 채 허공을 올려다 봅니다. 무리진 달, 그 주변에는 큰 별만 몇 개 띄엄띄엄 보였으나 산등성이 쪽으로는 뭇 별들이 반짝이고 있었습니다. 하늘을 올려다 보던 아빠는 어디선가 꽃 향기가 풍겨 온다고 느꼈습니다. 아빠는 아기를 안은 채 꽃 내음을 따라 걸었습니다. 아빠는 자그마한 언덕 위에 올라섰습니다. 그것은 양지바른 곳 작은 무덤 곁에 고개 숙여 피어 있는 한 송이 각시꽃이었습니다. 그리고 그 무덤은 바로 아내의 무덤이었습니다. 눈 먼 병신이라고 남겨 두고는 온갖 일 다 시키면서 겨우내 벌레 먹은 상수리나 썩은 도토리만 골라 던져 주었던 아내, 그래도 아내 노릇 다 하겠다고 무진 애를 쓰다가 마지막엔 아들까지 낳아 놓고 그만 숨져 간 불쌍한 아내의 무덤이었습니다. 아빠는 아기를 안은 채 무덤 옆에 서 있는 작은 소나무 밑에 앉았습니다. 어디선가 산새의 울음 소리가 이따금 들려오고 있었습니다. 달빛 푸른 강 건너 밤나무 숲속은 죽은 듯이 조용합니다. 명주 폭을 펼쳐 놓은 듯 흐르는 강물을 가로질러 외나무 다리가 보이고 한 줄기 안개가 강물과 함께 흐르고 있었습니다.

현은 담배 생각이 간절했다. ……그녀는 왜 안 온 것일까, 그녀는 무엇 때문에 오지 않았을까……. 현은 담배 생각이 간절했으나 참을 수밖에 없었다. 안경잡이 교사의 애기는 결코 동화라고는 볼 수 없었다. 그녀의 애기는 계속되고 있었다. ……울음을 그치고, 어느새 울음을 그치고 잠든 아기는 다시는 눈을 뜨지 않았습니다. 아빠는 아기를 묻었습니다. 이제는 아무도 없었습니다. 온 천지간에 아빠 혼자만 남았습니다. 며칠 동안 무덤 사이에 앉아 있던 아빠는 외나무다리를 건너갑니다. 밤나무 숲속엔 산새만 울고, 이름 모를 멧새만 울고, 거기에도 누구 하나 없었습니다. 외나무다리를 건너옵니다. 흰 구름이 떠도는 강물 속에는 불쌍한 자기 모습이 보였습니다. 창고마다 가득 찬 많은 식량도 이제는 아무 소용없었습니다. 두 개의 무덤 사이에 앉은 아빠는 턱을 고인 채 무엇인가 생각합니다. 밤이 가고 날이 밝고 또 밤이 와도, 먹지도 마시지도 잠도 안자고, 무엇인가 깊이깊이 생각합니다. 흰자위뿐인 두 눈을 껌벅거리며, 아기를 한 번만 보고 싶다던, 아내의 잠들 듯 숨진 모습도, 약즙을 토했다고 때려 준 아기, 엄마처럼 잠자듯 죽은 모습도, 눈앞에 자꾸만 떠오릅니다…….

산목련 꽃가지에 산새 우는 밤
아빠는 혀를 물고 죽었습니다.
달빛 잠긴 외나무 다리 아래로
흐르는 맑은 강물에 비친 별나라
그 날 밤 별이 한 개 늘었습니다.
반짝반짝 빛나던 별무리 속에
아주 예쁜 별과 별, 두 별 사이에
커다란 별이 한 개 생겼습니다.

평화롭던 밤나무골 깊은 산속에 다람쥐네 한 가족이 살았었는데, 살았었는데……

충청도 대표로 나온 안경잡이 주일학교 여교사의 이야기는 이것이 끝이었다. 그녀는 이야기 마지막에 가서 메모지를 읽었다. 감정을 담아, 시를 낭송하듯이, 이야기를 마무리 지은 그녀는 안경을 고쳐 쓰며 단상에서 내려왔다. 몇 사람의 청중이 손뼉을 쳤다. 졸던 사람들도 뒤늦게 손뼉을 쳤다. 동화 대회는 끝이었다. 밤은 이미 자정을 넘고 있었다.

3

　초청 강사인 젊은 교수는 말했다. ……바벨론 대제국이 기울어져 가던 기원전 6세기말, 곧 신흥 세력 파사가 일어나기 직전 바벨론에 잡혀 가 있던 유다의 포로들 가운데 한 사람이 바벨론 정부 당국에 의해 체포되었습니다. 그의 외모는 초라했습니다. 볼 만한 모양도 없고 풍채도 없는 보잘 것 없는 사나이였습니다. 그는 죄인의 혐의를 받고 체포되었습니다. 그래서 심문을 받았습니다. 그런데 웬 일인지 그는 말이 없었습니다. 곤욕을 당하여 괴로울 때에도 그는 입을 열지 않았습니다. 심문하는 이들은 그를 채찍으로 때렸습니다. 그는 그를 때리는 자들에게 그의 등을 맡겼습니다. 그들은 그를 뾰족한 창으로 마구 찔렀습니다. 그는 그의 수염을 뽑는 자들에게 그의 뺨을 맡겼습니다. 그의 온 몸이 이리 찢기고 저리 멍들었지만 그는 끝내 입을 열지 않았습니다. 마치 도수장으로 끌려가는 어린 양처럼, 털 깎는 자 앞에서 잠잠한 양처럼, 그는 입을 열지 않았습니다. 고문하는 이들이 그의 얼굴에 침을 뱉어도 그 수욕을 피하려고 그는 얼굴을 가리우지 않았습니다. 그러던 어느 날 그는 어디론지 끌려갔습니다. 그리고 그는 산 자의 땅으로 다시는 돌아오지 못하는 불귀의 객이 되고 말았습니다. 이 유죄 판결을 받아 알 수 없는 죄목으로 죽어 간 그를 두고 유다의 포로들은 서로 상반되는 두 가지 견해를 갖고 있었습니다. 즉 소수의 포로들은 수군거렸습니다. ……그는 아무런 죄도 없었다. 그는 아무런 일도 행하지 않았다. 다만 그는, 이제 곧 바벨론 제국이 무너지고 새로운 세력 파사가 일어날 것이며 유다의 포로들은 바벨론의 멸망과 동시에 본국으로 돌아가게 될 것이라는 희망을 예견했을 뿐이다. 그런데 우리들 가운데 누군가가 그를 무고하게도 바벨론 정부 당국에 고발하여 그로 하여금 그렇게 곤욕을 치르게 했고 드디어는 산 자의 땅에서 끊어지게 만들었다. ……그러나 대부분의 유다 포로들은 바벨론 사람들이 들으라는 듯이 크게 외쳤습니다. ……그자는 벌을 받아 죽어 마땅한 죄인이다. 바벨론 정부 당국이 우리를 이처럼 잘 살게 하는데도 불구하고 그는 그 나라가 망한다고 민심을 소란시켰고, 유언비어를 퍼뜨렸으며 그 동안 이 이국 땅에서 애써 구축한 우리의 복되고 안전한 터전을 뒤흔든 악질 분자였으므로 죽어 마땅했다……. 말 없이 끌려가 온 데 간 데 없이 사라져 버린 한 유대인 사형수의 죽음은 한 시인의 깊은 통찰의 대상이 되었습니다. 그 사형수에게서 그 시인은 자기 백성들이 받아야 할 형벌을 대신 지고 가는 속죄양을 보았습니다. 그리하여 그는 감격하여 울며 노래했습니다. ……그가 찔림은 우리의 허물을 인함이요, 그가 상함은 우리의 죄악을 인함이라. 그가 징계를 받음으로 우리가 평화를 누리고 그가 채찍에 맞음으로 우리가 나음을 입었도다. 우리는 다 양 같아서 각기 제 길로 갔거늘 여호와께서는 우리 무리의 죄악을 그에게 담당시키셨도다……. 우리로서는 '종의 노래'의 주인공이 누구인지 알 수 없습니다. 그러나 전체적인 내용은 어느 한 사람이 우리 때문에 우리가 당해야 할 질고와 우리의 슬픔을 대신 짊어지고, 대신 징벌을 받고, 대신 고난을 당하고, 대신 찔렸고, 대신 징계를 당하고, 대신 채찍을 맞았다는 것입니다. 그리하여 우리는 그러한 화를 면하게 되었고, 뿐만 아니라 그로 인하여 우리가 평화까지 누릴 수 있게 되었다는 이야깁니다. 이 '종의 노래'가 비록 시간적으로는 아득하고 공간적으로도 먼 옛날의 것이지만 놀랍게도 그 내용이 그렇게 난해하지도 않고 오늘의 우리에게까지 가슴 뭉클하게 육박해 오는 것은 어인 까닭입니까? ……교수는 땀을 흘리고 있었다.

'종의 노래'가 어디에 나오는 노래인지 청중 가운데 한 사람이 옆사람에게 물었다.

　이사야에 나올 걸?

　옆사람이 대답했다.

　……그가 찔림은 우리의 허물을 인함이요, 그가 상함은 우리의 죄악을 인함이라……가 아니라, 당신이 찔림은 나의 허물을 인함이요, 당신이 상함은 나의 죄악을 인함이라……고 성경 구절을 고쳐 읽으며 여가수가 울먹이자 강당 안 여기저기서 주여, 주여, 주여, 아멘, 아멘 소리가 들렸다. 어떤 부인은 쉬, 쉬 하면서 입술 사이로 이상한 소리를 내고 있었고, 두 손을 마주 잡고 고개를 주억거리는 사내도 있었다. 그러나 모시 바지를 입은 할아버지는 졸고 있었다. 이 기자(李記者)는 웃었다. 복도에서 그 할아버지를 보았을 때, 그는 큰 고모 시아버지 생각이 났던 것이다. 큰 고모 시아버지는, 어느 해 여름 휴가에 그가 다니러 갔을 때 풀 센 삼베 바지를 입고 우물가에 서 있었는데 '사루마다'를 입지 않았으므로 축 늘어진 물건이 얼비쳐 보였었다. 이 기자는 킥킥 웃었다. 졸고 앉아 있는 할아버지는 큰 고모 시아버지를 빼닮았던 것이다. 그러나 새우젓 장수였던 큰 고모 시아버지는 이미 천국에 가신 지 오래였다.

　……저 높은 고옷을 향하여 날마다 나아가옵니다, 내 뜻과 저엉성 모두어 날마다 기도하옵니다. 내 주여 내 바알 붙드사

그 곳에 서어게 하아소오서어, 그 곳은 빛과 사아라앙이 언제나
넘치옵니다……. 여가수는 501장을 부르고 있었다. 딩동댕, 딩
동댕, 기타 소리에 맞추어 부르는 여가수의 찬송은 때로 흐느끼
듯 처지다가 끊일듯 이어지며 고개를 잘도 넘어가고 있었다. 주
여, 오 주여, 아멘, 아멘, 주여…… 청중들은 몸을 비틀며 어쩔
줄을 몰라 하기도 했다.

　오늘 밤 저 여자의 연기는 일품이야. 최 기자(崔記者)가 말했
다. 이 기자는 손가락을 V자로 펴 보였다. 최 기자는 한쪽 눈을
찡긋했다. 이 기자는 자리에서 일어났다. 여가수는 계속해서 노
래했다. 텔레비전에 나왔을 때보다는 훨씬 왜소한 몸매였다. 목
의 힘줄이 일어서도록 전신을 비틀어 짜내서 부르는 노래 소리
에 청중들은 깊숙이 빠져들고 있었다. 화냥년으로 소문이 나 있
던 여가수는 5백여 명의 방안 가득 찬 청중들에게서 전폭적인
인기를 재확인하고 있었다. 바탕색이 짙을수록 돋보이는 그림
속의 꽃처럼 여가수의 지난 날을 뉘우치는 간증과 그녀 자신의
험난한 인생살이의 고백은 듣는 이의 심금을 울렸고, 그녀의 거
의 완벽한 노래는 그 위에다 초를 치고 있는 것이었다. 최 기자
가 이 기자에게 다가섰다. 있어? 라고 이 기자가 물었다. 최 기
자는 발을 들어 복숭아뼈 있는 곳을 탁, 쳐 보였다. 이 기자와
최 기자는 복도로 나왔다. 엘리베이터의 깜박이는 6층에 머물

러 있었다. 최 기자는 ↑표를 눌렀다. 7, 8, 9, 순으로 깜박이가 켜지더니 문이 열렸다. 미스 안(安)이 사이다 세 병을 들고 내리다가 팔꿈치로 이 기자의 가슴을 건드렸다. 한 병을 받았다. 고마워요, 라고 이 기자 대신 최 기자가 미스 안에게 인사했다. 두 사람은 엘리베이터 안에 갇혔다. 저 여자, 냄새를 풍기죠? 최 기자가 이 기자에게 말했다. 당신도 코가 제법 뚫렸군. 이 기자가 웃었다. 엘리베이터는 12층에서 멎었다. 두 사람은 카펫이 깔린 복도로 나섰다. 복도는 컴컴했다. 비상등만 몇 개 켜져 있을 뿐이었다. 두 사람은 목욕탕 문 앞에 섰다. 이 기자가 손잡이를 잡아 당겼다. 안으로 잠겨 있었다. 낮에 강연 시간 중에 보아 두었던 명당은 이미 아니었다. 누가 기도하지 않고 목욕을 하지? 이 기자가 말했다. 두 사람은 목욕탕 앞을 떠나 화장실 쪽으로 돌아왔다. 화장실 안은 환하게 불이 켜져 있었다. 두 사람은 맨 구석의 수세식 변소 안으로 들어갔다. 이 기자는 우선 변기 뚜껑을 열고 오줌을 누었다. 최 기자가 양말 목에서 담배갑을 꺼냈다. 몇 마리가 남았지? 이 기자가 말했다. 강아지? 세 마리, 라고 최 기자가 말했다. 두 사람은 각각 담배에 불을 당겼다. 12층 아래로 강 건너의 야경이 내려다 보였다. 그 곳 관광 호텔의 유리창엔 붉고 푸른 불빛이 내비치고 있었다.

누가 올려다 보면 뭐라고 할까?

마귀의 불쯤으로 보일테지.

여기 걸터앉읍시다. 이왕이면…….

최 기자가 변기 뚜껑을 덮어 놓고 말했다. 두 사람은 변기 뚜껑 위에 궁둥이를 대고 앉아 열심히 거북이를 빨고 있었다.

지랄 같은 수련회구나.

이 기자가 말했다.

무비 카메라는 또 뭐야…….

최 기자가 말했다.

잔뜩 찍어서 보내야 본부에서 딸라가 오지, 그래야 돈똥도 떨어지구…….

돈똥? 그려, 맞어……. 돈똥, 돈똥이라 돈똥…….

두 사람은 킥킥거리며 웃어댔다.

신학생(神學生)은 안경을 쓰고 엎드려 성서를 읽고 있었다. ……아스티야게스 왕이 죽어서 그의 조상들 곁에 묻히고, 그 뒤를 이어 페르샤의 고레스가 왕이 되었다. 그 왕은 다니엘을 매우 가까이 하고, 그를 다른 어떤 친구보다도 높이 평가했다. 그런데 당시 바벨론에는 벨이라는 우상이 하나 있었는데 사람들은 매일 가장 좋은 밀가루 두 말과 양 사십 마리와 포도주 여섯 섬을 그에게 바치고 있었다. 고레스 왕도 매일 이 예식에 참례하러 가서 그 우상을 숭배하였다. 그래서 왕은 다니엘에게 왜 벨을 숭배하지 않느냐고 물었다. 다니엘은 이렇게 대답하였다. ……저는 인간이 만들어 낸 우상을 숭배하지 않습니다. 다만 천지를 내시고 모든 인간을 다스리는 권능을 가지신 살아 계신 하느님만을 숭배합니다. 그렇다면 너는 벨이 매일 먹고 마시고 하는 것을 보고도 그가 살아 있는 신이 아니라고 생각하느냐, 하고 왕이 되물었다. 다니엘은 웃으면서 ……임금님, 속지 마십시오. 그 신은 속은 진흙이고 겉은 구리로 되어 있는데 먹고 마신다는 것이 웬 말씀이십니까, 하고 말하였다. 이 말을 들은 왕은 크게 노하여 사제들을 불러다 놓고 이렇게 말하였다. ……이 많은 음식을 누가 먹는지 말해 보아라. 그렇지 않으면 죽으리라. 너희가 그것을 벨이 먹는다는 것을 증명하기만 하면 벨을 모독한 죄로 다니엘을 사형에 처하겠다. 다니엘은 ……뜻 대로 하십시오, 하고 왕에게 말하였다. 사제들의 수는 칠십 명 이나 되었고 그 외에 그들의 처자들도 있었다. 왕은 다니엘을 데리고 벨의 신전으로 갔다. 벨의 사제들은 왕에게 이렇게 말했 다. ……폐하, 폐하께서 친히 먹을 것과 포도주를 차려 놓으십 시오. 우리는 이제 물러갑니다. 그리고 문을 잠그시고 폐하의 옥새로 봉하십시오. 내일 아침에 와 보시고 벨이 이 모든 것을 잡수시지 않았다면 우리는 사형을 받아도 좋습니다. 그러나 만 일 다 잡수셨다면 모독자 다니엘은 죽이셔야 합니다. 그들은 제상 밑에 비밀통로를 뚫어 놓고 매일 그 제물을 가져가곤 했었기 때문에 자신 만만하게 이런 말을 하였던 것이다. 사제들이 나간 후에 왕은 벨이 먹을 음식을 차려 놓았다. 한편 다니엘은 자기 신하들을 시켜 재를 가져오게 하고, 그 재를 성전 바닥에 모두 뿌려 놓았다. 다니엘은 이것을 왕에게 알렸다. 그러고 나서 그들은 성전을 나가 문을 닫고 옥새로 봉인을 한 다음 궁으로 돌아갔다. 그 날 저녁에도 여느 때와 같이 사제들은 처자들을 데리고 와서 이 모든 것을 먹고 마셔버렸다. 다음날 아침 왕과 다니엘은 일찍 일어났다. 왕은 다니엘을 보고 봉인이 그대로 있더냐고 물었다. 다니엘은 ……폐하, 그대로 있습니다, 하고 대답하였다. 왕은 신전 문을 열고 제상을 살펴보고 나서 ……오 벨이여, 위대하십니다. 당신은 과연 우리를 속이지 않으셨습니다, 하고 부르짖었다. 그러나 다니엘은 웃으면서 왕이 안으로 더 들어가지 못하게 막아 서고는, 바닥을 살펴 보십시오, 그리고 저 발자국들을 보십시오, 하고 말하였다. 왕은 ……저것은 남자들과 여자들과 어린아이들의 발자국이 아니냐, 하고 말하면서 노한 나머지 그 사제들과 그들의 처자들을 잡아오라고 명령하였다. 사제들은 자기들이 제상 위의 제물을 처분할 때 사용하던 비밀 통로를 왕에게 보여 주었다. 왕은 그들을 사형에 처하고 벨을 다니엘에게 넘겨 주어 그 우상과 신전을 함께 부숴버리게 하였다……. 신학생은 계속해서 성서를 읽고 있었다. 미쁩니다. 미쁩니다. 불로, 불로, 불로, 불로…… 충만, 충만, 충만, 충만, 충만…… 믿음 충만, 성령 충만, 믿음 충만, 성령 충만…… 불로, 불로, 불로, 충만, 충만, 충만, 충만, 불로, 불로, 불로, 믿음 충만, 성령 충만, 미쁩니다. 미쁩니다. 주여, 주여, 아멘, 아멘……, 회중은 미치고 있었다.

마귀 새끼로군, 이 기자가 말했다.

그렇구먼, 최 기자가 대꾸했다.

두 사람은 복도를 지나 엘리베이터 앞에 와 섰다. 그러다가 다시 돌아가 손을 씻었다. 냉수로 양치질을 했다. 두 사람은 서로 바라보며 히, 웃었다.

난 아무래도 천국 가기는 틀렸어.

최 기자가 말했다.

난 아무래도 지옥행일 거야.

이 기자가 맞장구 쳤다.

두 사람이 엘리베이터 앞에 왔을 때 금방 문이 열렸으므로 안으로 들어섰다.

그래, 우린 아무래도 구제 불능이야. 술 담배, 계집질, 무엇 한 가지 싹수가 있어야지…….

그래, 우린 싹수가 노오래…….

그들은 강당 안으로 살며시 들어가 자리에 앉았다. 불로, 불로, 불로, 불로…… . 사람들은 도시 정신을 차릴 수 없도록 아우성이었다. '아버지'를 부르며 통곡하는 이도 있었다.

유 부장님은 어디 계시지?

최 기자가 현을 찾고 있었다.

저쪽, 안경잡이 신학생 옆에…… 용케 견뎌내고 있군…….

이 기자가 대답했다. 신학생은 여전히 성서를 읽고 있었다.

사회자가 단상 위로 올라가 탁상 위에 놓인 작은 종을 세 번 울렸다. 아우성이 딱 멎었다. ……다음은 여러분과 자리를 함께 한 안영순 양의 간증이 있겠습니다. 은혜 많이 받으시기 바랍니다. 사회자의 소개에 이어 미스 안이 강단 위로 올라 섰다. ……제가 오늘 밤 이 자리에 나설 생각은 조금도 없었습니다. 그런데 어찌어찌 하다가 저는 이 귀한 자리에 참석하게 됐구, 여러 어른들과 자리를 함께 하여 식사도 같이 하구, 잠두 같이 자구, 닷새 동안을 지내면서 여러 가지 생각한 것이 많았습니다. 이제 오늘 밤이 지나면 저는 여러분들과 헤어져 제가 갈 곳으로 가야만 합니다. 사람들은 저더러 미스 안이라고 부릅니다. 그러면 저는 네…… 하고 대답합니다. 그렇습니다. 저는 사람들이 부르는 대로 미스가 아닙니다. 제게는 또 다른 이름이 있습니다. 그것은 17번 아가씹니다. 이만큼만 말씀드려도 여러분께서는 제 직업이 무엇인지 아실 것입니다. 맞습니다. 저는 술집에서 남자들에게 술을 부어 주며 때로는 그들을 따라가 호텔 같은 데서 잠자리도 함께 한 적이 있는 더러운 여자입니다. 그러니까 저는 미스가 아닙니다. 저는 이런 자리에는 오지 못할 여자입니다. 그런데 여러분과 함께 지내면서 이 모임에 누를 끼친 셈입니다. 우선 이 점에 대하여 여러 어른들에게 용서를 빕니다…… . 미스 안은 똑바로 서서 말했다. 그 눈이 빛났다. 조금도 망설임 없이 있는 그대로의 자기 자신을 들추어내어 펴 보이려는 결의가 서 있는 자세였다. ……저도 다달이 배달되는 '天國의 소리'라는 잡지를 받아 본다는 의미에서는 여러 어른들과 다름 없이 이번 모임에 참석할 자격이 있습니다. 저 또한 같은 잡지를 읽는 독자이고, 이 모임이 우리들 독자들이 한 자리에 모여 서로 교제를 나누며 더 깊은 신앙심을 기르기 위한 전국의 독자 수련회니까 제가 오지 못할 자리는 아니었습니다. 그런데 저는 오늘 밤이 지나면 서로 헤어지고 말게 될 여러분들과 그 동안 함께 지내면서 이 자리에 공연히 참석했다는 후회를 하게 됐습니다. 그 까닭이 무엇인지는 저 자신도 꼭 집어 말할 수 없습니다. 다만 이 모임에 참석하신 여러 어른들이 저 하나만 빼놓고는 너무도 신앙이 깊은 것 같고, 아무런 죄도 없는 분들같이 생각되어 면구스럽고, 이 자리를 더럽히고 있는 것만 같아 더더욱 죄스러움에 고개를 쳐들 수가 없었습니다.

고개만 쳐들고 있으면서…….

어떤 부인이 말했다.

뻔뻔한 년이구먼…….

누군가가 맞장구쳤다.

……그러나 저는 뻔뻔스럽게도 가면을 쓴 채 함께 지내온 여러 어른들과 즐거운 이야기를 나누었고, 웃고 떠들었습니다. 그런데 한 가지 숨길 수 없는 것은 울면서 통회하는 기도가 나오지 않는 것이었습니다. 그것만은 되지 않았습니다. 몸뚱이 가득히 더러운 죄가 자리잡고 있으니 어찌 주님과의 대화가 이뤄질 수 있겠습니까? 저는 여러분과 함께 지내는 동안 때때로 목욕탕에 들어가서 숨겨 가지고 다니는 담배를 피우며 혼자 울었습니다.

아까, 목욕탕 문이 잠겨 있더니 미스 안이었나?

이 기자가 말했다.

올라가다 만나구선 무슨 소리야?

최 기자가 소근댔다.

아 참, 그랬지……. 그럼 유 부장님이었겠군…….

이 기자가 소근댔다.

……어떻게 해야만 저도 여러분들과 똑같이 구원을 받고, 여

러분들이 가는 대열에 함께 낄 수 있겠습니까? 미스 안은 울먹이며 말했다. ……솔직히 말씀드려서 저는 예수님을 알게 된 것을 후회합니다. 전엔 아주 세상 살기가 편했었는데 지금은 아주 고통뿐입니다. 저에게는 시골에 늙으신 부모님과 어린 동생들이 있습니다. 그들은 제가 아주 멋진 직장에 다니는 줄 압니다. 그러니까 저는 제 부모 형제들까지도 속이고 있는 셈입니다. 어떻게 사는 것이 예수님을 본받아 사는 건지 저는 잘 알수가 없습니다. 다만 괴롭기만 합니다. 제 입에서는 즐거운 찬송이 나오지를 않습니다. 저는 참으로 나쁜 년입니다.

최 기자가 책상 위에 두 팔을 뻗더니 그 속에 얼굴을 묻었다. 이 기자는 가슴이 답답해지기 시작했다. 미스 안은 말을 이었다. ……여러 어른들과 저는 아주 다른 세계에 삽니다. 제가 서 있는 곳에서 여러분들이 계시는 곳까지는 천만리 머나먼 길에 건널 수 없는 강이 흐르고 있습니다. 여러 어른들께서 계신 곳에는 은혜의 단비가 내리지만, 제가 서 있는 곳에는 고통의 침이 비오듯 내리 꽂히고 있습니다. 저는 밤이나 낮이나 고통으로 몸부림치며 울부짖어 외치지만 그것이 나의 노래요, 나의 춤이요, 나의 깔깔대는 웃음입니다. 저는 더 이상 견딜 수가 없습니다…….

최 기자가 자리에서 일어났다. 그는 아래층으로 내려와 건물을 빠져 나왔다. 이 기자도 함께였다. 그들은 잔디밭에 앉았다. 최 기자가 양말목에서 담배 곽을 꺼내더니 아주 멀리 썩은 강 쪽을 향해 내던지는 것이었다.

담배? 그게 문제가 아니야, 그런 것이 문제가 아니란 말야……. 이 기자가 심각하게 말했다. 그러나, 그러면 무엇이 문제냐고 누가 묻는다면 이 기자는 대답할 말이 없었다. 여하튼 담배 같은 것, 물론 그것도 문제는 문제겠지만 그보다 더한 그 무엇이 있는 것 같았다.

우리 말야, 미스 안을 어떻게 도울 수는 없을까?

최 기자가 문득 말했다.

우리가 어떻게 미스 안을 돕지? 오히려 우리가 미스 안에게 도움을 받고 있잖아? 지금 말야, 이 밤에 말이지…….

이 기자는 울고 있었다. 그때 건물 쪽에서 찬송 소리가 들려 왔다. ……사철에 봄바람 불어 잇고 하느님 아버지 모셨으니 믿음의 반석도 든든하다 우리 집 즐거운 동산이라 고마워라 임마누엘 예수만 섬기는 우리 집…….

미스 안이야, 저기 미스 안이 가고 있어, 저기 말야.

갑자기 최 기자가 이 기자의 몸을 흔들며 어둠 속을 가리켰다. 이 기자는 고개를 들었다. 미스 안이 정말 희미한 불빛 아래 정문을 빠져 나가고 있었다. 손에는 작은 가방을 하나 들고 있었다. 안녕, 이라고 말하며 이 기자가 잔디밭에서 일어났다. 최 기자도 일어났다. 두 사람은 손을 흔들었다. 때마침 미스 안이 이쪽을 돌아보며 웃는 것 같았다. 그러나 미스 안은 이미 어둠 속에 파묻힌 뒤였다.

담밸 피우러 나왔나 보군. 두 양반은 어디 가셨나 했더니…….

그때 등 뒤에서 현의 목소리가 들렸다.

…….

두 사람은 멍청하게 서 있었다.

……그녀는 왜 오지 않았을까, 그녀는 왜 오지 않았을까……. 현은 담배 한 개비를 꺼내 불을 붙였다.

저도 하나 주세요.

최 기자가 말했다.

저두…….

이 기자가 말했다.

9층에서는 모시 바지를 입은 할아버지가 강단 위로 올라섰다. ……제가 오늘 이 자리에 나와 한국 상공에 출현하신 예수 그리스도에 대하여 말할 수 있는 기회를 주신 주최측의 배려에 대하여 감사를 드립니다. 이 영광스럽고 반가운 소식을 내 혼자만의 비밀로 숨기는 것은 오히려 이기적인 태도와 처사라고 생각되기에 감히 한국 상공에 출현하신 예수 그리스도를 만나고 또 본 그대로를 공개하야 주님께 함께 영광 돌리고자 합니다. 제가 예수 그리스도를 첫 번에 만나고 두 번째 본 것은 사실입니다. 그 첫 번째는 19××년 10월 27일의 24시와 익일인 28일 0시 사이의 일이고, 두 번째로 그분을 본 것은 그로부터 만 20년이 경과한 후 대구 시민의 축제일인 새벽의 일입니다. 그 첫 번째에 만난 예수 그리스도는 경북 김천에서 동방 약 15미터 정도의 상공에서의 일입니다. 그때 저는 너무나 강력한 섬광 때문에 그 용안과 성체를 볼 수 없었으나 다만 그 빛 속에서 내미는 두 손과 일곱 글자의 한국말만은 분명히 보고 또 들었습니다. ……. 모시 바지를 입은 할아버지는 콜록콜록 기침을 했다. 현은 언젠가 등기 우편으로 받은 바 있는 독자의 글을 생각해 냈다……. 분명히 저 할아버지였어, 한자를 섞어 썼고 끝에다 도장을 찍었던 그 글의 내용을 그대로 읽어 내리는 것 같군. ……그런데 왜 그녀는 오지 않았을까……. 현의 귀에 갑자기 갈매기 울음 소리가 들려오기 시작했다.

4

우리는 캄차카, 시베리아 등지에서 번식하고 북해도, 일본, 한국, 대만 등지에서 겨울을 지나는 바닷물새입니다. 날개 길이는 35센티에서 38센티 정도, 몸빛은 백색이며 배면(背面)은 담회색이고 부리와 다리는 녹황색입니다. 꽁지와 다리는 짧고 물갈퀴가 있어 헤엄을 잘 칩니다. 유조(幼鳥)는 온 몸에 회갈색의 반점과 꽁지에 갈색 띠가 있습니다. 날개를 천천히 놀리어 날며 괭이 소리처럼 웁니다. 조개, 물고기, 수생(水生) 곤충, 해조(海藻) 풀씨 따위를 먹으며 해안이나 항구에 서식합니다. 번식기에는 암석이나 땅에 집을 짓고 서너 개의 알을 낳는답니다. 우리는 무엇입니까?

……그녀의 편지에는 이런 얘기가 쓰여 있었다.

……그래요, 맞았습니다. 우리는 갈매기과(科)에 속하는 바닷물새입니다. 우리는 그 종류도 많아서 괭이 갈매기, 붉은 부리 갈매기 등이 있답니다. 꽁지 길이는 15센티 정도, 사람들은 우리를 가리켜 수효(水鴞)라고도 부른답니다. 아주 예쁜 이름이지요?

그녀는 자기가 태어나 자란 갈매기섬에 대하여 이렇게 자세한 설명을 붙였던 것이다.

그녀의 편지에 의하면 그 섬엔 갈매기들이 많이 산다고 했다. 그래서 이름도 갈매기섬이라 했다.

……우리는 백로(白鷺)와 비슷한 새입니다. 날개 길이가 66센티 안팎, 온몸이 순백색이며 눈 주위의 피부는 적색입니다. 어깨 깃과 대우부(大羽覆), 풍절우(風切羽)는 광택 있는 흑색이며 부리는 흑갈색입니다. 다리는 길고 암적색인데 발에는 물갈퀴가 약간 있으며 물 위를 잘 걸어 다닙니다. 개구리, 물고기, 뱀, 쥐 등을 포식하며 3월부터 5월 사이 높은 나무 위의 둥지에 서너 개의 알을 낳습니다. 동부 시베리아, 한국, 일본 등지에 퍼져 살며 사람들은 우리를 가리켜 관(鸛), 또는 관조(鸛鳥), 백관(白鸛), 부금(負金), 조군(皂君), 흑구(黑尻)라고도 부른답니다. 우리는 무엇이겠습니까?

그녀의 편지는 이런 투의 내용이었다. ……맞았어요, 우리는 황새입니다. 백구(白鷗)라고도 부르는 갈매기와 황새가 많이 날아와 사는 섬에 꿈을 먹고 사는 소녀가 있답니다…….

그 섬에는 이 밖에도 많은 새들이 날아 온다고 했다. 새들의 이름도 이루 헤아릴 수가 없을 정도였다. 그러나 그녀의 편지에 항상 새에 대한 이야기만 적혀 있는 것은 아니었다. 현이 한번도 가 본 적이 없는 그 섬에 대하여 그녀는 무엇 한 가지 빠짐없이 알려 왔기 때문이었다. 그래서 현으로 하여금 그 섬에 대하여 한 가지도 빠짐없이 알게 만들었던 것이다.

그녀는 자기가 태어나 자라난 그 섬을 사랑하고 있었다. 그리고 그녀는 자기가 그 섬을 사랑하지 아니할 수 없는 충분한 이유를 열거했다. 이러한 단정은 그녀의 편지를 통하여 현이 스스로 추리, 납득하게 된 결과였다.

그녀는 바닷물새의 먹이인 해조(海藻)의 종류에 대하여서까지 자세히 적어보낸 적이 있었다. 파래나 청각 따위의 녹조류(綠藻類), 미역이나 다시마 따위의 갈조류(褐藻類), 김이나 가사리 따위의 홍조류(紅藻類) 등 바다의 깊이에 따라 서식하는 많은 종류의 바닷풀에 대한 상식 이상의 설명을 보내 와 현의 코끝에서 바다 냄새가 풍기게 만들었고, 그만큼 그녀는 현을 자기 쪽으로 잡아당겨 놓고 줄을 늦추지 않았던 것이다.

그녀는 또한 해조분(海鳥糞)의 냄새까지도 편지에 묻혀 보낼 정도였다. 그만큼 그녀의 문장력은 기찬 데가 있었던 것이다. 때문에 현은 청태(靑苔) 빛깔의 초여름 아침 나절 바다 빛깔을 눈앞에 떠올릴 수 있었고, 광란하는 밤바다의 칠흑 어둠 속에 번쩍이는 번개불칼로 태초의 공포감을 자아내는 섬의 폭풍우도 실감할 수 있었다.

그녀는 그래서 이미 월간 '天國의 소리'의 단순한 독자 이상으로 편집장인 현과 줄을 잇고 있었던 것이다.

현은 그녀의 편지에 의해서 구 목사의 삶과 죽음, 그리고 신 목사의 행적까지 알 수 있게 됐다. 그리고 요즈막에 와서 시작된 섬의 개발 사업, 선착장 공사에 필요한 암석을 깨뜨리기 위하여 남포 터뜨리는 소리, 그리고 언제부턴가 그토록 많이 날아와 서식하던 갈매기와 황새 그리고 그 밖의 바닷물새들이 거의 자취를 감추어 간다는 사실에 대하여도 알게 됐던 것이다.

황새가 날아와 둥지를 틀고 새끼를 까며 억세게도 흰 똥을 깔겨쌌던 대왕봉(大旺峰) 벼랑 위의 소나무 숲은 고사목(枯死木) 같이 앙상한 가지만 남아 방풍의 임무를 상실한 채 모래알만 흩날렸고, 조수가 드나들 때마다 수면 위로 떠올랐다간 사라지곤 하던 모래섬에 날아와 끼룩대던 물새들은 폭발음에 놀라 날아간 후 다시 돌아올 줄 모른다는 것이었다.

현은 듣고 있었다. 대왕봉 벼랑 아래서 남포 터뜨리는 폭음과 갈매기섬을 떠나 날아가는 바닷물새들의 울음 소리를.

꾸르릉, 꽝꽝

끼룩, 끼르륵

……현은, 며칠 후면 여의도의 새 건물로 옮겨 갈 국회 의사당 앞을 스적스적 걷고 있었다. 지루한 장마가 끝난 후 한껏 개인 날, 햇볕은 아무런 가림 없이 쏟아져 내리고 있었다. 태평로의 넓은 차도와 인도 사이엔 드문드문 화단이 꾸며져 있었다.

그곳엔 다른 곳에서 꽃피운 팬지가 한 움큼씩 이식되어 있었다. 그것들은 쏟아져 내리는 햇볕 아래 흠뻑 적셔 둔 물줄기에도 불구하고 뿌리를 내리지 못한 채 힘이라곤 없어 보였다. 현은 왠지 목 뒷줄기가 뻣뻣한 것이 아무래도 거북살스러워 거푸 목을 틀어 고갯짓을 반복하면서 별 목적지도 없이 걷고 있었다. 그런데 거리엔 현과 같은 방향으로 가는 사람은 한 사람도 없었고, 맞은편에서 걸어오는 사람들은 무척 많은 것같이 느껴졌다. 그리고 현의 귀에는 차도를 오가는 찻소리도, 지나치는 사람들이 지껄이는 말소리도 들려오지 않는 것 같았다. 현은 다시 목 운동을 했다. 그러자 눈앞이 흐려지며 갑자기 현기증을 느꼈다. 그때 현의 눈 앞을 어지럽히며 너울거리는 흰 점을 하나 발견하게 됐던 것이다. 그것은 현의 눈앞 이삼 미터 전방에서 위 아래로 포물선을 그리며 선회하고 있었다. 그것은 맞은편에서 걸어오는 사람들의 어깨 사이와 겨드랑 밑으로 용하게도 빠져 나가면서 현과의 간격을 이삼 미터 유지하며 계속 날고 있었다. 그것은 퇴색한 빛깔의 팬지 꽃잎 같은 희뿌연 얇은 날개를 퍼덕이면서 현의 눈앞에서 현기증을 불러 일으키고 있었다. 나비…… . 처음엔 그것이 나비라곤 생각지 못했었다. 가냘픈 날개짓으로 저만큼 날아가는 그것에 시선을 준 채 현은 맞은편에서 다가오는 행인들과 어깨를 부딪치면서 조금 걸음을 빨리 했다. 나비란 놈이 인도에서 벗어나 차도 쪽으로 날아가기 때문이었다. 그러더니 이놈은 깜짝 놀란 듯 급선회하여 주택 공사의 자동 개폐식 유리문 쪽으로 쏜살같이 날아갔다. 그리고 놈은 그만 투명한 유리벽에 부딪쳐 바닥에 떨어지고 말았다. 현은 그쪽으로 이끌리듯 다가갔다. 허리를 굽혀 진 꽃잎 같은 그 것을 집어올리려는 자세를 취했을 때 유리문이 혼자서 스르르 열리며 찬 바람이 쏟아져 나왔고, 그 서슬에 나비는 다시 현의 눈앞을 스치며 날아 올라 인도 쪽으로 달아났다. 현이 일어나 그 자리를 물러서자 유리문은 다시 스르르 닫혔다. 현은 눈으로 나비를 찾으며 다시 인도로 나섰다. 나비는 다시 날아가고 있었다. 현은 눈으로 나비를 쫓으며 지금까지 오던 길을 곱짚어 이제는 중앙청 쪽으로 걷고 있었다. 나비란 놈이 다시 차도 쪽으로 날아갔다. 그때 골목에서 불쑥 나와 급선회하며 속력을 내어 달아나는 까만 지프의 휘갈긴 바람 속으로 분명히 그것은 휘말려들었던 것이다. 그리곤 다시 현의 눈앞에 그것은 나타나 보이지 않았다. 복중의 장마 뒤 햇볕은 여전히 뜨겁게 쏟아져 내리고, 현은 귀가 멍멍해진 채 아무 소리도 들려오지 않았고, 가고 오는 크고 작은 자동차와 부산스레 사람들만 붐비는 거리였다. 현은 두리번거리며 그 자리에 서 있었다. 다시 목 뒷줄기가 뻣뻣해 왔다. 목을 꺾어 두세 차례 돌려 보았다.

바늘만 끼면 소리가 나겠구나.

갑자기 옆에서 말소리가 들렸다.

유성기처럼 돌려대는군.

또 한 목소리가 들렸다.

삼각을 착 입었는데? 히히히.

현의 눈앞을 저만치 궁둥이를 몹시 흔들며 걸어가는 여자가 있었다. 겨드랑 밑의 군살을 파고드는 브래지어의 끈이 만드는 굴곡과 팽팽한 바지 밑으로 팬티의 윤곽도 뚜렷한 여자를 보면서 현은 금방 들었던 행인의 말 뜻을 납득할 수 있었다. 현은 빙그레 웃었다. 여자는 인파 속으로 묻혀 갔고 현은 오던 길을 다시 곱짚어 남대문 쪽으로 걷기 시작했다. 햇볕은 따가웠다.

……웬일인지 매년 한두 차례의 물난리를 겪어야 되는 마을이었다. 마을의 이름은 두집매였다. 얼마 전까지만 해도 그 마을에 집이라곤 두 채밖엔 없었다는 것이었다.

몇 번이고 거푸 꿀붙은 개가 지쳐버려 혀를 빼물고 퍼져 누운 채 헐떡거리는 여름철로 접어들면서 장마철이 시작되면 두집매 사람들은 보퉁이를 싸 이고 지고 산 밑 안동네로 피난을 가야만 했다. 지대가 워낙 낮아놔서 내려밀리는 물이 마을을 끼고 흐르는 강둑을 넘어 신작로나 들판이나 가림 없이 벙벙하게 차면, 마을 사람들은 바지 가랑이를 걷어 올리고 어린애들을 업거나 손에 손을 잡고 안동네로 들어가는 길을 조심조심 찾아 밟으며 피난을 가는 것이었다. 안동네에 도착하여 두고 온 동네집을 바라볼라 치면 초가 지붕들은 떠내려가는 삿갓모양 벙벙한 물 위에 잠겨 있었다. 때마다 식구들이 묵게 되는 집이 논수네였다. 논수는 소년과 같은 학년이었으나 나이는 두 살 위였고, 머리를 두 갈래로 땋아 묶어 흔들어 대면서 곧잘 소년에게 재밌는 놀이를 가르쳐 주곤 했었다. 털지 않고 가려 세운 밀을 한 움큼씩 훑어서 손바닥에 놓고 싹싹 부볐다. 겉껍질을 벗겨낸 다음 입안에 털어 넣고 오래오래 씹으면서 뜨물을 뱉어내다 보면 나중엔 쫀득쫀득한 앙금만 남아서 껌이 되는 것이었다. 거기에다 양초 토막이라도 조금 곁들이면 더욱 껌다운 껌이 되는 것이었다.

논수의 어머니는 과수댁이었는데, 보퉁이 장수였다. 소년의 아버지와 어머니는, 비워 두고 온 집으로 살림살이가 어찌 됐나 싶어 돌아보러 나가고, 논수의 어머니도 물건을 떼러 장터에 나가 집을 비우면, 논수는 소년에게 껌 만드는 기술을 가르쳐 주었고, 때로는 소년이 껌을 씹다 말고 툇마루에 누운 채 잠이 들곤 했다. 어쩌다 잠이 깨고 보면 논수는 소년에게 어느새 베개를 베어 주고 홑이불을 덮어 주는 중이었다. 그럴 때 소년은 눈을 감은 채 자는 척할 수밖엔 없었다.

논수는 소년에게 껌 만드는 기술을 가르쳐 준 대신 어느 날 소년을 헛간의 보릿짚대 위로 데리고 가서는 바지를 잡아 내리면서 치마를 걷어 올린 자기 배 위에 엎드리라고 시켰다. 그러나 소년은 알살에 보릿짚대가 닿는 것이 껄끄러워 자꾸만 망설이고 있었는데 때마침 논수 어머니가 돌아오는 기척이 들렸다. 논수가 벌떡 일어나자 치마는 저절로 내려졌고, 소년의 바지를 추켜주며 논수는 귓속말을 소근댔었다.

아무 말도 하지 마, 응?

그 해 여름에 전쟁이 일어났다. 물난리는 그 해 여름도 거르지 않았지만 논수와 소년은 예년같이 그런 놀이는 할 수 없었다. 어른들이 집을 비우는 일이 없었을 뿐만 아니라 진짜 피난민들이 집집마다 들이닥쳐 북적거리게 됐기 때문이었다.

두집매의 물이 거의 빠져 나갔을 때 가족들은 다른 해의 경우보다는 일찍 집으로 돌아왔다. 아직도 부엌 바닥엔 찌적찌적 개흙이 남아 있었으나 군데군데 구덩이를 파고 고이는 물을 퍼냈다. 개흙이 깔려 있는 장판방 바닥은 미끄러웠고, 뒤껼 울타리에는 물뱀이 몇 마린가 기어 올라가 시든 호박 덩굴 위에서 혀를 날름대고 있었다.

학교는 당분간 쉬고 있는 중이었다. 길을 가던 낯선 복장의 군인들이 비행기 소리가 나면 집안으로 뛰어들곤 했다. 그 중에는 아주 애숭이도 끼여 있었다. 귀 밑에 솜털이 보스스한 어린 병사는 소년의 어머니가 내다준 백설기를 게눈 감추듯 먹어치우면서 피곤함을 안으로 안으로 감추는 표정이었다. 그들은 지쳐 있었고 얼굴빛은 아주 검게 그을어 있었다. 소년은 그 해 여름 그렇게 즐기던 고기잡이도 못하고 있었다. 장마 후 물이 웬만큼 빠져 나가면 논마다 물고를 터놓고 있었는데 물고기가 지천이었다. 물고기는 대낮보다 한밤중에 안심하고 내리는 것이었다. 등불을 켜 놓고 물고에 바구니를 대 놓은 채 앉아 있으면 손바닥만큼씩 굵은 붕어들이 비늘을 반짝거리며 내리는 것이었다. 두근대는 가슴을 다독대면서 용케도 숨을 죽여 바구니를 들어내면 퍼득대는 붕어들을 물초롱에 옮겨 담을 수가 있었다. 때로는 엄지발에 보드라운 갈색 털이 탐스럽게 나 있는 뭍게도 몇 마리씩 잡을 수 있었는데 그 해 여름엔 통 그런 재미도 볼 수 없었던 것이다.

　소년은 방바닥의 요 위에 편 돗자리 위에 누워 배꼽만 수건으로 덮은 채 비행기 소리에 귀를 기울이며 쉬 잠들지 못하고 있었다. 대쪽으로 엮은 문발 밖으로는 어머니와 아버지가 안마당의 우물가에서 목욕을 하는 것이 얼비쳐 희미하게 내다보였다. 발가벗은 채 돌아 앉은 아버지의 등에 발가벗은 어머니가 물을 끼얹으며 때를 밀고 있었다. 밤중에도 병사들은 울타리 밖의 신작로를 지나갔다. 때마다 황구란 놈이 악을 쓰며 짖어댔다. 웅

웅거리는 비행기 소리, 쉬쉬거리는 병사들의 목소리, 그럴 때면 물을 끼얹던 손을 멈추고 황구를 불러 달래던 어머니의 목소리, 그리고 아버지의 헛기침 소리가 마냥 조심스러웠었다.

아버지는 부엌 바닥을 파내고 방공호를 만들었다. 그리고 기어이 황구는 짖어대다가 총 맞아 죽고 그 삶은 물로 술을 담가 독에 넣은 것을 방공호 옆에 묻고 난 며칠 후 아버지는 잡혀 갔다. 안마당의 우물가에 어머니가 만든 작은 화단에는 철 지난 백일홍이 추한 빛깔로 피어 있었는데 어디선가 나비 한 마리가 날아와 그 주변을 돌고 있었다. 나이가 많고 계급이 제법 높아 보이는 키 큰 병사의 총에 맞아 죽은 황구는 약이 된다는 개술이 되어 땅 속에서 익고 있었고 아버지는 좀처럼 돌아오지 않았다. 나비는 꽃에 앉지는 않고 마당 안을 맴돌고 있을 뿐이었다. 그때 논수가 뛰어들었던 것이다.

현아, 난리가 끝났대야, 난리가 끝나…… 너 들었니?

아버지의 시체는 군(郡)의 등기소 뒷마당 우물 속에서 커다란 돌을 몇 갠가 집어 내고야 겨우 찾아냈다. 그 밑에 눌려 있었던 몇 구의 시체는 퉁퉁 불어 있었고 형편없이 상해 있었다. 금으로 해박은 이빨 때문에 겨우 찾을 수 있었던 아버지의 시체는 집안으로 들어오지도 못한 채 안마을의 뒷산에 묻혔고 어머니는 울음도 웃음도 잃어버린 채 황구의 술 또한 잊어버린 모양이었다. 논수네 어머니와 소년의 어머니는 가끔 붙어앉아 한숨 섞어 넋두리를 늘어놓곤 했으나 논수와 소년은 왠지 점점 서먹서먹해졌다.

가을이었다. 전쟁이 지나간 땅, 벙벙한 황토흙이 훑어간 들판이었으나 예년답잖게 벼는 잘도 익어갔다. 해 저물 녘에 소년은 들판 가운데 서 있었다. 서쪽 하늘에 노을이 곱게 물들고 하행열차가 연기를 뿜으며 멀리 산 모퉁이를 돌아가고 있었다. 문득 발 끝을 내려다보다가 소년은 가만히 허리를 굽혔다. 커다란 뭍게 한 마리가 엎드려 거품을 만들어내고 있었다. 소년이 놈의 딱지를 조심스럽게 집어 올렸다. 놈은 별로 바둥대지도 않고 계속하여 거품을 품어내고 있었다.

현아, 우리 저쪽으로 갈까?

어느새 왔는지 논수가 소년의 등 뒤에 서 있었다.

게 잡았구나, 내가 묶어줄게.

논수는 치마 허리에서 끈을 풀어내더니 소년의 손에서 게를 빼앗아 묶는 것이었다. 소년은 논수에게 이끌려 강 둑까지 왔다. 미처 뽑지 않은 갈꽃이 패어버려서 바람에 흩날리고 있었다.

나…… 도회지에 갈까 해.

논수가 말했다.

도회지?

응, 서울 말야.

혼자?

그럼, 혼자 가지…… 누가 있어?

논수는 소년으로서는 상상할 수도 없는 말을 아무렇지 않게
했다.

현아, 내 가슴에 손을 대 봐, 막 두근거리지? 귀를 대 보라구,
귀를…… 이렇게 말야…….

논수는 소년의 머리를 끌어다가 가슴에 꼭 안아보는 것이었
다. 그리고 이어서 논수의 입술이 소년의 입술에 와 닿는 것이
었다. 소년은 논수의 입에서 새우젓 냄새가 난다고 생각했다.

식모살이라도 할 거야, 여기서 난 못 살아……. 우리 엄만 이
제 날 사랑하지 않아, 하기야 벌써부터지만…….

논수가 말했다. 소문대로라면 논수 어머니는 산 너머 마을의
필모시 장수와 지난 봄에 보리밭에서 안고 딩굴었다는 것이었
다.

아, 게가 도망가네.

소년은 논수의 품에서 빠져 나와 끈에 묶인 채 강 둑 아래로
달아나는 게를 쫓다가 팔을 뻗으며 앞으로 고꾸라졌다. 논수가
뒤에서 소년의 몸뚱이 위로 쓰러져 왔다. 강 둑의 경사진 잔디
밭에 둘이는 안고 딩굴었다. 소년은 머리가 핑 돌며 논수의 가

슴 위에 얼굴을 댄 채 두 팔 안에 갇히고 말았다. 해가 지고 있었다. 한 척의 새우젓 배가 밀물을 타고 저만큼 들어오고 있었는데 그것은 황포 돛배였다.

배가 들어와, 배가.

소년이 말했다.

아이, 귀여워라.

논수가 다시 한번 소년을 억세게 끌어 안았다가 풀어 놓고는 조금 물러앉는 것이었다. 그때 발치의 이름 모를 풀꽃 주위를 맴도는 나비 한 마리가 눈에 띄었던 것이다.

……그 나비란 놈이 근래 자꾸만 눈에 띄는 것이었다. 지하도를 빠져 나와 버스 정류장의 눈부신 햇빛 속에 나서면 놈은 철길 가를 나풀거리며 지나가고 있었고, 일요일 한낮 무료를 달래다가 열어 젖힌 하숙방 문 밖의 안마당 손바닥만한 화단의 수세미 덩굴에 앉아 있었고, 때로는 회사의 이층 베란다 선인장 화분가에 날개를 접고 얌전히 앉아 있기도 했다. 그런데 그놈들은 한결같이 모두 퇴색한 빛깔의 희뿌연 팬지 꽃잎 같은 가냘픈 날개를 가지고 있는 것이었다. 얼마 전부터 그것들은 꿈 속에까지 나타나기 시작했는데, 그것은 한꺼번에 수십 마리, 수백 마리가 난무하며 현의 정신을 혼란 속으로 몰아 가는 것이었다. 그 혼란은 밤을 지나 대낮까지 그대로 이어지는 것이었다.

얼마 전부터라 함은 현의 아내가 교통 사고로 세상을 떠난 후
부터인데 그것이 아주 이해할 수 없는 사고였었다. 결혼이라지
만 식을 올린 것도 아니고 서울서 오다 가다 만나 어찌 어찌해
서 함께 살게 된 그들 부부는, 웬일인지 두 사람 사이로 차가운
강이 한 줄기 흐르고 있었다. 그 강을 어떻게든 건너보자는 심
산에서였는지 현의 아내는 새벽 기도회에 빠짐없이 나가곤 했
다. 그런데 아내는 어느 날 새벽 교회에 나가다가 그만 차에 치
어 죽은 것이었다. 피 한 방울 흘리지 않고 얌전히 눈 감고 누워
있는 아내 곁에는 현이 결혼 선물로 사주었던 검정색 가죽 표지
의 성경이 놓여 있을 뿐이었다. 그녀가 바로 논수였다.

　……풀기 없는 헝겊 조각 같은 커다란 날개의 하얀 나비 한
마리가 광화문 지하도 입구의 사철나무 이파리에 잠깐 앉아 있
다가 그것은 날개를 너풀거리며 무교동의 어느 맥주홀 찬란한
빛깔의 출입문을 스쳐서 을지로 쪽을 날아가고 있었다. 현은 한
눈 팔지 못하고 그것을 쫓아가고 있었다. 인도를 따라 사람들
사이를 빠져 나와 이삼 미터의 간격을 유지하면서 날아가던 나
비가 갑자기 차도를 횡단하는데 이를 쫓던 현은 달려오는 택시
의 앞바퀴에 깔리면서 꿈에서 깨어났다.

　……지금도 세상에는 '하느님'이란 말을 '하나님'이라고 써
야 한다고 고집하기를 전혀 부끄러워하지 않는 사람들이 있습

니다……. 자칭 시인은 토론을 벌이고 있었다. ……그러나 사람이 의롭고 옳은 일에 굽히지 않는 고집을 부린다면 몰라도 이 따위 유치한 고집을 포기하지 않는다면 사고(思考)할 줄 모르는 목석과 무엇이 다르단 말씀입니까? 엄연히 어느 민족에게나 그 고유한 언어가 있고, 그 언어는 오랜 시대를 거쳐 온 생성소멸의 역사적 변천 과정이 있으며, 그런 과정을 겪어서 오늘의 현대어로 남게 되었다는 사실을 모르진 않을 텐데 말입니다. 우리네 훌륭한 지성을 갖춘 조상들은 이미 우리 고유한 문자가 있기 전에도 한자의 음(音)과 훈(訓)을 이용하여 우리 민족어를 모두 표기했으며 특히 15세기 이후에는 어떤 미묘한 발음도 우리 훈민정음을 통해서 모두 기록하여 그 빛나는 언어적인 유산이 우리 손에 안겨지게 됐고, 이것을 통하여 우리는 우리 말의 역사적 변천 과정을 빈틈 없이 연구해 내고 있음은 주지의 사실이 아닙니까? 그런데 우주만물을 창조하시고 보살피시는 '하느님'의 경우 어떻게 '하늘(天)'의 뜻을 제외하고 '하나(一)'의 뜻으로만 고집할 수 있으며 분명히 '하늘'이라는 말에 '님'이라는 존칭 접미사가 붙고 '늘'의 받침 'ㄹ'이 탈락되어 '하느님'으로 쓰여진다는 것을 중학생들까지 잘 알고 있지 않습니까? 간단히 말해서 본래 '크다' '많다' '넓다' '무한하다' 등으로 쓰인 고어(古語) '하다'의 관형사형인 '한'에 사물의 원형이나 정신, 영혼 등을 가리킨 말인 '올'(후에 알, 얼로 변천됨)이 합성되어 '하늘'(한+올)로 쓰이다가 모음의 이화 작용(異化作用)에 의해 'ㆍ'가 'ㅡ'로 바뀌어서 '하늘'이 되어 현재 쓰이는 것인데 이것을 구태여 유일신인 '하나'라는 숫자 관념에서 '하나님'이라고 써야 한다니 그렇다면 '부모님'은 두 사람이기 때문에 '둘님'이라고 해야 되지 않겠습니까?

자칭 시인은 열변을 토하고 있었다. 듣던 사람 중에 한두 사람이 킥킥거리고 있었다. ……그녀는 왜 이 모임에 오지 않았을까? 그렇게 서울 구경을 하고 싶다고 하더니…… 그녀는 왜 이 모임에 참석하지 않은 것일까, 못한 것일까……. 현은 침대 위에 누운 채 여전히 갈매기 소리를 듣고 있었다. 파도 소리를, 대왕봉 벼랑 아래서 남포 터뜨리는 폭발음을 듣고 있었다.

그러니까 현이 갈매기 섬의 한 독자로부터 투고된 글과 그녀의 편지를 받기 시작한 것은 무교동의 어느 맥주홀에서 실로 오랜만에 논수를 다시 만난 무렵부터였다.

5

……뱀장어는 강물에서 살다가 알을 낳기 위해 바다로 갑니

다. 그러나 강물에 살던 몸이 갑자기 소금기가 있는 바닷물로 곧장 들어갈 수는 없습니다. 그래서 강물과 바닷물이 교류되는 곳에서 뱀장어는 오랫동안 몸을 단련시켜 바닷물에 적응할 수 있게 합니다. 몸을 단련한 뱀장어는 바다로 뛰어든 다음 끝없는 해저 여행을 시작합니다. 그러고는 알을 낳을 적당한 위치와 수온에 이르면 그 곳에다 알을 낳는데, 그 순간 뱀장어는 죽어버리고 맙니다. 왜냐하면 바닷물과 강물 사이를 왕복하며 몸을 단련하는 동안 아무것도 먹지 않고 오로지 몸 속에 저장해 놓은 단백질만 소모했고 또한 먼 여행에 지쳐버린 상태에서 알을 낳았기 때문입니다. 반면에 알 속에서 얼마의 시간이 지나면 새끼 뱀장어가 나오게 되는데 이것들은 차차 자라면서 죽은 어미가 살던 강, 그러니까 고향을 찾아 여행을 떠나는 것입니다. 누가 시킨 것도 아니요, 누가 안내하는 것도 아닙니다. 그러나 새끼 뱀장어는 용케도 어미가 살던 강, 고향을 향해 항해를 계속합니다. 이것이야말로 하느님의 섭리가 아니겠습니까?

자칭 시인이 말했다.

그렇습니다. 그것은 신의 섭리가 아닐 수 없습니다.

신학생이 대꾸했다. 시인은 말을 계속했다. ……신의 섭리에 따라 그 망망대해를 항해하는 동안 때로는 큰 고기의 밥이 되는 등 온갖 고난을 겪으면서도 새끼 뱀장어는 어미의 고향을 찾아가는 것입니다. 그렇게 해서 어미의 고향, 그 강에 도달하면 거기서 서식을 하고 그러다 또 다시 알을 낳아야 할 어미가 되면 또 다시 그 어미가 그러했듯이 바다로 들어갑니다. 그리고 알을 낳은 후 죽어버리는 것입니다. 그래서 뱀장어를 '모천회귀어(母川回歸魚)'라고도 합니다. ……한 알의 밀알이 땅에 떨어져 썩어야 새싹이 돋아나듯이 뱀장어도 바다로 들어가 죽음으로써 그 새끼를 배출하는 것입니다.

자칭 시인은 바다를 바라보며 말했다.

……당랑(螳螂), 흔히 버마재비라고 부르는 곤충은 교접을 하는 동안 암놈이 수놈을 잡아먹는데 그것은 암놈이 잉태할 자기 새끼의 영양 공급을 위해 수놈이 고스란히 자기 몸을 희생하는 것이랍니다.

신학생이 말했다.

……버마재비, 사마귀라고도 하지요? 그것과 뱀장어의 생태(生態)와는 의미가 좀 다릅니다.

현이 거들었다.

갈매기 섬으로 가는 배는 이제 포구를 완전히 벗어나 속력을 내기 시작했다. 유리 그릇 속에서 맥빠진 채 흐느적대는 뱀장어를 구워 달래서 안주 삼아 몇 잔 마신 해장술이 알딸딸하게 오르고 있었다. 사십오 도쯤 오른 해가 벌써 열기를 뿜기 시작했다.

뱀장어 얘기야말로 메시지입니다. 그 좋은 얘기를 왜 동화 대
회 때 하지 않았지요?

신학생이 말했다.

뱀장어 얘기는 동화가 아닙니다.

자칭 시인이 대답했다.

다람쥐 얘기는 동화였나요? 더구나 그 여선생의 얘기는 억지
로 메시지를 담으려는 의도가 빤히 들여다보여서 젬병이었는
걸요.

신학생이 말했다.

그러나 참으로 좋은 얘기였습니다.

자칭 시인이 말했다.

그래요, 참 좋은 얘기였지요.

현은 수긍했다. ……그런데 말씀입니다. 선생은 갈매기 섬에
초행인가요? 현은 신학생과 자칭 시인 중 누구에게랄 것 없이
물었다. 아닙니다, 전 초행이 아닙니다. 시인이 대답했다. 그럼
섬에 대하여 좀 아십니까? 현이 물으려는 말을 신학생이 먼저
했다. ……전 초행이라 놔서 궁금한 게 많거든요. 신학생이 말
했다. 저도 그래서 물은 겁니다만……. 현은 시인을 바라보았
다. ……저는 그 섬에서 자랐습니다. 자칭 시인이 이야기를 시
작했다……. 그러나 그 섬에 그렇게 엄청난 규모의 성전이 새

로 건축되었다는 얘기는 금시초문이었습니다. 하기야 국민학교를 졸업하자마자 떠나 왔으니까요. ……그 후로 가끔 다녀오긴 했습니다만. ……거기 고모님이 살고 계시거든요. 시인은 담배를 한 대 꺼내 불을 당기려 했으나 배의 속도보다 빠른 역풍 때문에 불은 자꾸만 꺼지는 것이었다. 현이 몸으로 바람막이를 했다. 비로소 불을 붙일 수 있었다. 신학생은 구역질이 나는 모양이었다. 배멀미를 하십니까? 아뇨, 그러나 그는 안되겠는지 선실로 들어갔다. ……어렸을 때 생각이 나는군요. 갈매기 섬 주위에는 여러 개의 섬이 많습니다. 녹도(鹿島), 효도(鴞島), 백구도(白鷗島), 관도(鸛島) 등등 모두가 새 이름인 많은 섬들엔 새들이 날아와 알을 낳고 새끼를 치고 똥을 쌌어요. 그러나 사람은 하나도 살지 않는 무인도였습니다. 우리들은 노는 날 대개 그 무인도로 새알을 주우러 가는 것이 일이었습니다. 노는 날이 아니더라도, 그때는 십리 밖에 있는 국민학교를 다니는 아이도 흔치 않아서 학교 못 다니는 왈패들이 가끔 우리들을 꼬여 가지고 무인도엘 가곤 했었고, 우리는 그게 싫지 않았습니다. 왈패들은 길목을 지키고 섰다가 칡뿌리나 잔대싹 같은 것으로 우선 우리들의 환심을 사는 것이었습니다. 우리들은 칡뿌리를 한 토막씩 받아들고 공회당으로 몰려 갑니다. 거기서 당장 의논이 되어 우리는 해변으로 나갑니다. 거기서 우리는 작은 배를 한 척 풀어

가지고 바다에 띄우고 무인도를 향해 노를 저어 나갔습니다. 섬에는 새알들이 지천으로 깔려 있었습니다. 거기에는 컴컴한 굴 구멍도 있었습니다. 거기서 우리는 벌거벗은 채 하루 해를 보냈습니다. 해 저물 녘 갈매기 섬으로 돌아오면 그제야 우리는 학교에 안 간 것이 걱정이 되어 곧장 집으로 들어가지 못합니다. 뒷산에서 우리는 어둡기를 기다렸습니다. 동네 사람들이 횃불을 켜들고 우리를 찾아 다니는 소동까지 빚은 일이 있었지요. ……저는 어느 해 여름인가 아예 뒷산 수풀 속에서 어둡기를 기다리다 잠이 들어버려 부모님의 애를 태운 적이 있었습니다. 아버님한테 죽잖을 만치 매를 맞는 건데 할머님이 안고 돌며 막으셨지요. 그때 저의 아버지는 어업 조합장이셨습니다만……. 시인은 꺼져 가는 꽁초를 다급하게 빨아댔다. ……그렇다면 구 목사님에 대하여 아시는 게 있습니까? 현이 물었다. ……얘긴 들었습니다. 아주 훌륭한 분으로 소문이 나 있었으니까요. ……모래사장과 솔밭, 다리가 길다란 하얀 물새 떼, 멍석을 깔고 펴 널었던 붉은 고추, 잎은 다 지고 감이 주렁주렁 매달렸던 남전(南田) 우리집 안마당의 해묵은 감나무 껍질, 미신, 푸닥거리와 당집, 땅콩밭을 매던 누나의 뒷모습, 십리 길을 안개 속으로 달려 학교 가는 길에 넘던 성황당 고개, 준치 그물에 걸려 파닥대던 이름 모를 바닷새 한 마리, 소라와 조개 껍질과 작은 게

들……. 그 모든 것들과 그대로 조화를 이루어 가며 살아가는 섬 주민들에게 훌륭한 분으로 존경받던 어부인 구 목사님……. 그런데 이제 그 분은 가고 없고, 그토록 많이 날아와 살던 새들도 별로 눈에 띄지 않는다더군요. 돌담 집들은 슬레이트 지붕으로 변했고 아기 바위, 장군 바위, 상사봉(相思峰), 대왕봉 등은 철장으로 뚫은 구멍 속에다 화약을 집어 넣고 터뜨려 선착장 공사장과 정신 박약아 정양원, 그리고 제일교회 건축 재료로 사용되고……. 발전이라는 게 좋긴 좋은데……. 시인은 실눈을 뜨고 수평선을 바라보고 있었다. 해는 중천에 와 있었다. 배가 도중의 어느 섬 가까이 멎자 목선이 하나 다가와 짐과 사람들을 받아 가지고 돌아갔다. 몇 사람이 양쪽에서 손을 흔들었고, 배는 다시 속력을 내기 시작했다. 멀어지는 섬은 그림같이 보였다. 신 목사님에 대해서는 뭐 아시는 게 없습니까? 현이 다시 물었다. ……모르는데요. 수단꾼으로 생겼던데요? 아마 이 배를 타지 않은 것도 서울에 남아 무슨 일을 꾸미고 있는 때문일 겁니다. 자칭 시인은 거의 단정짓다시피 아는 체를 했다……. 요새 그런 목사 흔찮아요? 시인은 현에게 동의하기를 바라는 눈치로 웃으며 말했다. 우리도 좀 쉴까요? 시인이 다시 말했다. 들어가 쉬시지요, 저는 바다가 처음이라서 구경을 더 하겠습니다. 현이 말했다. ……그녀는 왜 오지 않은 걸까? 그녀는 어떤 여자일까……. 현은 수련회가 끝난 다음 곧바로 이어지는 여름 휴가 동안 별로 할 일도 없었는데 마침 출장 명령을 받게 된 것은 천우신조라고 생각했다. 그것도 바로 갈매기 섬, 그녀가 살고 있는 곳……. 일개 잡지의 편집장이 한 사람의 독자에게 그처럼 관심을 쏟는 것은 무슨 까닭일까. 본인으로서도 우스운 일이었으나 여하튼 출장 명령은 제때 떨어졌던 것이다. ……만나게 되겠지, 만나면 모든 것을 알게 되겠지. 서른 다섯의 갓된 홀아비……. 현은 쓸쓸히 혼자 웃으며 선실로 들어왔다.

섬에 도착한 것은 육지를 떠난 지 네 시간 반만이었다. 현은 우선 숙소를 정할 참이었다. 그런데 자칭 시인이 자기 고모네 집으로 가자는 것이었다. 처음엔 사양했으나 끝내 응하고 말았다. 담임 목사도 없는 교회, 누구에게 설명을 듣고 안내를 받는단 말인가. 이럴 줄 알았으면 신 목사와 약속이라도 할 걸 그랬지. 허지만 신 목사는 알고 있을 터이고 늦어도 내일은 돌아오겠지. 설혹 그를 만나지 않는다 해도 무슨 설명이 필요하고 안내받을 건덕지가 있겠는가. 천천히 사진이나 몇 장 찍고, 성전 봉헌 예배 순서지나 한 장 입수하면 거기 세세하게 설명되어 있을 것을. 그리고 그녀의 아버지를 만나 물어보면 될 것이고, 그것보다도 그녀를 만나게 되면 얘깃거리도 되니 더욱 좋을 것이고……. 현은 절로 흥겨워져서 돌자갈밭을 걸었다.

우르릉, 쿵.

쫘당, 우르릉.

어디선가 산 언덕을 무너뜨리는 폭발음이 들려왔다. 아이들
몇이 고동을 줍고 있었다. 바위에는 굴 껍질이 다닥다닥 붙어
있었다. 슬레이트 지붕들이 울긋불긋했다. 텔레비전 안테나도
몇 개 보였다. 짠내와 비린내가 코를 찔렀다. 그리고 참으로 엄
청나게 큰 성전이 언덕 위에 그 위용을 나타냈다. 고개를 하나
넘어섰을 때였다.

……드디어 왔구나, 현은 생각했다. 그러나 휴가는 일주일,
서두르지 않기로 했다. 잡지는 이미 수련회 목을 대서 내달치를
미리 내놓았으니 걱정이라곤 없었다. 현은 심호흡을 했다. 초행
이라던 신학생은 안내자를 만났는지 먼저 사라지고 보이지 않
았다.

시인의 고모라는 분은 할머니였다. 주고 받는 어투로 보아 시
인은 무척 오랜만에 늙은 고모를 찾아온 모양이었다. 현은 인사
를 차리고 우물 가에서 떠주는 세숫물에 손을 담갔다. 그때 국
민학교 오륙학년쯤 돼 보이는 소년이 사립문 안으로 들어서고
있었다. 소년은 한 아름은 실히 되는 책 한 권을 안고 있었다.

그것 어디서 갖고 오나?

시인의 고모가 물었다.

양이 누나가 빌려갔던 거야. 아버지가 찾아오라고 해서…….

소년이 대답했다.

현은 귀가 번쩍했다. 양이, 그녀가 분명하다고 직감으로 느꼈다. 오양이, 그녀의 이름이 바로 오양이(吳洋伊)였다.

현은 세수도 그만두고 물 묻은 손을 바지에 쓱쓱 문대었다. 그리고 소년이 마루 끝에다 쿵, 하고 내려 놓은 그 책 곁으로 갔다. 그것은 빨간 케이스 속에 들어 있는 '가정의학대전(家庭醫學大典)'이었다.

이 책, 잠깐 보아두 되지요?

현은 좀 다급하게 말했다.

예, 보셔요.

소년이 대답했다.

현은 책을 들고 사랑방 툇마루로 나왔다. 책갈피에 종이 쪽지가 몇 장 끼워져 있었다. 그 곳을 펼쳤다. 종이 쪽지엔 아무것도 적혀 있지 않았다. 단순한 책의 내용 표시인 듯했다.

……식피술(植皮術) ……문자 그대로 하면 가죽을 심는 법. 자체 이식…… 즉 자기 몸의 일부에서 자기 몸의 어떤 다른 부분으로 옮겨 붙이는 것. 이체 이식…… 대개 실패하기 쉽다. 일시 성공한다 해도 다시 괴멸한다. 모반(母斑)…… 아브레이시브 수술로 치유가 가능. 샌드 페이퍼 수술과 같은 방법으로 전기

원동기에 철(鐵) 부라쉬를 부착 사용한다. 안면 혈관종(顔面血管腫)…… 포도주양 모반, 모세 혈관종, 해면체양 혈관종, 피하 동맥지주형 혈관종, 비대성 혈관종, 포도송이형 혈관종, 전이성 혈관종, 임파 혈관종 등이 있음. 대개 선천적인 것으로 난치병임. 그러나 단순한 모반(혈관종)으로 피부내의 혈관이 이상적으로 증식한 것일 때, 모세혈관이 확대하여 별스런 모양을 나타내는 소형의 것과 모세혈관이 확장하여 반상으로 되고, 홍색(포도주 색)의 평탄한 것, 혈관이 과도하게 증식하여 결절형으로 융기하는 것 등 여러 가지 형태가 있는데 대개는 생후에 발생하여 차츰 확대되며 대부분 얼굴에 호발한다. 운상탄산, 부식제, 전기소작, 전분응고법 등의 치유 방법이 있음. 히포크라테스의 선서…… 이제 의업에 종사할 허락을 받으며 나의 생애를 인류 봉사에 바칠 것을 엄숙히 서약하노라. 나의 양심과 위엄으로써 의술을 베풀겠노라. 나는 환자의 건강과 생명을 첫째로 생각하겠노라……. 현이 여기까지 읽었을 때 시인이 옆으로 다가섰다.

참 이상한 일이네요.

시인이 말했다.

뭐가요?

현이 고개를 들었다.

……이 동네 처녀 하나가 없어졌대지 뭡니까? 혹시 서울의

이번 모임에 갔는가 했다는데…… 우리 동행 중엔 이 섬에서 수련회 참가했던 처녀는 없었지요?

시인이 말했다.

이름이 뭐라고 하던가요? 혹시 오 양이라는 처녀가 아니던가요?

현의 입안에 침이 마르고 있었다.

글쎄요, 이름은 모르고 그저…… 혹시 아는 사람입니까? 초행이시라면서. 어서 들어가 점심이나 드십시다. ……섬 처녀들, 없어졌다 하면 육지구, 서울이지요 뭐…….

시인이 무덤덤하게, 시인답지 않은 말을 중얼거렸다.

……예, 그렇지요. 점심이나 드시지요.

현은 책을 덮어 들고 일어섰다. 밥맛이 있을 턱이 없었다. 피곤함 때문만은 아니었다. 모래알을 씹는 것 같았다. ……얘는 또 어디 갔담, 상 채리는 것 보구. 시인의 고모가 소년을 찾는 모양이었다. 현은 밖으로 나왔다. ……우리 교회는 부흥 발전하는 교회로서 복음 전도의 새로운 구상을 가지고 힘차게 전진하고 있습니다. 앞으로 더욱 가르치고 전도하고 봉사하는 교회로서 교회 본연의 사명에 헌신적인 노력을 경주할 것입니다. 그리고 지역 사회의 발전에 발맞추어 복음 전도에 최선을 다할 것입니다. ……오늘 이 아름다운 성전 봉헌 예배를 드리면서 그 동안 땀과 눈물과 기도로써 정성어린 헌금을 바치신 온 교우들에게 나는 진심으로 감사를 드리며 또한 이 공사에 헌신적인 노력을 기울이신 건축 위원장과 건축 위원들, 그리고 설계·감리·준공까지 맡아 주신 장로님과 숨어 봉사하신 많은 분들에게 그 공로를 치하하지 않을 수 없으며 이 성전의 완공을 위해 동참하신 그 밖의 여러 성도님들에게까지 하나님의 크신 축복이 함께 하시기를 주 예수 그리스도의 이름으로 축원합니다. 아멘, 할렐루야……. 내가 주를 위하여 거하실 전을 건축하였사오니 주께서 영원히 거하실 처소로소이다. ……우리는 이 집을 거룩하신 하나님 아버지의 전으로 드립니다. 그러므로 우리의 마음은 언제나 이 곳에 있을 것입니다. ……우리는 이 집을 천하만민의 기도하는 집으로 드립니다. 그러므로 우리가 그 곳에서 하나님의 은총을 입을 것입니다. 우리는 이 집을 삼위일체 하나님을 예배하는 집으로 드립니다. 그러므로 이 집에 하나님의 영광이 가득할 것입니다. 우리는 이 집을 성례를 행하는 집으로 드립니다. 그러므로 그리스도 안에서 신령한 생활이 계속될 것입니다. 우리는 이 집을 말씀을 선포하는 집으로 드립니다. 그러므로 말씀이 그 터전이 될 것입니다. 우리는 이 집을 그리스도를 배우는 집으로 드립니다. 그러므로 우리는 온유하고 겸손하며 섬기는 생활에 힘쓸 것입니다. 우리는 이 집을 성도가 교제

하는 집으로 드립니다. 그러므로 우리는 주 안에서 하나가 될 것입니다. ……이 성전을 하나님께 봉헌하고 이 열쇠를 하나님의 종된 당신에게 드리니 하나님의 영광만을 위해 사용하시기 바랍니다. ……나는 구도(鷗島) 제일교회 당회장의 이름으로 이 열쇠를 받아, 그리스도의 몸된 교회를 충성되게 섬기는 모든 성도들에게 영원한 천국 문이 열리게 하시고 이 성전을 출입하는 모든 분들에게 은혜와 축복이 더하시기를 주 예수 그리스도의 이름으로 축원합니다. 할렐루야, 아멘.

현은 마을 뒷산 언덕에 올라와 있었다. 성전을 바라보며, 현은, 봉헌 예배에서 회중들에게 계속하여 축복하고 있는 신 목사를 눈앞에 그려보고 있었다. 그러다가 현은 이상한 광경을 발견했다. 바닷가 모래사장에 사람들이 모여들고 있었다. 그 곳에는 배가 들어온 것도 아니었다. 또 그럴 만한 곳도 못되었다. 소년이, 분명히 소년이 모래사장을 가로질러 마을 쪽으로 뛰어오는 것이 보였고, 신학생이, 분명히 그 신학생이 어디서 나타났는지 그 쪽으로 달려가는 것이 보였다. 현은 그 곳으로 곧장 갈 수는 없었다. 발 끝은 절벽이었다. 현은 조금 전 이 언덕으로 올라온 마을 뒷길로 돌아 내려가는 수밖엔 없었다.

밀물이었다. 그리고 현이 사람들 틈을 비집고 들어섰을 때, 그것은 예상했던 대로 파도에 떠밀려온 하나의 주검이었다. 이미 거적이 덮여 있었다.

　사람들이 웅성거렸다. 저만큼 마을 쪽에서 소년에게 부축되어 걸어오는 백발의 노인이 보였다. 한 청년이 달려가 비틀거리는 노인을 부축했다. 노인은 뛰고 있었으나 모래사장은 팍팍했고 몸은 마음대로 움직여지지 않는 모양이었다. 노인은 두 손을 허공에 허우적대며 고꾸라질듯 달려 왔다. 사람들이 비켜섰다. 노인은 볼것 없이 거적을 걷어 팽개쳤다. 사람들이 한 걸음 뒤로 물러섰다. 노인이 시체 위에 엎어지며 소리쳤다. 내 딸, 내 딸, 양이야……. 오…… 내 딸, 양이야……. 햇볕은 계속 따갑게 내리쪼이고 어디서 날아왔는지 갈매기 한 마리가 물결 위에서 끼룩대며 날고 있었다. 꽝, 꾸르릉……. 대왕봉 절벽 쪽에서 남포 터뜨리는 소리가 들려왔다. 신학생이 고개를 숙이고 모래사장을 걸어 배턱이 있는 쪽으로 걸어가는 뒷모습이 보였다. 마을 사람 몇이 통곡하는 노인을 시체 위에서 일으켜 세웠다. 그리고 다시 거적을 덮었다. 노인은 사람들에게 잡힌 채 몸부림치고 있었다. 참으로 목불인견이란 이런 광경을 두고 하는 말이라고 현은 생각했다. 구경할 일이 못되었다. 현은 돌아섰다. 시인이 등 뒤에 서 있다가 앞장섰다.

　술이나 한 잔 하십시다.

　시인이 말했다.

그러지요.

현은 순순히 응했다. 사실 지금 다른 할 일이라곤 없었다.

유리창이 달리고, 흔히 대구포로 알고 있는 쥐포와 소주 등을 팔고 있는 마을 가게에서 자칭 시인과 현은 잔을 거푸 비웠다. ……오자마자 이게 무슨 변괴입니까? 시인이 말했다. ……그러게 말입니다. 현은 빈 잔에 술을 딸며 대꾸했다. ……그 죽은 처녀 말입니다. 왼쪽 귀 밑에 커다란 혹이 매달린 병신이었다는데요? 아마 비관 자살한 모양입디다. 시인이 말했다. 현은, 그녀가 보내온 글과 함께 잡지에 넣어 준 적이 있는 그녀의 사진을 생각했다. 길다란 머리를 한쪽으로 빗어 내려 앞가슴까지 가렸던 사진에서 그녀는 밝게 웃고 있었다. ……더 깊은, 다른 사연이 있었는지도 모르지요. 현이 한참 후에 말했다. 현은 그녀의 죽음을 자살로 보고 싶지는 않았던 것이다. 그때 현의 머리에 눈먼 다람쥐 얘기가 떠올랐다. 그리고 이어서 원경으로 포수가 서 있고, 달려오는 다섯 마리의 사냥개가 있고, 죽어 넘어진 한 마리의 암사슴이 그려진 'Courbet'의 'Doe Lying Exhausted in the Snow'가 생각났다. 현의 눈에 그녀의 주검은 분명히 한 마리의 양으로 보였던 것이다.

우리 아무래도 망자의 집에 가봐야 되지 않을까요? 현이 문득 말했다.

글쎄요, 가본들 무엇 합니까? 시인이 말했다.

현은 시인이 자꾸만 시인답지 않은 말만 하고 있다고 생각했다. 투고하는 글의 자기 이름 밑에다 자신이 직접 시인이라고 써 넣는 몇 사람의 독자들을 현은 알고 있었고, 그들을 가리켜 현은 '자칭 시인'이란 말을 써 왔는데 이 사람도 분명히 그 가운데 하나였다.

……저 혼자 다녀 오겠습니다.

현은 일어섰다.

그럼 나도 갑시다.

시인이 따라 나섰다.

노인의 집은 텅 비어 있었다. 그녀의 시체도 보이지 않았다. 해풍을 받으며 언덕 위에 우람하게 서 있는 예배당 쪽을 향해 걸음을 옮기던 현은 길가에 쪼그리고 앉아 울고 있는 노인을 발견했다. ……할아버지, 고정하세요. 현이 말했다. 이럴 때 달리 할 말이 생각나지 않았던 것이다. ……젊은이가 우리 양이한테 좋은 책을 보내 주던 신학생이지? 노인은 현의 손을 덥석 잡으며 말했다. 현은 말문이 막힐 수밖에 없었다.

갈매기 섬에 어둠이 내리고 있었다. 성전이 새로 건축되기 전에 예배당으로 사용했던 공회당 마당에 장작불이 타고 있었다. 구 목사가 살아 생전 예배를 인도하던 곳, 오 양이 선생이 주일

학교 학생들에게 풍금을 치며 노래를 가르치던 곳, 지금은 예비군 중대본부겸 새마을 회관, 그리고 이발소로도 사용된다는 공회당 안에 그녀의 주검은 누워 있었다.

현은 그래도 시인밖에 벗이 없어 그와 함께 소주병을 하나 들고 밤바닷가로 나왔다. 현은 이제 돌아가 작성해야 할 선교 보고서에 대하여 생각하고 있었다.

……천국 복음 선교회가 지원하고 있는 갈매기 섬에는 아름답기 그지없는 성전이 신축 봉헌되었고, 한국 지부가 모처럼 시도한 '天國의 소리' 독자 수련회는 성공리에 막을 내렸다. …… 조용한 아침의 나라, 동양의 예루살렘으로 불리우는 한국의 선교 역사는…… 오로지…… 기어코……. 지부장 주 장로가 즐겨 쓰는 어휘가 총동원되어 작성될 선교 보고서의 문안을 생각하던 현은 이 캄캄한 여름밤이 그냥 밤으로 계속 이어지고, 이번 여름 휴가가 그냥 계속 휴가로 이어질 것 같은 상념에 빠져들고 있었다.

수령의 초상화

아이들이 학교에 간다. 하낫, 둘, 셋, 넷, 구령을 붙이며, 발을 맞추어 학교에 간다. 앞에 가는 아이와 뒤에 가는 아이 사이, 간격이 고르다. 이따금, 호루루기를 불며, 행렬에서 벗어나 구령 붙이던 아이가 신호를 하면, 아이들은 노래를 부르기도 한다. 노래를 부르며, 발을 맞추어 걸어가는 아이들은 그대로 걸어 가는데, 신작로를 느리게 굴러가는 구식 찝차를 향해, 구령 붙이던 아이가 거수경례를 하기도 한다.

아이들은 모자를 쓰고 있다. 모자 차양 위에는 별이 붙어 있다. 한 개 붙어 있는 아이도 있고, 다섯 개 붙어 있는 아이도 있다. 학년 표시다. 다리에는 각반을 치고, 발에는 헝겊 신을 신고 있다. 책가방은 어깨에 메고 있다. 배낭 모양이다.

하낫, 둘, 셋, 넷,

번호 붙이어 갓!

아이들이 번호를 붙이며 학교에 가고 있다.

줄줄이 우향 앞으로 갓!

아이들이 발을 맞추며 우측으로 꼬부라지고 있다. 신작로에서 꺽어 돌면 교문이다. 국기가 보인다. 별이 그려진 국기가 게양대 위에 퍼덕이는 것이 올려다 보인다.

국기에 대하여 경례!

아이들이 그 자리에 멈추어 서며 경례를 한다.

바로!

아이들이 손을 내리고 다시 걷기 시작한다.

제자리에 섯!

운동장 한가운데다.

각 교실로 향하여 뛰어 갓!

아이들이 각기 자기 교실 쪽으로 뛰어간다. 구령 붙이던 아이가 뚜벅뚜벅 교무실 쪽으로 걸어간다. 교무실 안으로 들어선 아이가 경례를 붙이며 보고한다.

예술인 지구 화가 마을 소년대 17명, 학교까지 인솔 완료!

좋아!

팔뚝에 주번 완장을 찬 교사가 보고를 받는다.

이상 없나?

네, 이상 없습니다.

수고했다, 돌아가도록!

아이는 다시 거수 경례를 하고 교무실을 나온다. 그리고 자기 교실을 향해 뛰어간다.

아이들이 뛰고 있다. 여덟 명이 한 조가 되어 뛰고 있다. 누구 하나 앞서 갈 수 없다. 여덟 명 모두 옆 아이와 발을 한쪽씩 헝겊 끈으로 묶어맸기 때문이다.

하낫, 둘, 셋, 넷…….

발을 맞추어 아이들이 운동장을 돌고 있다. 구부러진 선을 밟고 놀다가, 안쪽에서 뛰던 아이가 발을 헛디뎌 넘어진다. 한 아이가 넘어지자, 다른 아이들 모두가 넘어진다. 함께 출발한 다른 조가 앞서 뛰어간다. 앞서 뛰어간 조가 목표 지점에 도착하여 짚뭉치로 만든 적군 대장을 무찌른다. 죽창으로 적군 대장의 배때기를 한번씩 쑤셔대는 것이다. 그리고 만세를 부른다. 한 아이가 넘어져, 모두 넘어진, 그래서 뒤진 조가 도착하여 무릎을 꿇는다.

무릎 꿇은 조의 등 위에, 이긴 조의 여덟 명이 올라 탄다. 뒤진 조는 무릎과 손바닥으로 운동장을 기어 돈다.

햇볕이 따갑다.

말이 되어, 이긴 조를 태우고 기어 온 아이들이, 한 아이를 가운데 놓고 한 대씩 쥐어박고 있다.

수령님께서 주신, 똑같은 정량 급식을 했는데 왜 힘없이 쓰러져, 응?

아이들에게 둘러싸인 한 아이 울고 있다. 코피가 터졌지만 누구 하나 닦아주는 아이가 없다.

아이들이 모두 다 교실로 들어간다. 코피가 터진 아이가 우물 곁으로 걸어간다. 두레박으로 물을 퍼 올리던 소녀가 양동이에 물을 떠 놓은 채 변소로 들어간다. 아이가 양동이 물로 세수를 한 다음 두레박으로 물을 퍼 올려 양동이에 채운다. 그리고 아이는 변소 곁을 지나 교실로 향한다.

애, 이리 와!

변소 안에서 아이를 부르는 목소리가 들렸다. 아이가 주위를 둘러보며 변소 쪽으로 다가간다. 변소의 문이 열리며 소녀가 아이를 잡아당긴다. 변소 문이 닫힌다.

너의 아버지 화가지?

응!

우리 아버진 시인이야, 새벽마다 기도를 해, 우리집 식구들은.

우리집 식구들도 기도를 드려.

알고 있어, 기운을 내.

알았어, 고마워, 누나.

조금 있다가 나와, 응?

소녀가 아이의 손을 꼭 쥐어주고 변소 밖으로 나간다. 변소 문이 닫힌 다음 아이는 오줌을 누어야겠다고 생각한다. 그러나 오줌이 조금도 나오지 않았다. 아이는 쪼그려 앉았다. 그리고 눈을 감는다.

옛날엔 이러지 않았다.

옛날엔 정말 이렇지는 않았다.

아이는 종달새의 울음 소리를 듣고 있다. 아빠가 그린 그림이 눈 앞에 떠올랐기 때문이다. 보리밭이 있다. 바다와 배, 그리고 갈매기도 있다. 들국화와 소녀도 있다. 소녀는 웃고 있다. 그런 데 지금은 그런 그림을 그리지 않는다. 문화 선전성의 예술인 지구 화가 마을 아저씨들은, 아버지와 함께 모두 숨어서 한숨만 쉬고 있다. 시인 마을의 아저씨들도 모두 마찬가지인 모양이다.

그러나 모두는 아니다.

처음엔 모두 숨어 한숨만 쉬었지만, 요즘 와서는 모두 함께가 아니다. 모두 함께 모여 한숨만 쉬다가, 그 중 한 사람이 잡혀 가자, 모두 함께 모여 한숨만 쉬던 일은 없어졌다. 이젠 함께 모이면 왁자지껄 떠들었다. 박수 소리도 흘러 나왔다. 그리고 돌아와서는 아빠 혼자 우는 날이 많았다.

아이는 발자국 소리에 정신을 차렸다. 그리고 바지 괴춤을 여미는 척하며 변소를 나온다.

소년이 숲으로 갔을 때 소녀는 이미 거기에 와 있다.

누나!

응?

시인 아저씨 아직 돌아오지 않으셨어? 누나 아빠 말야.

응.

어떻게 하지? 우리 아빠도 불려 가셨어.

화가 아저씨도? 혼자?

아니, 우리 화가 마을에선 세 분이 불려가셨대. 학교 갈 때 구령 붙이는 소년대장 아버지하구, 또 한 분……. 엄마도 아프셔서 누워 계신데 큰일이야…….

우리 엄마도 아프셔…….

소녀는 풀꽃을 쓰다듬고 있다.

누나!

소년이 문득 눈빛을 내며 소녀를 불렀다.

응?

소문 들었어?

무슨 소문?

저 말이야, 우리나라 수령께서는 외팔에다 한쪽 눈이 멀었대.

그래 나도 알아. 그렇지만 그런 소리를 함부로 하다간 큰일 난다.

나도 알아. 누나니깐 말하는 거지 뭐.

소녀가 소년의 손을 꼭 잡아 준다.

그때, 마을에서 종소리가 들렸다.

식사 시간인가 봐, 내려가자.

이번엔 내가 먼저 갈께, 누난 나중에 와.

소년이 숲에서 나온다. 마을 사람들이 공동 식당 쪽으로 몰려가고 있다. 누나는 어쩌면 숲속에서 오줌이라도 누는 척 쪼그려 앉아 있으려니, 소년은 생각했다.

성의 주변엔 붉은 견장을 붙인 병사들이 총을 들고 서 있다. 세 사람의 화가는 인솔하는 병사에게 호위되어 성문 안으로 들어선다.

늙은 화가는 콜록콜록 기침을 하고, 젊은 화가는 만나는 사람마다 인사를 한다. 나머지 한 사람의 화가는 왼쪽 눈에 안대를 댄 애꾸였다. 왼쪽 팔소매는 왼쪽 주머니 속에 들어가 있는데, 몸을 흔들며 걸을 때마다 흔들렸다. 외팔이다. 오른쪽 팔을 몹시 흔들며 외눈을 연신 깜박거렸다.

세 사람의 화가는 한 방으로 인도됐다. 변소와 목욕 시설, 침대 등이 갖추어져 있다. 목욕을 마치고 나왔을 때, 옆방엔 식탁이 마련돼 있었다. 진수성찬이다.

늙은 화가는 앓는 아내와 어린 딸을 생각했다. 밥맛이 없다. 생각한들 무엇하랴, 잊어야지. 늙은 화가는 고개를 흔들었다. 그는 떠나올 때 벌써 마음 속으로 작별의 인사를 했고, 지금도 식사 생각 없이 눈을 감고 기도를 드리고 있다. 주님, 내 가족을 보호해 주옵소서.

젊은 화가는 맛있게 식사를 하고, 희망에 부풀어 있다. 수령께 그림 솜씨를 보여 줘야지. 그래서 상금을 두둑히 타가지고 돌아가 젊은 아내를 즐겁게 해줘야지.

애꾸눈에 외팔이 화가도 식사를 하면서 이번 기회에 수령의 호감을 사서 높은 벼슬을 얻으리라 생각한다. 소문대로라면, 수령은 자기와 똑같은 외팔이에다 애꾸눈이라니, 얼마나 잘 들어맞은 일이냐.

이튿날, 맨 처음 불려나간 화가는 늙은이다. 온 몸에 향수를 뿌리고, 인사법을 다시 익힌 다음, 준비된 화실로 들어갔을 때, 방안엔 아무도 없었다. 얼마나 기다렸을까. 주렴이 흔들리며 수령이 나타났다.

늙은 화가는 무릎 꿇어 인사를 했다. 옆에 붙어 선 병사가 그렇게 지시했던 것이다.

수령은 잠시 의자에 앉았다가 주렴 사이로 사라졌다. 그 잠시 동안에 늙은 화가는 수령의 모습을 머리 속에 담았다. 그리고 화필을 들어 화폭에 수령의 모습을 옮기기 시작했다. 식음을 전폐하고 몇 날 며칠 동안 밤낮 없이 화폭에 옮겨 놓은 수령의 모습은, 흉칙하게 일그러진 애꾸눈에 한쪽 팔이 어깨에서 잘려 나간 백전노장의 모습이다. 콧수염 하나 틀림없는 수령은 화폭에 옮겨진 채 숨을 쉬고 있다.

두 명의 병사가 화폭을 들고 주렴 사이로 사라진 얼마 후, 화가는 다른 병사에게 끌려 나갔다.

두 번째 화가는 젊은 화가다. 화실 안으로 들어서면서 그는 붙어 선 병사가 지시하기도 전에 무릎을 꿇었다. 잠시 후 수령이 나타났을 때, 젊은 화가는 무릎 걸음으로 다가가 수령의 발등에 입맞추었다.

무례하다!

붙어 선 병사가 한 마디 했을 때도, 젊은 화가는 그 병사에게 머리를 조아렸다. 수령은 잠시 의자에 앉았다가 일어섰다. 젊은 화가는 다시 이마가 마루바닥에 닿도록 절했다.

젊은 화가는 수령이 나간 다음 담배를 태려 문다. 그리고 눈을 감고 생각에 잠겼다. 차를 한 잔 시켜 마신 다음, 젊은 화가는 드디어 붓을 든다.

먹을 것 다 먹고, 실컷 자고, 며칠만에 그려 놓은 수령의 모습은 참으로 훌륭한 것이었다. 젊은 화가는 자신의 재능과 솜씨에 스스로 감격했다.

애꾸눈인 한쪽 눈이 사라지고, 흉터가 메꾸어져 있었으며, 잘려 나간 한쪽 팔이 되살아난 수령의 모습은 가히 일품이다.

화폭이 병사의 손에 들려 주렴 사이로 사라졌다. 젊은 화가는 연신 담배를 피우며 상금을 타고 집에 돌아갈 생각에 부풀어 있다.

마지막 화가가 불려 나왔다.

수령이 나타났다.

애꾸눈에 외팔인 화가는 잠시 동안 수령의 모습을 뚫어지게 바라보았다.

수령님, 죄송하오나 창문 옆으로 조금만 돌아 앉아 주옵소서.

수령은 말 없이 일어선다. 병사는 재빨리 의자를 돌려 놓았다. 수령이 다시 의자에 앉았다.

수령의 모습은 화가 자신의 모습과 빼닮았다.

되었느냐?

예, 되었습니다.

화가는 머리를 조아리고 침을 삼킨다.

수령이 일어나 화실을 나간다.

화가는 병사를 불러 물감을 타도록 지시했다. 감히, 병사는 물론 수령에게까지 이래라 저래라, 말을 던진 것은 이 화가뿐이다. 병사들은 물감을 타기도 하고, 화가의 팔을 주물러 주기까지 했다. 목욕을 할 때는 여자를 불러 비누를 칠하게 했다. 먹고, 자고, 목욕하면서, 애꾸눈에 외팔이 화가가 몇 날 며칠 걸려 화폭에 옮겨 놓은 수령의 모습은 과연 기가찼다.

늙은 화가가 그린, 있는 그대로도 아니요, 젊은 화가가 그린, 가짜 모습도 아니요, 이 화가가 그린 수령은 정말 묘한 데가 있었다.

옆으로 반쯤 돌아 앉은 수령의 모습은 생긴 모습 그대로의 수령이었으나, 없는 눈과 잘려 나간 팔이 그림 속에 감추어져 있어 한 가지 흠잡을 데 없는 그림이었다.

얼마나 훌륭한 재치냐, 애꾸눈 화가는 남은 한쪽 눈을 연방 깜박이며 회심의 미소를 지었다.

완성이다, 수령께 고하라!

애꾸눈 화가가 자신 만만하게 병사를 불러 지시한다.

병사들이 들어와 화폭을 옮겨갔다. 잠시 후 되돌아온 병사가,

수령께서 화가를 부르신다고 말한다. 병사에게 안내되어 주렴 사이로 화가가 사라진다.

잠시 후 주렴 저쪽에서 한바탕 웃음 소리가 들렸다. 수령과 애꾸눈의 웃음 소리였다.

자네는 날 빼닮았구먼, 하하하하.

황송하옵니다, 수령 각하. 하하하하.

거리마다 수령의 초상화가 걸려 있다. 외팔이도 아니요 애꾸눈도 아닌 수령이 옆으로 살짝 비켜 앉아 붉은 별과 붉은 견장을 달고 빛나는 눈동자를 굴리며 사람들을 지켜 보고 있다.

사람들은 지나가며 꾸벅꾸벅 절을 했다. 어른도 아이들도 절을 했다. 병사들이 그 모양을 지켜 보고 있다.

아이들이 학교에 간다. 하낫, 둘, 셋, 넷, 구령을 붙이며, 발을 맞추어, 학교에 간다. 앞에 가는 아이와 뒤에 가는 아이 사이, 간격도 고르다. 이따금, 호루루기를 불며 행렬에서 벗어나 구령 붙이던 아이가 신호를 하면, 아이들은 노래를 부르기도 한다. 노래를 부르며, 발을 맞추어 걸어가던 아이들은 그대로 걸어 가는데, 신작로를 느리게 굴러가는 구식 찝차를 향해, 구령 붙이던 아이가 거수경례를 하기도 한다.

아이들은 모자를 쓰고 있다. 그 모자 차양 위에는 별이 붙어

있다. 한 개 붙어 있는 아이도 있고, 다섯 개 붙어 있는 아이도
있다. 학년 표시다. 다리에는 각반을 치고, 발에는 헝겊신을 신
고 있다. 허리에도 띠를 두르고 있다. 책가방은 어깨에 메고 있
다. 배낭 모양이다.

하낫, 둘, 셋, 넷,

번호 붙이어 갓!

아이들이 번호를 붙이며 학교에 가고 있다.

줄줄이 우향 앞으로 갓!

…….

아이들이 발을 맞추어 우측으로 꼬부라지고 있다. 신작로에
서 꺾어 돌면 교문이다. 교문 위에 수령의 초상화가 걸려 있다.

수령 각하께 대하여 경례!

아이들이 그 자리에 멈추어 서며 경례를 한다.

바로!

아이들이 손을 내리며 다시 걷기 시작한다.

제자리에 섯!

운동장 한가운데다.

각 교실로 향하여 뛰어 갓!

아이들이 확 풀리며 각기 자기 교실 쪽으로 뛰어간다. 구령
붙이던 아이가 뚜벅뚜벅 교무실 쪽으로 걸어간다. 문을 열고 교

무실 안으로 들어선 아이가 경례를 붙이며 보고한다.

　예술인 지구 화가 마을 소년대 사고 2명, 15명 학교까지 인솔 완료!

　사고 내용?

　팔뚝에 주번 완장을 찬 교사가 반문했다.

　…….

　아이는 말이 없었다.

　왜 대답이 없나—?

　아이는 여전히 대답이 없다.

　이유가 뭔가?

　아버지가 돌아오지 않습니다. 아버지가 돌아오지 않습니다. 우리 아버지도 돌아오지 않습니다.

　아이가 울음을 터뜨린다.

　늙은이는 어떻게 할까요? 수령 각하.

　그 놈은 너무 고지식해.

　네, 참수하겠습니다.

　좋다.

　젊은 화가는 어떻게 할까요? 수령 각하.

　그 놈은 너무 약삭빠르단 말야.

네, 교수하겠습니다.

그런데, 수령 각하의 맘에 쏙 드는 초상화를 그린 애꾸, 아니, 외팔, 아니, 그 훌륭한 솜씨의 화가는 어떻게 했으면 좋겠습니까? 상을 줄까요? 벼슬을 줄까요? 수령 각하.

글쎄다…….

상을 주겠습니다.

아니다.

그럼, 어떻게 할까요? 수령 각하.

그 놈은, 그 놈은 말이다. 날 너무 쏙 빼닮았단 말이다.

그렇습……아니, 아닙니다.

그렇다, 그게 아니다. 나보다 더 지혜로워 그게 걱정이다.

…….

혼을 빼라, 혀를 자르고…….

네, 분부 거행하겠습니다. 수령 각하.

형장엔 까마귀 떼가 날며 운다.

늙은 화가가 참수대에 목을 디밀고 엎드렸다.

주여, 저들을 용서하소서. 저들은 스스로 하는 일을 모르고 있습니다.

덜크덩, 목이 떨어져 굴렀다.

젊은 화가가 교수대에 매달리며 발버둥친다.

328

애꾸눈, 외팔이, 저주를 받아라. 나같이 훌륭한 화가를 죽이다니, 날 죽이고 어디 잘되나 보자, 개새끼들…….

애꾸눈에 외팔이 화가의 팔뚝에 주사 바늘이 꽂혔다. 금세 침을 흘리며 웃기 시작한다.

소년대장, 우리 아들이 수령이 되는 날, 너는, 너는 갈 곳이 뻔해. 히히히.

애꾸눈에 외팔이 화가의 혀가 뽑힌다. 핏덩이를 뱉으며 말도 못하고, 화가는 어디론가 비틀거리며 사라졌다.

형장에 우짖던 까마귀도 어디론가 날아갔다.

까욱까욱,

까욱까욱.

예술인 지구 화가 마을과 시인 마을 뒷산 숲속에 소년과 소녀가 앉아 있다.

까마귀가 울고 오네, 누나.

까마귀가 울고 오는구나,

아이들이 뛰고 있다. 여덟 명이 한 조가 되어 뛰고 있다. 누구 하나 앞서 갈 수 없다. 누구 하나 뒤서 갈 수도 없다. 여덟 명 모두가 옆의 아이와 발을 한쪽씩 헝겊 끈으로 묶어 맸기 때문이다.

하낫, 둘, 셋, 넷,

발을 맞추며, 아이들이 운동장을 돌고 있다. 꾸부러진 선을 밟고 돌다가, 안쪽에 있던 아이 하나가 발을 헛디뎌 넘어진다. 한 아이가 넘어지자, 다른 아이들 모두가 넘어진다. 함께 출발한 다른 조가 앞서 뛰어간다. 앞서 뛰어간 조가 목표 지점에 도착하고, 짚뭉치로 만든 적군 대장을 무찌른다. 죽창으로 적군 대장 배때기를 한번씩 쑤셔대는 것이다. 그리고 만세를 부른다.

한 아이가 넘어져, 모두 넘어진, 뒤진 조가 도착하여 무릎을 꿇는다. 무릎 꿇은 조의 등 위에, 이긴 조의 여덟 명이 올라 탄다. 말이 된 조의 여덟 명이 꿇은 무릎과 손바닥으로 운동장을 기어 돈다.

햇볕이 따갑게 내리쪼이고 있다.

아이들이 땀을 흘리며 기고 있다.

말이 되어, 이긴 쪽을 태우고 기어 온 아이들이, 한 아이를 가운데 놓고 한 대씩 쥐어박고 있다.

수령님께서 주신, 똑같은 정량 급식을 했는데, 왜 힘없이 쓰러져, 응?

아이들에게 둘러싸인 한 아이가 울고 있다. 운동장 위에는 몇 마리의 까마귀가 울고 있다.

담지 潭池

1

온 나라에서 모인 열두 살짜리 소년들이 산꼭대기에 있는 호수에서 미역을 감고 있었습니다.

호수 이름은 아침연못(旦池)이었습니다. 해 뜨는 나라의 연못이래서 이런 이름이 붙여진 것입니다.

방방곡곡에서 모인 소년들은 목욕을 하고 내일이면 이 나라의 임금님 앞에 나아가 인사를 올려야 합니다. 그리고 충성을 맹세해야 됩니다. 내일이 바로 임금님의 생일이기 때문입니다.

임금님 앞에 나가 인사를 올리고 충성을 맹세한 다음, 소년들

은 임금님과 함께 큰 제사에 참여하게 됩니다. 그 제사는 임금
님의 아버지, 아버지의 아버지, 아버지의 아버지의 할아버지,
할아버지 할아버지의 제사입니다. 그러니까 해 뜨는 나라의 맨
처음 조상에게 드리는 제사였습니다.

이 제사는, 해 뜨는 나라의 모든 마을 대표들이 모여 드리는
굿 제사였습니다. 해마다 한 번씩 거행되는 이 제사를 위하여
백성들은 일년 내내 열심히 일하고 그 해 열두 살 나는 사내아
이가 있는 집에서는 제물까지 준비했습니다.

아이들은 발바닥에 기름을 바르고 집을 떠나 이 산꼭대기 호
수까지 먼 길을 걸어왔습니다.

아이들은 발을 씻고 머리를 감았습니다. 그리고 호수 속을 자
맥질하여 예쁜 돌멩이를 찾는 것입니다. 가장 예쁜 돌멩이를 찾
아내서 제단을 쌓아야 되는 것입니다. 그리고 제사를 지냅니다.
그 해에 가장 예쁜 돌멩이를 찾아다 제단에 올린 소년은 임금님
으로부터 상을 타게 됩니다.

해 뜨는 나라가 세워진 이래 해마다 수많은 소년들이 찾아다
쌓아 올린 돌의 제단은 임금님이 계신 궁성 안에 있었습니다.
아침연못에서 흘러 넘치는 강이 흐르고 수목이 울창한 산 아래
마을에 세워진 궁성의 높은 담장 너머로 예쁜 돌의 제단이 보였
습니다.

"쓸데없는 짓이다. 돌멩이는 어디에나 있다. 하필 이 높은 산 꼭대기까지 올라와 목욕을 할 필요도 없다. 땅 속에서 솟아 나오는 우물이 더욱 깨끗하다. 이 호수는 고여있는 물이다. 신령님은 말씀하시기를 '호수에 고기가 살지 못하고 이곳 저곳에서 지진이 일고 꽃이 열매를 맺지 못하는 날 그때가 그때니라'고 하셨다. 아이들아, 호수에서 나오라. 썩는 물에서 돌을 찾지 말라……"

어디에선가 우렁찬 목소리가 들려 왔습니다. 자맥질하던 소년들이 모두 수면 밖으로 고개를 내밀었습니다.

"저 미친 놈이 또 나타났다. 저 놈을 쫓아라. 잡아다가 감옥에 넣어라!"

호수가에 서 있던 병사들 가운데서 대장이 외쳤습니다.

"잡아 가두어도 꼬리를 물고 나타나는군. 금년에는 무사히 넘어가는 줄 알았더니만……"

병사 중의 하나가 투덜댔습니다.

그때 뒤늦게 한 아이가 떠오르며 비명을 질렀습니다.

"괴물이다, 괴물이 내 다리를 잘라 먹었다……"

그 아이는 물 위에 떠오르며 정신을 잃었습니다.

"그때가 왔다. 그때가 지금이다……"

병사들에게 쫓겨 도망가기는커녕 호수 쪽으로 뛰어온 한 사내가 외쳤습니다.

"저걸 못 보느냐, 너희들은…… 한 아이가 죽었다. 한쪽 다리가 없어졌다. 저 피를 보아라……"

사내는 길길이 뛰며 말했습니다.

"경전에 분명히 쓰여 있다. 꽃이 열매를 맺지 못하고 곳곳에 지진이 일며, 호수가 썩어……"

병사들이 사내를 결박지었습니다.

호수는 다리 잘린 소년의 피로 붉게 물들었습니다. 아이들이 겁에 질려 모두 기어 나왔습니다. 돌멩이를 찾은 소년은 의기양양, 돌멩이를 찾지 못한 소년은 풀이 죽은 채 벌거벗고 서 있었습니다.

"날래 아무거나 하나 집어. 돌멩이는 쌨지 않니? 그 발 밑에도……"

영리한 소년은 곁에 서 있는 친구에게 귓속말을 하기도 했습니다.

한 병사가 다리 잘린 소년을 호수에서 건져 안고 숲속으로 사라졌습니다.

2

같은 날 같은 시각에, 해 지는 나라의 연못에서도 똑같은 사건이 일어났습니다.

온 나라의 열두 살박이 소녀들이 모여 연못에서 미역을 감다가 그 중 한 계집아이의 한쪽 팔이 문적 잘려 나간 것입니다.

해 지는 나라의 연못은 석담(夕潭)이라고 했습니다. 저녁호수라는 뜻이었습니다.

큰 제사는 계획대로 치르어졌습니다.

마을 대표들이 모여 아이들이 찾아 낸 예쁜 돌멩이로 제단을 꾸미고 일년 내내 열심히 지은 농사의 첫 곡식을 불에 태우는 연기가 안개처럼 장안을 덮었습니다.

불길이 솟아 오르고 재티가 별처럼 빛났습니다. 깊은 밤이었습니다.

횃불이 온 궁성 안을 대낮같이 밝히고, 열두 살 난 소녀들은 춤을 추며 돌아갑니다. 제단 주위를 손잡고 돌며 소녀들은 노래를 불렀습니다.

임금님 만수무강
화평한 우리나라,

신령님 크신 사랑

대대손손 영원 무궁,

열심히 일해서

너도 나도 먹고 마셔……

제사는 절정에 달했습니다.

그때, 쿵하며 무너지는 소리가 들렸습니다. 춤추는 아이들은 몰랐지만 서 있는 사람들은 딛고 선 땅덩이가 흔들린 것을 알았습니다. 사람들이 수근거리기 시작했습니다.

"무슨 일인가……"

임금이 물었습니다.

"원인을 알 수 없는 폭탄이 궁성 밖에 터졌습니다."

한 병사가 임금 앞에 나아와 머리를 조아리며 아뢰었습니다.

"원인을 알 수 없다고? 이 경사스러운 날, 제사를 드리는 시각에 폭탄이 날아와 터졌다고? 그게 어디서 날아온 폭탄인가?"

"해 뜨는 나라 쪽에서 날아온 것으로 사료됩니다."

병사가 다시 아뢰었습니다.

"고얀…… 놈들이 평화 조약을 깨뜨리고 드디어 속셈을 드러냈구나. 애들아, 자리를 물리고 장관들은 회의 준비를 하여라."

임금님이 자리를 차고 일어서며 말했습니다.

"때가 찼느니…… 곳곳에 지진이 일고 꽃이 열매를 맺지 못하며……"

머리를 풀어 헤친 한 노파가 계속해서 입 속으로 중얼거리며 궁성 밖을 배회하고 있었습니다.

처음 조상에게 제사를 드리기 위해 일년 내내 농사 지은 곡식 중에서 가장 알이 실한 것을 골라 바치고, 열두 살 난 금지옥엽 외동딸을 목욕처로 보냈다가 이름 모를 괴물에게 한쪽 팔을 잃고 돌아온 가정에서는 그 밤을 뜬눈으로 새우다가 폭발음을 들었습니다.

아침에 일어나 보니 들판 한가운데 커다란 웅덩이가 생기고, 주위엔 많은 사람들이 모여서 웅성거리고 있었습니다.

"때가 찼느니……곳곳에 지진이 일고 꽃이 열매를 맺지 못하며, 물이 썩어 고기가 죽고……"

머리를 풀어 헤친 노파가 여전히 중얼거리고 있었습니다.

"이 미친 할망구를 잡아 가두어라."

병사의 대장이 명령했습니다.

과학자와 병사들이 패인 웅덩이 주위에 서 있고, 또 다른 병사들이 웅덩이 주위에 말뚝을 박고 금줄을 쳤습니다. 그리고 그들 가운데 대장이 나서더니 연설을 했습니다.

"여러분, 이 웅덩이를 보십시오. 평화 조약을 맺어 놓고는 비밀 무기를 만들어 우리나라를 집어 삼키려고 해 뜨는 나라 사람들이 이런 짓을 했습니다. 어젯밤 우리 백성들은 조상님 제사를 지냈습니다. 자라나는 이 나라의 꽃봉오리들은 임금님께 충성을 맹세하고 뜻 깊은 명절을 즐기고 있었습니다. 바로 그 시간에 우리와 평화 조약을 맺은 바 있는 해 뜨는 나라 사람들이 그동안 숨어 개발한 비밀 무기를 쏘아 도전해 온 것입니다. 우리는 참을 수가 없습니다. 이 나라의 젊은이들은 모두 모여 어렸을 때 임금님께 충성을 맹세한대로 목숨을 바쳐 나라를 지킵시다……"

군중들이 주먹을 내지르며 외쳤습니다.

"옳소, 우리 모두 국경지대로 갑시다. 약속을 어긴 적군을 무찌릅시다!"

3

술집 안에는 푸른 등 붉은 등이 깜박거리고 있었습니다. 흥겨운 음악이 연주되고 있었습니다. 무희는 허리를 꼬며, 엉덩이를 흔들면서 춤을 추고 있었습니다. 시인은 노래를 부르기 시작했습니다.

춤추는 여자는 춤을 추고
노래 부를 사람은 노래 부르고
해 뜨는 나라는 항상 즐겁다네
사람들이 중요하게 생각하는 것
내게는 부질없는 것,
사람들이 하찮게 여기는 것
나는 소중해,
그대는 내 사랑
이 잔을 채워요……

시인은 술이 취해 혀 꼬부라진 소리로 노래를 부르고 있었습니다. 무희가 뱀춤을 추다가 두 눈을 빛냈습니다. 그리고 박수 소리 속을 헤집으며 시인 곁으로 다가섰습니다.

내 사랑 그대여
내 가장 소중한 이
우리 둘이 저쪽에 가
이야기해요, 네?

무희가 시인의 흉내를 내며 노래하듯 말했습니다.

시인과 무희는 구석 자리로 갔습니다.

"작은 별나라가 있었습니다……"

시인이 이야기를 시작했습니다.

"별나라는 많지 않아요? 사람들이 사는 지구, 목성, 금성, 토성……"

무희가 대꾸했습니다.

"이야기를 들어요. 작은 별나라가 있었습니다……"

시인이 말했습니다.

"그래요, 작은 별나라가 있었습니다…… 나의 사랑스러운 그대……"

무희가 시인에게 머리를 기대며 되뇌었습니다.

"……아주 옛날, 이 별나라에도 신령님은 우리들과 똑같은 사람을 살게 하셨습니다."

시인이 담배를 꺼냈습니다. 무희가 성냥불을 켜 댔습니다. 시인이 얘기를 계속합니다.

"……맨처음 이 별나라에는 사랑하는 남녀 두 쌍이 살았습니다."

"우리같이 사랑하는 사람들이 살았습니다……"

무희가 시인의 얼굴을 빤히 바라보며 되받습니다.

"그들은 사랑해서 두 아들을 낳고……"

시인이 말했습니다.

"다른 한 쌍도 사랑해서 두 딸을 낳고……"

무희가 말했습니다.

"잘도 아는군."

시인이 무희의 볼을 어루만지며 말했습니다.

"그들은 자랐지……"

"아이들은 자라니까요!"

"그래서 어른이 되었습니다."

"어른이 되면 우리같이 사랑하게 되지요."

"그들은 사랑해서 아들 딸을 낳고, 낳고 낳고 또 낳았습니다……"

"우리도 아기를 낳게 되겠죠……"

무희가 다시 소근댑니다.

"세상엔 많은 사람들이 살게 되었죠. 동쪽에서는 아침마다 해가 떴습니다."

"저녁마다 서쪽으로는 해가 지고요."

"동쪽엔 산꼭대기 호수가 하나."

"서쪽에도 산꼭대기 호수가 하나……"

"사람들은 동쪽 호수에서 해가 뜬대서 아침연못(旦池), 서쪽

호수에 해가 진대서 저녁호수(夕潭)라고 불렀습니다."

"그렇지만 별나라는 동그랗잖아요? 그리고 해는 연못에서 떴다가 호수로 지는 것이 아니라 별나라 주위를 돈다면서요?"

"맞습니다. 춤만 잘 추는 줄 알았더니 과학자를 낳겠군…… 그러나 과학자는 소용없어요. 시인을 낳아요, 나같이 미친 놈, 시 쓰는 놈을……"

시인은 술잔을 비우고 얘기를 계속합니다.

"그래요, 맞습니다. 그러나 옛날 할아버지, 할머니들은 아침 연못에서 해가 떠서 저녁호수로 지는 줄로 알았습니다."

"바보였군요."

"그래요, 바보였지요. 그러나 당신도 아직은 바보입니다. 해가 별나라를 도는 게 아니라 별나라가 빙글빙글 도는 것은 모르니까요, 그래서 당신은 시인을 낳을 수 있을 것입니다. 나의 사랑스러운 바보, 그대……"

시인은 술을 많이 마셨으므로 어지러웠습니다. 무희도 술을 많이 마셨으므로 어지러웠습니다.

"별나라가, 우리의 별나라가 돌고 있나 봐요……"

무희가 말했습니다.

"나도 어지러워요. 그런데 우리가 어디까지 얘기했지요?"

시인이 눈을 부비며 말했습니다.

"세상에 많은 사람들이 살게 된 데까지요……"

"그런데 형제는 생각이 달랐습니다."

"어떻게 달랐나요?"

무희가 물었습니다.

"양쪽 다 하늘 나라처럼 평화롭게 살기 위한 것인데 방법이 틀린 것이었습니다. 목적은 하나인데 생각이 다른 형제는 갈라져서 살 수밖에 없었습니다. 여자가 기운이 센 쪽은 서쪽으로 가고, 남자가 기운이 센 쪽은 동쪽으로 가고……"

"우리는 어느 쪽이 셀까요, 당신 쪽? 내 쪽?"

무희가 장난스레 물었습니다.

"그러나 별나라는 당신 말대로 동그랗고, 그러니 동쪽이 서쪽이고, 서쪽이 동쪽입니다."

"당신 정말 안되겠어요. 횡설수설이군요. 제 방으로 모실 테니 그만 주무세요."

무희가 시인의 몸을 부축하여 커튼 뒤로 안내합니다. 시인은 침대 위에 몸을 던졌습니다. 그때 다시 쿵, 하는 폭발음이 들리고 침대가 흔들렸으나 무희는 시인의 몸을 안으며 입술을 부비고 있었습니다.

술집 안에 있던 사람들은 여전히 춤을 추며 노래했습니다.

4

"때가 이르니, 꽃이 열매를 맺지 못하고, 고기가 물 속에서 살지 못하며, 곳곳에 지진이 일고……"

시인이 헛소리를 하고 있었습니다.

무희는 놀라서 시인의 입을 자기 입으로 막았습니다. 그리고 부르르 몸을 떨었습니다. 사랑하는 사람이 잡혀 갈 말을 입에 올리고 있었기 때문입니다.

이튿날 아침 시인이 눈을 떴을 때 무희는 눈을 동그랗게 뜨고 말했습니다.

"당신, 어젯밤 잠결에 무서운 소리를 했어요. 때가 이르니……"

"그 말은 경전(經典)에 기록돼 있는 말이오……"

시인이 대답했습니다.

"그렇지만 당신은 하지 마세요. 그 말만 하면 잡혀가요. 우리는 몇천년을 살아오면서, 열두 살 되는 해 아침연못에 가서 예쁜 돌을 찾으며 목욕을 하고 그 돌로 쌓아 올린 제단에 제물을 바치며 조상님께 제사 지내고 임금님께 충성을 맹세하지 않았어요? 그걸 지금 와서 반대할 이유가 없잖아요. 더구나 당신은 내가 생전 처음 사랑하게 된 분, 이제 난 당신 없으면 살 수 없어요."

무희가 눈물을 흘리며 말했습니다.

"그러나 그때가 되었소. 곳곳에 지진이 일어나고……"

"아니예요. 지진이 아니라 해 지는 나라 사람들이 전쟁을 걸어 오는 거래요. 형제 나라로 의좋게 살기로 하고는 그 약속을 어기고 있는 거래요. 비밀 무기를 만들어 가지고 쏘아대는 거래요. 어젯밤에도 술집 밖에 폭탄이 떨어졌어요. 이번엔 사람도 많이 상했대요."

무희가 말했습니다.

"그게 아니요……"

시인이 침을 삼키고 나서 다시 말했습니다.

"……당신이 폭탄이라고 하는 것은 해 지는 나라에도 떨어지고 있소."

"네? 해 지는 나라에도요?"

"그래요. 그러나 그것도 이쪽에서 쏘아 보낸 폭탄이 아니요, 우리 해 뜨는 나라에서는 평화 조약 이후, 아니 그 전부터 비밀 무기를 만든 적이 없었으니까……"

"그럼 그 폭탄이 어디서 날아오는 건가요? 다른 별나라에서?"

"아니요, 그것은 저절로 날아오는 거요, 그러니까 경전에 쓰여 있는 신령님의 말씀대로 때가 이른 것이오."

시인이 말했습니다.

"또 그 말씀…… 제발 그만 두세요. 우리는 이제 우리 아기를 낳고 행복하게 살아야 해요. 저는 불행한 여인이 되고 싶지 않아요, 어려서 부모님을 잃고 남의 집 식모살이, 술집 무희…… 이젠 고생은 지겨워요, 여보."

무희가 흐느끼며 말했습니다. 시인이 무희의 몸을 안아 등을 쓸어 주며 말했습니다.

"그렇지만 그때가 바로 지금이오. 그걸 난들 어쩌겠소. 나도 생각하고 싶지 않소. 그러나 분명히 나는 알고 있소…… 목이 마르오……"

"물을 드릴까요?"

"아니오, 술을 한 잔 주구려. 손잡이가 달린 유리잔에 가득히…… 그리고 레몬을 한 조각 띄워 주어요."

시인이 테이블에 다가 앉으며 말했습니다.

무희가 유리잔에 술을 따라 탁자 위에 놓았습니다.

"당신도 한 잔 가지고 와 그쪽에 앉으시오."

시인이 말했습니다.

무희도 손잡이가 달린 유리잔에 레몬 한 조각을 띄워 가지고 와 맞은편에 앉았습니다.

시인은 술잔을 들어 조금 마시고 다시 탁자 위에 놓았습니다.

무희도 눈물 젖은 얼굴로 시인을 따라 한 모금 마시고는 술잔을 탁자 위에 놓았습니다.

"지금부터 내가 얘기하는 것을 잘 들으시오."

시인이 말했습니다.

"……이 둥근 탁자 위에 두 개의 술잔이 이쪽 저쪽에 놓여 있습니다…… 오랜 옛날 이 우주 공간에는 수많은 별들이 생겼습니다. 모든 별들은 태양에서 떨어져 나온 작은 조각들이고, 그래서 처음엔 불덩이였습니다. 그러나 그 불덩이들은 수억만 년이 지나는 사이 거죽이 식어 풀도 나고 나무도 자라게 되었습니다. 적당히 식었을 때 신령님께서 그렇게 만드신 것입니다. 우리 조상도 그 무렵부터 이 별나라에 살기 시작한 것입니다. 그런데 우리 별나라는 땅거죽만 적당히 식어 우리들이 살 수 있고 나무나 풀도 자랄 수 있지만, 우리가 딛고 있는 땅 속 저 깊이에는 아직도 뜨거운 불이 타고 있는 것입니다. 옛날에 우리 조상들이 살기 시작하기 전에는 땅거죽만 조금 식었을 뿐 속에서 타고 있는 불길이 거세었기 때문에 여기저기 약한 곳을 뚫고 솟아올랐고 그래서 생긴 것이 분화구라는 것입니다. 우리 해 뜨는 나라의 아침연못 단지(旦池)가 그것이고, 해 지는 나라의 석담(夕潭)또한 바로 그것입니다. 그 후 많은 시간이 흐르는 동안 녹아 흐르던 바위들도 모두 식어버리고 불을 뿜던 구멍이 막혀 만들어진 웅덩이에 물이 고였습니다. 그 물이 넘쳐 흘러 강을 이루고 그 주위 평야를 적시어 사람들은 모여 살기 시작한 것입니다. 앞에서 말한 대로, 생각이 다른 두 형제가 각각 자기 생각을 쫓는 무리를 이끌고 동과 서로 갈라서기 이전만 해도, 그러니까 이 별나라 전체는 한 나라였습니다. 그때까지는 임금님도 따로 없고 누구나 행복하게 살 수 있었습니다. 그러나 일단 갈라진 두 나라는 이웃나라에게 지지 않기 위해서, 그리고 임금님의 한 가지 생각을 쫓다 보니 여러 가지 문제가 생기기 시작했습니다. 겉으로는 해마다 온 백성이 큰 제사에 참여하며 임금님께 충성을 맹세하고, 모든 게 잘 되어가는 것 같지만, 경전을 깊이 연구하여 생각 깊은 사람들은……"

"그 얘기는 하지 마세요."

무희가 못을 박았습니다.

"…… 하기는 이제 그 얘기는 그렇게 중요하지 않습니다. 결국 애기는 이 둥근 탁자 위에 당신과 내가 마주 앉아 술잔을 앞에 놓고 있는 이 곳으로 돌아옵니다. 당신이 앉은 쪽이 해 지는 나라, 내가 앉은 쪽이 해 뜨는 나라라 합시다. 그리고 이 둥근 탁자가 지금 우리가 살고 있는 별나라인데, 이 속에서는 지금도 용암이 끓고 있습니다. 당신 앞에 놓인 술잔이 옛날에 불길을 뿜다 식어버린 해 지는 연못, 아니 저녁호수라는 석담(夕潭)이고, 내 앞에 놓인 술잔이 해 뜨는 연못, 아니 아침연못이라는 단지(旦池), 여기에서는 해마다 열두 살 난 사내아이와 계집아이들이 각각 자기 나라 임금님께 충성을 맹세하고 처음 조상에게 제사를 지내기위해 목욕을 하고 예쁜 돌을 찾습니다. 그럼 이 술잔을 보십시오. 가느다란 손잡이를 통하여 이 술잔은 둥근 탁자인, 그러니까 별나라의 중심과 연결되어 있습니다. 용암을 뿜어내던 구멍은 옛날에 막혔지만, 그래서 웅덩이엔 물이 고여 있지만, 별나라의 중심부에서는 아직도 용암이 부글부글 끓으면서 터져나올 구멍을 찾고, 해마다 수많은 아이들은 이 곳에 모여 바닥에서 건져 낸 돌멩이로 산 같은 제단을 쌓고 있습니다. 그런데 더 큰 문제는 지금 당신 앞에 놓인 술잔과 내 앞에 놓인 술잔 속에 들어 있는 이 레몬 조각입니다……"

시인은 술잔에 떠 있는 작은 레몬 조각을 손가락으로 건드려 술잔 밑으로 가라앉혔습니다. 유리잔 안에 고인 술빛이 레몬 조각의 빛깔과 비슷하여 술잔 속에 잠긴 레몬 조각은 보일 듯 말 듯 했습니다.

"……언제부턴지 모르지만 분화구에 고인 물 속에는 작은 불티가 하나 생겼습니다. 그것은 지금 술잔 속 레몬 조각처럼 투명한 것으로 조금씩 부피가 커지면서 빠른 속도로 돌기 시작했습니다. 그리고 그것은 스스로 급회전을 하면서 해마다 얇아지는 막힌 분화구를 노크하는 것입니다. 그러면서 강한 흡인력으로 별나라 중심의 용암을 끌어 올리고 있는 것입니다. 나는 그것을 스스로 알게 되고, 언젠가는 그 곳에 예쁜 돌을 찾으러 들어간 아이를 통하여 경전이 말하고 있는 때를 알려 줄 것으로 믿어 왔습니다. 나는 그 동안 여러 차례 호수 속으로 들어가려 했으나 그 곳은 일생에 단 한 번, 열두 살 난 소년이 아니면 들어갈 수 없도록 병사가 지키고 있습니다. 이러한 사실은 누가 가르쳐 주지도 않는데 많은 사람들이 스스로 알고 있으며 발설하면 감옥에 갇히게 되는 것입니다. 드디어 그 때가 온 것입니다. 우리는 그것을 알게 되었습니다. 한 소년이 지난 번 그 곳에서 다리를 잘렸습니다. 그리고 그 날 이후 계속하여 원인모를 폭발 사고가 일어나고 있습니다. 우리 해 뜨는 나라에 날아와 터지는 것은 해 지는 나라의 것이 분명합니다. 그러나 해 지는 나라 사람들이 비밀 무기를 만들어 쏘는 것이 아니라 그 곳 석담(夕潭) 속에 스스로 생긴 불티가 급회전하면서 막힌 분화구를 뚫으려고 부딪칠 때마다 떨어져 나오는 파편이 국경을 넘어 와 터지는 것입니다. 이러한 사건은 해 지는 나라 쪽에서도 계속 생기고 있습니다. 우리 해 뜨는 나라의 단지(旦池)에서도 똑같은 불티가 튀어 올라 저쪽까지 날아가 폭발하는 것입니다. 그런

데 사람들은 서로 상대편을 의심하면서 군대를 집결시키고 전
쟁 준비를 하는 것입니다."

"그럼 결국 어떻게 되나요?"

무희가 물었습니다.

"결국은 망하지. 전쟁을 하면 조금 앞당겨 망하고, 전쟁을 하
지 않아도 결국은 언젠가 분화구가 뚫려 이 별나라는 완전히 잿
더미가 되지…… 그러나 곧 사람들은 의심이 풀릴 거야. 상대
편이 비밀 무기를 만들어 쏘아대는 것이 아니라는 것을 알게 될
테니까 말이야. 그 다음이 문제지……"

시인은 한숨을 쉬었습니다.

"자, 우리 잔이나 비웁시다."

시인은 술잔을 들어 홀짝 마셨습니다.

"그 다음엔 어떻게 되지요?"

무희가 근심스럽게 물었습니다.

"이 레몬 조각을 건져내려고 하겠지."

시인이 술잔 밑바닥에 붙어 있는 레몬 조각을 손가락으로 집
어 올리며 말했습니다.

"아, 손가락……"

무희가 그것을 만류하려 했습니다.

"괜찮아, 이건 레몬일 뿐이지. 귀여운 사람…… 그런데 문제

는, 그것이 어떤 기계로든 건져낼 성질의 것이 아니라는 데 있어. 과학적으로 분석해 봐도 헛일이고 기계를 대봐야 더 큰 폭발이 일어날 뿐이야…… 한 가지 방법은, 한 가지 방법은……"

시인은 그 다음 입을 다물어 버렸습니다.

"한 가지 방법은?"

무희가 시인을 보았습니다.

"그만두기로 합시다. 그냥 해 본 소리요…… 당신, 이쪽으로 와요."

시인이 팔을 벌렸습니다.

"당신은 알고 있어요, 당신은 말씀을 하지 않을 뿐이에요. 그러나 저는 알고 싶지 않아요. 오직 당신이 제 곁에 계시면 돼요. 저는 그뿐이면 족해요."

무희가 시인의 목을 감으며 소근거렸습니다.

"그래요. 나는 지금 당신과 함께 있소. 두려워 말아요. 우리는 사랑할 수 있는 날까지 사랑하면 돼요. 살 수 있는 날까지 살면 돼요."

시인은 무희의 어깨를 다독거리며 말했습니다.

시인의 눈에 눈물이 맺히더니 뺨으로 흘렀습니다. 그러나 재빨리 닦았으므로 시인의 깊은 슬픔을 무희는 알 수 없었습니다.

5

해 뜨는 나라와 해 지는 나라는 각각 국경 지대로 군사력을 집결시켰습니다. 그러나 서로 상대편에게 선전포고를 할 단계에서 그만 전쟁을 그만 두기로 했습니다. 각각 상대편에서 비밀 무기를 개발하여 쏘아대는 것으로 알았던 폭발물의 정체가 밝혀졌기 때문입니다.

분화구에 고인 물 속에 스스로 생긴 불티가 급회전을 하며 암벽을 깨뜨리고, 거기에서 튀어나온 파편이 공중을 날아가 상대편 지역에 가서 폭발한다는 사실을 알았을 때 양쪽 나라 위정자들은 공포에 떨 수밖에 없었습니다.

양쪽 나라의 임금님은 과학성과 국방성을 통해 투명한 그 물체를 건져 낼 궁리를 했습니다.

전쟁 준비를 갑자기 중단한 까닭을 백성들에게는 알리지 않았습니다. 그러나 별별 소문이 다 나돌았습니다.

양쪽 나라 임금님은 기계 개발에 열을 올렸습니다.

양쪽 국방성과 과학성은 드디어 그럴 듯한 기계를 하나씩 개발했습니다. 그러나 그들은 똑같이 상대방에게 비밀을 지켰습니다. 다만 양국의 기술진이 기계를 포장 이동시켜 상대편 나라의 분화구까지 일차 왕래하기로 협약이 체결됐을 뿐입니다.

같은 날 같은 시각에 양국의 기술진과 개발된 기계는 병사들의 호위 속에 상대편 나라의 분화구에 도착했고 철저한 경비 속에 작업을 시작했습니다. 그러나 기계를 분화구의 물 속에 넣는 순간 분화구 속에서는 엄청난 크기의 불덩이가 튀어나와 공중으로 날아 올랐습니다. 그리고 그 불덩이는 결국 갈 곳으로 날아갔습니다. 물론 기계도 망가졌습니다. 그들은 각각 귀국하면서 국경에서 다시 만났습니다. 그러나 처음 국경을 넘어 빗겨갈 때의 숫자보다 줄어든 사람들, 살아 남아 돌아오는 병사나 기술진들도 모두 부상자들뿐이었습니다. 부서진 기계는 아예 팽개치고 오는지 그들의 손에는 지팡이만 들려 있었습니다. 그리고 그들은 돌아와 그들 자신의 무모한 시도가 엄청난 피해를 자기 쪽에 주었음을 알고 경악을 금할 수 없었습니다.

온 나라가 초토로 변해 버린 것 같습니다.

"때가 이르니 곳곳에 지진이 일어나고 꽃은 열매를 맺지 못하며……"

감옥에서는 미친 사람들이 아우성이었습니다.

백성들은 재해 복구 사업에 동원되었습니다. 개울엔 물이 마르고 산과 들에는 나무와 풀이 타 죽었습니다.

술집에서는 이제 음악 소리도 들리지 않습니다.

시인과 무희는 오두막집에 살았습니다. 그들은 가난했습니다. 그러나 그들은 서로 사랑했으므로 행복할 수 있었습니다.

"여보, 나 오늘 당신에게 할 말이 있어요."

무희가 말했습니다.

시인은 일터에서 돌아와 지친 채 명상에 잠겨 있다가 아내를 돌아보았습니다.

"나 당신의 아기를 잉태했어요."

무희가 말했습니다.

시인은 벌떡 일어섰습니다. 참으로 이제야 결심을 실행할 때가 왔다고 생각했습니다. 한 가지 방법, 그것 밖엔 구원이 없다고 생각해온 시인은, 그러나 지금 그것을 밝힐 수는 없었습니다. 우선 아내를 안았습니다.

"당신은 바보니까 나 같은 시인을 낳을 거야. 정말 기쁘오."

시인은 아내의 뺨에 자기 뺨을 부볐습니다. 눈물이 나오려는 것을 억지로 참았습니다.

"우리들의 아기도 생겼으니 내가 이젠 당신 곁을 떠나도 되겠지요?"

시인은 이 말을 차마 할 수가 없었습니다. 그러나 결국 언젠가는, 그것도 먼 장래의 이야기가 아니라 며칠 내로 아니할 수 없는 말이었습니다. 그리고 시인은 떠나야 됩니다. 불덩이를 토해

내는 분화구의 밑바닥에 들어가 엎드려 제물이 되어야 합니다.

쇠로 만든 기계도 문적문적 뜯어먹고, 오히려 쇠붙이에 강한 반응을 나타내는 괴력의 투명 회전체가 분화구의 막힌 구멍을 노크할 때마다 시인은 자신의 몸뚱이로 제물을 삼아 시간을 지연시킬 심산이었습니다.

하루하루 날짜가 다가오자 시인은 더욱 아내를 사랑했습니다. 그러한 남편에게서 아내는 짚이는 것이 있었습니다.

"당신, 저한테 숨기는 것이 있지요? 사랑하는 사람에게 모두가 있는 촉수를 통해 그것이 전해져 와요. 언젠가 말씀하시던 한가지 방법…… 그것과 당신과 관계가 있지요, 네?"

"그렇소, 이젠 더 이상 숨길 필요도 없소. 나는 당신을 떠나야 하오. 그러나 우리에겐 아기가 있지 않소? 그러니까 나는 항상 당신 곁에 있는 셈이요."

시인이 말했습니다.

"…… 이 세상 모든 사람이 살 수 있는 길, 그것은 거의 불가능하오. 인간에겐 끝없는 욕망의 불이 타고 있어 우리 별나라의 중심부에 들어 있는 용암을 끓게 만들고 있는 거요. 내 한 몸 희생된다고 해서 문제가 해결되는 것은 아니지만, 나로 하여 시작될 별나라 폭발의 시간 지연은 누군가 또 뒤를 이어 제물이 됨으로써 새로운 시대의 문을 열게 될 것이오. 내가 이런 말을 하

면, 위정자들은 말하겠지요. 이왕 제물이 될 바엔 우리 쪽에 날
아와 폭발하는 불티를 토해 내는 저쪽의 분화구를 막으라고 말
이오. 허나 애초부터 이 별나라는 한 나라, 어느 쪽에서든 폭발
하면 모두가 멸망하게 될 것, 저쪽 나라라고 나 같은 이 없으란
법 업소. 분명히 그 곳에도 있을 것이오. 어느 곳이든 미친 놈은
있게 마련이니까. 나는 내가 어렸을 때 가슴 부풀어 뛰어들어
예쁜 돌멩이를 찾아 헤매던 해 뜨는 연못, 아니 아침연못 속에
들어가, 나의 아기가, 나와 당신의 아기가 자라서 시인이 될 것
을 빌겠소. 그 동안 갇혀 있는 친구들이 하나 둘 풀려 나와 내
뒤를 이을 거요. 그들은 모두 미친 놈들이니까⋯⋯. 이야기를
다 하고 나니 개운하구려. 우리는 언젠가 한번 죽을 몸, 만나면
헤어지기 마련 아니오? 내가 당신 처음 만날 때같이, 당신의 춤
을 보고 싶소, 마지막으로 사랑하는 당신의 춤을⋯⋯”

시인은 흘러 내리는 눈물을 닦으려하지 않고 노래를 부르기
시작했습니다.

사랑은 생명을 낳고
사랑은 죽음을 낳고⋯⋯

그때 또 한 차례 문 밖에서 폭발음이 들려 왔습니다. 춤을 추

려다 쓰러지며 무희가 울고, 아내를 안으며 시인이 울고 있었습니다. 깊은 밤 어디선가 멧새도 울고 있었습니다.

읍신泣神을 찾아서

김우규
문학평론가

　이 작품은 소설의 전통적인 통념, 즉 이야기 중심의 소설에 길들어 있는 독자에게는 적잖은 당혹감을 주리라. 그것은 무엇보다도 소설이 지닌 서사적인 특질인 이야기의 기본적인 틀을 깨고 있기 때문이다.

　즉, 이 작품에는 시간과 공간을 달리하는 전혀 별개의 이야깃거리(소재)를 담고 있다. 하나는 천국복음선교회 한국 지부에서 발행하는 〈천국(天國)의 소리〉 독자 수련회의 진행 순서에 따른 개회 집회, 동화 대회, 초청 강연, 신앙 간증, 부흥회, 기도회 등으로 이어지는 수련회 장면들이요, 다른 하나는 〈천국의 소리〉 편집부장 유현 앞으로, 갈매기섬에 사는 모 여성 독자가 보내

온 편지에 담긴 이야기들이다. 이 편지에는 발신자 자신의 신앙관이며, 국가 시책에 따라 진척되고 있는 최근의 개발 사업과 성전 건축에 관한 소식이며, 심지어 갈매기의 생태에 관한 조류학적인 지식까지 동원되어 있다

편지를 보내 온 오양이(吳洋伊)라는 미지의 여성 독자는 '천형(天刑)의 아픔'을 지닌 사람으로 이번 수련회에 참가 신청을 해놓고도 끝내 나타나지 않는다. 화자인 편집부장은 수련회가 진행되는 장면 사이사이에 "왜 그녀는 오지 않았을까?"하고 그녀의 불참 사유에 관하여 궁금증 이상의 애타는 심정을 거듭 내비치면서 예의 편지 사연들을 소개하고 있다. 이를테면, 두 갈래의 이야기가 서로 병치(倂置) 또는 교착되면서 엮어지고 있다. 그리고 나비를 매개로 하여 과거와 현재가, 현실과 환상이 이어지고 있는데, 그것은 위의 두 갈래의 이야기 사이에 또 다른 별개의 이야기로 삽입되고 있다. 수련회 이야기의 장면장면이 그렇고, 편지 사연들도 그렇다. 또, 그것들과는 별도로 삽입된 나비 이야기 역시 그렇다.

요컨대, 그 이야기들은 모두 비연속적으로 단절되어 있어 독자의 입장에서는 그것들을 줄거리 잡아서 플롯 아우트라인을 엮어 낸다는 것은 거의 불가능하다.

하지만 그 이야기들의 배후에는, 조금만 관심을 갖고 들여다

보면, 그 토막 이야기들이 하나의 동심원(同心圓)의 테두리 안에서 구조적인 의미를 지니면서 겹쳐지고 있음을 발견하게 된다. 그 동심원(주제의 초점)을 읽지 못한다면 그 이야기들은 갈피를 잡을 수 없는 한갓 단편(斷片)들에 불과할 것이다.

그 동심원이란 무엇인가? 그것이 바로 이 작가가 추적해 마지않는, 그리스도의 이미지이다. 신부재(神不在)의 상황에서 그가 확인하고자 하는 '현존'의 모습이다. 당신은 어떤 모습으로 우리들 속에 계신가? 무엇을 하며, 어떤 의미를 지니고 다가오시는가 — 이런 실존적인 물음의 대상으로 숨겨져 있다.

우리는 수련회 초청 강사의 말에서 그 실마리를 찾게 된다. 바벨론으로 끌려간 유대의 포로들 가운데 한 사람—

그의 외모는 초라했습니다. 볼 만한 모양도 없고 풍채도 없는 보잘 것 없는 사나이였습니다. 그는 죄인의 혐의를 받고 체포되었습니다. ……그런데 웬일인지 그는 말이 없었습니다. 곤욕을 당하여 괴로울 때에도 그는 입을 열지 않았습니다. ……그의 온몸이 이리 찢기고 저리 멍들었지만, 그는 끝내 입을 열지 않았습니다. 마치 도수장으로 끌려가는 어린 양처럼, 털 깎는 자 앞에서 잠잠한 양처럼, 그는 입을 열지 않았습니다. ……이 '종의 노래'가 비록 시간적으로는 아득하고 공간적으로도 먼 옛날의 것이지만 놀랍게 그 내용이 오늘의 우리에게까지 가슴 뭉클하게 육박해 오는 것은 어인 까닭입니까?

〈이사야서〉에 나오는 이 '수난의 종의 노래'의 주인공인 익명의 시인에게서 이 작가는 그리스도의 이미지를 찾고 있다. 그것이 바로 '어린 양'으로 표상되고 있는 그리스도의 모습이다. 그것이 이 작품에서는 '이 섬 주민들의 정신적 지주, 주님의 발자취를 따라 말씀을 온몸으로 살다 간 구 목사' '생의 위험 속에서 하나님을 직접 만나고, 고통 속에서 연단되어 생생한 체험에서 우러나 생성된 신앙을 지켜 온' 구 목사 아버지의 삶에서 이 '어린 양'의 이미지를 찾는다. 그리고 동화 대회에 나오는, 애처롭게 죽어 가는 눈먼 다람쥐 이야기, 자칭 시인이 말하는 뱀장어 이야기' 등은 모두 '어린 양'의 이미지로 도처에 깔려 있다. 그것은 곧 수난당하는 희생양으로 부각되는 그리스도의 이미지다.

한편, 이 동심원을 에워싼 갖가지 상황들은 그대로 신(神) 없는 놀이판으로 점철되고 있다. 그것은 바로 물량주의가 판치는 물신(物神)의 세계이다. 그것은 이 작품의 제목이기도 한 〈무귀(舞鬼)와 읍신(泣神)〉의 무귀, 곧 춤추는 귀신, 사람을 잡아먹을 만큼 몸뚱이가 점점 비대해지는 식인수로 상징되고 있다.

신학생이 읽고 있는 성서에 나오는 바벨론의 벨이라는 우상도 역시 물신의 전형적인 표상이다. 사람들은 매일 가장 좋은 밀가루 두 말과 양 사십 마리와 포도주 여섯 섬을 이 우상에게 바치고 있는데, 이는 수천 명이나 되는 사제와 그들의 처자들의 포식을 위해 제공되는 것이다. 그리고 동화 대회의 다람쥐 이야기에 나오는 탐욕스런 다람쥐도 같은 범주에 속한다.

한편 이의 대칭 위치에 식인수에게 잡아먹히는 사람들, 억울하게 죽어 가는 공주 다람쥐들, 벨 우상에게 바쳐지는 제물들, 도시의 거리에 날아들었다가 질주하는 차바퀴에 깔려 흔적도 없이 사라지는 나비들이 있다. ― 이 모든 것은 말할 것도 없이 물신 앞에 삼켜지는 희생물들이다. 그 곁에, 아니 엄청난 희생의 현장에 '신이 서 계셨는데 그는 울고 있었다.' 이 같은 희생의 드라마에서 이 작가가 말하고자 하는 의도는 무엇일까?

― 아직도 집 한 칸 없이 헐린 판잣집만을 원망하는 가난한 우리의 이웃들이 있고, 그들의 한숨이 새벽 안개처럼 도시와 산골의 구석진 곳을 찾아들고 있는데, 자꾸만 우람하게 솟아오르는 저 붉은 벽돌의 성전은 무엇입니까? ― 이것은 어느 젊은 목사들의 전단에 나오는 한 대목이다.

― 점점 호화스러워 가는 생활 속에, 교회 귀족이 돼 가는 목사들에게는 점차로 초대 교회의 열심이나, 한 마리 양을 위하는 애틋한 사랑은 식어 가고 세속적인 부와 세속적 내지는 교회적

권력을 붙잡으려는 욕망이 불타올라서 자신의 본질이 무엇인지조차 망각해 가는 이들 — 이것은 오 양이 보내 온 편지의 한 구절이다.

이것이 바로 길 잃은 한 마리 양을 품어 줄 줄 모르는, 매머드화해 가는 한국 교회의 부조리의 한 단편이 아닐 수 없다. 그것이 이 소설의 묵시적 배경이 되어 있는 갈매기섬의 실상으로 집약 되고 있다. 섬의 개발 사업과 때를 맞추어 언덕 위에 우람하게 솟아오른 성전 선착장 공사와 성전 건축의 재료로 필요한 암석을 깨뜨리기 위해 터뜨리는 폭발음에 놀라, 그토록 많이 날아와 서식하던 갈매기와 황새 따위 바다물새들이 자취를 감추어 버린 이 섬마을은 그대로 물신(物神)이 판치는 비극의 축소판이다. '천형의 아픔'을 앓고 있는 오 양의 치료비가 모두 성전 건축비에 바쳐지고, 오 양은 '춤추는 귀신' 앞에 마치 한 마리 어린 양처럼, 그리고 나비처럼 사라짐으로써 이 희생의 드라마는 대단원을 이룬다. 그 자리에 서 계신 신은 슬퍼서 울고 있고……

이 익명의 한 마리 양은 점점 거대해 가는 물신 앞에 아무 죄도 없이 수난당하는 희생의 제물로 부각되고 있다. 아무 죄도 없이……. 본래 희생은 아무 죄도 없이, 따라서 그렇게 당해야 할 이유도 없이 당하는 수난이다. 여기에서 이 작가는 십자가의 수난을 묵묵히 받아들이는 그리스도의 표상을 읽으려 한 것이 아닐까? 죄가 없으면서도 죄인처럼 능욕을 당하면서 골고다의 길을 걸어 간 그리스도의 발자취는 그대로 희생의 기록이 아닐 수 없다. 이 작가가 여기에서 도출해내려고 한 희생의 의미는 바로 여기에 있다고 본다. 이렇게 본다면 이 작품의 작중 인물인 자칭 시인이 들려주는 뱀장어 이야기는 단순한 삽화로 돌려 버릴 수가 없다.

뱀장어는 강물에서 살다가 알을 낳기 위해 바다로 갑니다. …… 그래서 강물과 바닷물이 교류되는 곳에서 뱀장어는 오랫동안 몸을 단련시켜 바닷물에 적응할 수 있게 합니다. 몸을 달련한 뱀장어는 바다로 뛰어든 다음 끝없는 해저 여행을 시작합니다. 그리고는 알을 낳을 적당한 위치와 수온에 이르면 그 곳에다 알을 낳는데, 그 순간 뱀장어는 죽어 버리고 맙니다. ……한 알의 밀알이 땅에 떨어져 썩어야 새싹이 돋아나듯이 뱀장어도 바다로 들어가 죽음으로써 그 새끼를 배출하는 것입니다.

여기에서 우리는 이 작품이 보여 주는 희생의 드라마가 단순히 물신의 실체를 과장하는 것 이상으로 희생의 적극적 의미를 종교적 차원에서 시사하고 있음을 간과할 수 없다. 그것이 또한

일면 연관성이 없는, 각각 단절된 듯한 이야기들을 하나의 동심
원 안으로 끌어들이는 이른바 '비연속의 연속'을 가능케 한 작
법상의 형이상학 비의(秘義)가 아니겠는가.

주머니 속에 송곳을 감추고

이현주
시인·목사

작가 강정규를 글로 표현하기란 대단히 어려운 일이다. 사람에 대하여 글을 쓴다는 것 자체가 쉬운 일이 아니지만, 작가 강정규를 떠올리게 되면 금방 야릇한 미소만 남고 나머지는 오리무중이다.

잡히지 않는 사나이. 그 누구에게도 자신을 송두리째 드러내 보이지 않는 사람.

하긴 누구나 그런 구석이 있어서 인간이겠지만, 작가 강정규는 그 신비스러움의 깊이가 유독하다. 아무래도 그 까닭은 그의 태생에서 찾아야 할 것 같다. 무슨 말인고 하니, 작가 강정규야말로 겉으로는 부드럽고 속으로는 강철 같고 내색이 없어서 도무지 속셈을 헤아릴 수 없는 충청도 사람의 의뭉함을 그대로 보여 주는 전형이라는 말이다.

지방색이라는 게, 그 놈을 부추겨 엉뚱한 데 악용하니까 나쁜 것이지 그 자체를 비난하거나 거부할 이유는 없다. 손바닥만한 반도 땅이라고는 하지만 사철이 뚜렷하듯, 팔도(八道)의 인심과 사람됨이 저마다 특색이 유별함은 오히려 기특하고 자랑스럽기까지 한 현상이다. 아무래도 평안도 사람은 평안도 사람이고 전라도 사람은 전라도 사람이다. 또 그래야 한다. 평상시에는 깍듯한 표준말을 쓰다가도 급한 경우가 생기면 저도 모르게 튀어나오는 사투리야말로 이 땅 민중의 끈질긴 생명력을 잘 보여 주고 있다. 국정 교과서가 아무리 어려서부터 사투리 무시하고 부인해도 천만의 말씀이지! 사투리는 결코 사라지지 않는다. 또 사라져서도 안 된다. 특색 없는 보편은 허위일 따름이다.

그건 그렇고, 아까 말했듯이 강정규라는 작가는, 충청도 사람이 어떤 사람이냐고 묻는 이에게 "바로 이 사람을 보세유." 하고 내세우고 싶은 그런 인물이다. 같은 충청도라도 북쪽보다는 남쪽이 더욱 겉으로 부드럽고 속으로 매운 기질이다. 예부터 충청도 남녘을 충절(忠節)의 고장이라고 일컬어 왔는데 과연 역사에 길이 남을 빼어난 지사(志士)들이 그 곳에서 많이 배출하였다. 충무공 이순신은 말할 것도 없고 현대사에 들어와도 윤봉길 의

사, 만해 스님 등이 그 곳 출신이다. 감옥에서 자기 똥을 먹는 극단의 행동을 보여 미친 놈이라는 판결을 받고 나왔다는 남로당의 지독한 박헌영도 역시 충남 사람이다. 아무튼 겉으로 쉽게 드러내지는 않지만 대쪽 같은 절개와 열정을 지니고 있는 그 곳 사람들의 기질을 쉽게 부정할 수는 없을 것이다.

이를테면 작가 강정규한테서 나는 그 부드러움과 단단함의 양면을 문득 느끼게 되고 그럴 때마다, 영락없는 충남(忠南)이군, 속으로 감탄하지 않을 수 없다. 누구든지 한두 번 만날 때에는 그 느릿한 말투며 묘한 웃음 그리고 어리숙한 몸짓 따위에 눈이 가려서 자칫 호락호락하게 보기 쉽지만, 그래서 사람을 은근히 깔보기라도 했다가는 필경, 아이쿠 그게 아니로구나 하고 놀랄 일을 당하게 될 것이다.

내가 아는 강정규, 그는 결코 세상을 대충대충 살아가는 사람이 아니다. 그러니까 세상도 그를 대충대충 대해서는 안 되는 것이다. 그런데 그 단단한 속알이 대단히 두터워 외피에 감싸여 있기 때문에 웬만한 사람은 눈치조차 채지 못하는 것이다. 낭중지추(囊中之錐), 말 그대로 주머니 속에 감추어진 송곳 같은 사람이다. 그냥 보통 하는 말로 외유 내강 정도가 아니다. 그의 속에는 이 터무니없는 세상에 대한 단단한 반골이 숨어 있다. 그런데 그 반골이 좀처럼 겉으로 표출되지 않으니까 세상은 그것을 눈치도 채지 못하지만, 어쩌면 그 지독한 송곳은 한 번도 내밀지 않은 채 이 세상을 떠나 버릴 가능성도 충분히 있지만, 그렇지만 아예 처음부터 주머니 깊속한 속에 송곳이 있는 사람과 없는 사람은 질적으로 다른 것이다. 세상은 강정규를 겉으로만 보아 호락호락 대해서는 안 된다. 그건 인격 모독이요 나아가 신성 모독이다.

그런데 위의 내용을 나는 입증할 수가 없다. 속된 말로, 심증은 가는데 물증이 없다는 것이다. 그렇지만 그와 오래 사귀어 본 사람이라면 내 말에, 약간 과장됨을 느낄지는 모르나, 결국 동감할 것이다.

내가 작가 강정규를 처음 만난 것은 1971년인가 72년인가, 그 무렵이었다. 그러니 벌써 20년 전 얘기가 되는 셈이다. 나로서는 그 무렵이 학교를 나와 막 세상에 뛰어든 때였고 그래서 약간의 낭만과 순수함이 남아 있었던 모양이다.

〈새가정〉이라는 잡지에 실린 그의 글(그것이 동화였는지 수필이었던지는 기억나지 않는다)을 읽고, 잃어버린 어린 시절의 애틋한 정(情)을 가슴 뭉클하게 느꼈는데 도무지 그냥 있을 수가 없었다. 잡지사에 전화를 걸었더니 그렇잖아도 여러 독자들한테서 그 글이 좋았다는 말을 듣고 있노라며, 그의 주소를 일러 주었다.

내 기억으로는 경기도 안산인가 반월인가 아무튼 그 부근 어디에 있는 무슨 재건 학교였다. 지금은 없어졌지만 그 재건 학교라는 것이 이른바 정규 학교를 다니지 못하는 청소년들을 위해 설립 허락을 받은, 말하자면 일종의 사설 학원 비슷한 교육기관이었는데, 강정규라는 아름답고 다정 다감한 글의 작가가 그 재건 학교의 교감 겸 교사였던 것이다.

한 번도 가 보지 않았던 길이기에 물어 물어 가자니 해는 저물고 버스는 갈수록 후미진 산골짜기로 들어가고, 자못 겁이 나고 걱정되던 일이 기억에 새롭다. 첫 대면은 가슴 설레는 경험이었다. 하룻밤, 그의 하숙집에 머물며 문학과 삶에 대하여 이런저런 얘기를 나누었는데 그 뒤로도 친구인 최완택과 동행하여 한두 번 더 그곳을 찾았던 기억이 난다. 그 중 한번은 주인이 부재중이라 헛걸음이 된 일도 있다. 전화 같은 것이 있어서 사전에 약속을 하고 갈 그런 시절이 아니었던 것이다.

그러나 문학에 뜻을 둔 20대 청년들이 터덜거리는 버스로 몇 시간씩 걸리는 산골길을 오가며 피차 정을 깊게 하고 작품에 대한 평도 나누며 사귐을 가졌다는 사실 자체가 나로서는 그립고 그리운 낭만이 아닐 수 없다.

1974년인가? 〈크리스챤신문〉이라는 직장에서 말하자면 스카

우트되어 들어갔는데 들어간 지 보름 만에 사표를 썼다. 아무튼 여기는 나의 적성에 맞지 않는 이방 지대라는 느낌 때문에 하루라도 더 있고 싶은 마음이 없었다. 갑자기 자리를 비우겠다니 신문사 쪽에서는 누굴 대신 앉혀 놓고 가라는 주문이었다. 최완택과 상의한 끝에 강 교감을 끌고 오자고 했다. 그래서 결국 그가 오늘 〈크리스챤신문〉 주필이라는 직함을 가지게 된 것이다.

자세한 내막은 모르겠지만 그의 직장인 〈크리스챤신문〉은 그간에 사주가 두 번이나 바뀌는 등 상당한 고비를 겪었다. 그런데 그 풍파를 모두 견디고 살아 남은 것이다. 강정규가 킷대를 잡고 있었다. 무슨 말을 더 하겠는가?

내가 그의 문학을 말한다는 것은 어울리지 않는 짓이다. 그렇지만 한 마디 한다면, 사라져 가고 있는 어린 시절의 가난과 꿈 그리고 그 낭만을 안타깝게 부여잡는 작업이 바로 그의 문학이다. 이 일에 있어서 그는 탁월하다. 달밤에 똥 누는 손자와 함께 쪼그려 앉아 이야기를 나누는 할머니, 이것이 그의 문학에서 떼어 낼 수 없는 상(image)이다. 그리고 소설에 들어서면 부드러운 언어로 감추고 있는 섬뜩한 칼의 기운이 약간 드러난다.

요즘은 자기가 내는 신문을 비롯하여 여기저기에서 잡문류의 글을 선보이고 있는데 세상에 대한 연민과 걱정, 그리고 스스로 어쩔 수 없는 인간에 대한 사랑이 그대로 나타나 있다. 작가 강정규는 결국 그렇게 살다가 갈 것이다. 무슨 대단한 작품으로 사람들을 놀라게 하는 대신, 그 신비스런 삶의 모습으로 그와 한 시대를 산 사람들한테, 달빛 아래 할머니 같은, 강렬한 것도 아니면서 도무지 잊어버릴 수 없는 그런 모습으로 그는 남을 것이다.

어떤 계기가 오면 그의 주머니 속 송곳이 튀어나올 수도 있겠지만, 세상을 위해서나 본인을 위해서나 그런 계기가 닥치지 않는 것이 나올는지 모르겠다.

* 위의 글은 1991년 계몽사 발행 〈우리시대의 한국문학〉 전집 20권에서 옮겨 실었음.

　단편 「線」은 1975년 4월, 안수길 선생님 추천으로 『現代文學』에 발표된 작품이다. 당시는 두 번 추천을 거쳐야 했는데, 선생은 너무 늦었다면서 해를 넘기지 못하게 하셨다. 그래 쓰여진 것이 「雲岩島」이고, 그해 12월호에 게재됐다. 그러나 본래 느려터진 둔재에다 엉뚱하니 동화까지 손대다 보니 몇 편 건지지도 못했다. 그나저나 그로부터 꼭 30년이 지나서 첫 작품을 표제작으로, 그리고 올해 30세가 찬 큰 아이 그림으로 표지를 꾸며 책을 내니 감회가 깊다.